btb
Aus Freude am Lesen

btb

Buch

Kamener Kreuz, Geislingen, Greifswald, Nordstrand, Bad Vilbel, Meißen, Emden und St. Ingbert: Was verbindet diese Orte miteinander? Auf den ersten Blick nichts. Doch in Klaas Huizings neuem Roman *Auf Dienstreise* bilden sie ein Koordinatensystem, zwischen dessen Punkten sich der Ich-Erzähler bewegt. Angeheuert von der attraktiven Chefredakteurin der monatlichen Zeitungsbeilage »Gratia. Religion und Alltag« soll er nämlich ausschwärmen, um den zumeist weiblichen Lesern auf den Zahn zu fühlen. Er gibt eine Kontaktanzeige in der *Süddeutschen Zeitung* auf, um Frauen zu finden, die ihm aus ihrem Leben erzählen. Und so reist er denn per Bahn kreuz und quer durch die Republik – und begegnet interessanten, schönen, sportlichen, geistreichen und anstrengenden Frauen, die einiges zu erzählen haben von Gott und der Welt. Zum guten Schluss kommen sie alle zusammen, doch dieses Treffen verläuft anders, als es sich unser Held gedacht hat …

Autor

Klaas Huizing wurde einem breiten Publikum durch seinen preisgekrönten Bestseller *Der Buchtrinker* bekannt, der in viele Sprachen übersetzt wurde und internationale Anerkennung fand. Zuletzt erschien im Knaus Verlag sein Roman über die Mutlangen-Generation *Das Buch Ruth*. Huizing lehrt an der Universität Würzburg. Er lebt in Berg am Starnberger See.

Klaas Huizing bei btb:

Das Ding an sich. Roman (72595)
Der Buchtrinker. Roman (72014)

Klaas Huizing

Auf Dienstreise

Roman

btb

Umwelthinweis:
Alle bedruckten Materialien dieses Taschenbuches
sind chlorfrei und umweltschonend

btb Taschenbücher erscheinen im Goldmann Verlag,
einem Unternehmen der Verlagsgruppe Bertelsmann.

1. Auflage
Deutsche Erstveröffentlichung Oktober 2000

Umschlaggestaltung: Design Team München
Umschlagfoto: Photonica/Becker
Satz: Uhl + Massopust, Aalen
KR · Herstellung: Augustin Wiesbeck
Made in Germany
ISBN 3-442-72627-1
www.btb-verlag.de

FÜR MARITA RÖDSZUS-HECKER

Inhalt

I. Vorspiel

II. Wenn einer eine Reise tut ...

III. Nachspiel

I. Vorspiel

Mich ergreift, ich weiß nicht wie, Himmlisches Behagen

O Gott, meine Blase, durchfährt es ihn. Nass. Kein Zweifel. Sein Hosenbein ist nass! Hat seine Blase versagt? Eine horrende Muskelschwäche mit lächerlichen einundvierzig?

Vor einigen Minuten spürte er zunächst nur eine angenehme, beinahe wohlige Wärme, als habe jemand heimlich einen kleinen Heizofen unter dem Tisch angeknipst, um die unterkühlte Gesellschaft langsam aufzutauen. Offenbar lenkte der Heizofen die warme Luft in Richtung seines ausgestreckten linken Beins, denn sein rechtes blieb auffällig kalt. Er konzentrierte sich auf die unterschiedliche Wärmeempfindung, erwartete, dass der Temperaturunterschied sich weiter verstärken würde, links eine zunehmend spürbar pochende Durchblutung, rechts eine latent wahrnehmbare Versteifung. Aber nein. Auch sein linkes Bein kühlte wieder aus, und die zunächst behagliche Empfindung verkehrte sich in ihr Gegenteil, denn die abklingende Wärme ließ eine klamme Feuchtigkeit zurück.

Vorsichtig schiebt er mit dem rechten Fuß sein linkes Hosenbein ein wenig hoch. Nass! Dieses Hosenbein ist wirklich nass!

Bitte nicht, stammelt er kaum hörbar. Was tun? Wie sich geordnet zurückziehen? Wie einen kühlen Kopf bewahren? Wie die aufsteigende Scham unterdrücken?

Er schaut kurz in die Runde. Niemand scheint bisher etwas bemerkt zu haben. Unauffällig fährt er mit der Linken unter den Tisch. Als er angeekelt die Feuchtigkeit ertastet, schnappt etwas jäh nach seiner Hand. Laut schreiend schiebt er den

Stuhl zurück und springt auf. Das Geräusch des umfallenden Stuhles geht im Gekläffe des Hundes unter, der sich aus der Deckung des Tisches hervorwagt und zum Sprung anzusetzen scheint. Seine eigene Haltung ist nicht ganz eindeutig. Er steht da mit erhobenen Händen, unklar, ob als Geste der Abwehr, der Ergebung oder des Segnens zu deuten. Das linke Hosenbein seiner weißen Hose (er trägt sie heute zum ersten Mal, hat aber das Label, ein Ausrufezeichen, mit der Rasierklinge entfernt) ist gelblich verfärbt. Sehr energisch – der Tonfall will überhaupt nicht zu dem angestrengt witzigen Hundenamen passen (ob er auf Dornenvogel oder Martin Luther hört, kann er später nicht mehr genau erinnern) – wird der Hund unter den Tisch zurückbefohlen.

Inzwischen stehen alle und mustern ihn halb amüsiert halb erschrocken. Dann sieht er, wie eine wunderbar manikürte Frauenhand seine Rechte ergreift, ihn aus der Erstarrung löst und aus dem Zimmer in die Damentoilette führt.

Entwarnung. Seine Schließmuskeln funktionieren offensichtlich einwandfrei. Nichts Medizinisches, denkt er, atmet erleichtert auf und fixiert endlich die Frau, deren weiche und gepflegte Hand ihn hierher geleitet hat. Diese Hand, die inzwischen den Kratzer – er bedauert bereits, dass die Wunde partout nicht bluten will – mit einem feuchten Handtuch soeben abgetupft hat, gehört zu Frau Birus, der Chefredakteurin der monatlichen Zeitungsbeilage »*Gratia*«. Als er kritisch den Schaden begutachtet und endlich wieder den Mund aufmachen will, spürt er, wie sie ihm den Hosenbund öffnet, die Hose nach unten streift, wie einem Zweijährigen zunächst an seinen linken, dann an seinen rechten Unterschenkel klopft, damit er aus der Hose aussteigt. Sie lässt Wasser in das Waschbecken einlaufen, gibt etwas flüssige Handseife dazu, taucht das linke Hosenbein ein und beginnt, den Urin auszuwaschen.

Noch immer leicht geschockt, starrt er auf Frau Birus. Zunächst sieht er nur im Spiegel, wie sich ihr rot geschminkter Mund bewegt, erst nachträglich registriert er, was sie sagt:

»Wissen Sie, ich finde es sehr praktisch, Sie endlich ganz ungestört unter vier Augen sprechen zu können. Ich hatte mir in meinem Terminkalender bereits eine Notiz gemacht, um Sie am Wochenende anzurufen, aber ein persönliches Gespräch ist doch viel ungezwungener. Ich hoffe, das kleine Missgeschick mit meinem Hund stört Sie nicht weiter? Schön, schön. Von ungleich größerer Tragweite scheint mir Folgendes zu sein…«

Sein eigenes Spiegelbild verrät ihm, dass sein Mund ein wenig offen steht. Er liebt es, intelligent auszusehen.

In diesem Augenblick tut er es nicht.

Hier liegt der Hund begraben

Also spricht Frau Birus:

»Die Artikel, die Sie produzieren, sind für mich, die ich meine Leserinnen kenne und weiß, was ich ihnen zumuten darf, eine wirkliche Qual. Leserinnen, sage ich, weil die Herren der Schöpfung vorzugsweise den DAX lesen oder ohne Gewissensbisse sofort zum Sportteil oder zum *Kicker* desertieren. Aber lassen wir das. Na, komm schon. Das Wasser wird mal wieder nicht richtig warm. Da muss man immer Stunden warten. Schrecklich!«

Sie wippt ungeduldig mit dem rechten Fuß.

»Aber zurück zu Ihnen. Zunächst hatte ich gehofft, Sie könnten eine Art Mittler zwischen der Universität und unseren religiös interessierten Leserinnen sein. Deshalb habe ich Sie damals, nachdem ich einige bissige – und darf ich sagen auch arrogante und zynische, ja? – doch, doch, Sie sind auch zynisch, glauben Sie mir, daran ändert auch Ihr Augenrollen nichts! –, also, nachdem ich einige Rezensionen von Ihnen gelesen hatte, lud ich Sie damals ein, für uns zu schreiben. Diese spitze Feder und die kleinen Gemeinheiten vermisse ich jetzt in Ihren Artikeln. Ich will ehrlich sein: Die Fremdwortverfettung Ihrer Sätze schreit nach strenger Diät. Diese übergewichtigen Kolosse sprengen jede Tageszeitung. Einer Zeitung fehlt der harte Deckel eines Buches als Stützkorsett. Zeitungen haben empfindliche Bandscheiben, verstehen Sie? Sie überfordern das Blatt. Sie hecheln von Fremdwort zu Fremdwort. Sie benutzen, weil Ihnen die Fußnoten fehlen, die Gelehrsamkeit als Krücke.

Wirklich: als Krücke! Ihre Texte riechen nach Angstschweiß. Angst haben Sie. Angst fressen Stil auf. Deshalb auch werde ich Ihren letzten Artikel nicht drucken. ›Transzendentale Obdachlosigkeit‹, solch ein Titel gehört ins Minderheitenkabinett einer Fachzeitschrift mit fünfhundert Abonnenten. Es wäre allenfalls noch von gewissem Unterhaltungswert, wenn man ein Foto einfügen würde, wie Sie hier halbnackt herumstehen. ›Transzendentale Obdachlosigkeit in der Damentoilette!‹ Obwohl Sie keinen überaus erbaulichen Anblick bieten. Weiß Gott nicht!«

Er schaut an sich hinunter: blaugestreifte, verwaschene Boxershorts, käsige und dicht behaarte Beine, indiskutabel bunte Socken. Wirklich. Diese Socken sind indiskutabel.

»Und dann wird das Wasser plötzlich kochend heiß! Verflixt!«

Sehr energisch schüttelt sie die Hände aus und hantiert nervös am Wasserhahn herum.

»Aber wo waren wir stehen geblieben? Obdachlos. Ja. Mir würde es durchaus gefallen, wenn Sie obdachlos wären, aber Sie vergraben sich in der Uni, schotten sich ab, als ob Sie Angst vor einem Hurrikan hätten. Dort spielen Sie dann Sodom und Gomorrha und suhlen sich hemmungslos in Ihrem Jargon. Wenn Sie das befriedigt, bitte! Aber spannender fände ich es, wenn Sie mal lüften würden. Entschämen Sie sich. Oder machen Sie die Fliege. Alltagstheologie für Everyday-People. Ja! Aber nicht dieses herablassende *Merkur*-Deutsch! Grauenvoll. Einfach grauenvoll. Sie sind ein Mega-Langweiler vor dem Herrn und zeitungsuntauglich. Was soll ich also mit Ihnen anfangen? Sagen Sie es mir! Und stehen Sie nicht da wie ein begossener Pudel!«

Es stimmt. Seine Haltung lässt zu wünschen übrig. Er weiß nicht, wohin mit seinen Händen. Im Kopf spielt er verschiedene Haltungen durch. Soll er lässig die Hände in die Seite stemmen? Soll er die Hände vor…? – also nein, verklemmt ist er auch nicht, vielleicht…, dann verschränkt er die Arme vor der Brust und bleibt während der folgenden Rede von Frau Birus mit eingezogenem Bauch beinahe bewegungslos stehen, als sei er zur Salzsäule erstarrt.

»Diese Seife stinkt.«

Sie rümpft hörbar die Nase.

»Stinkt zum Himmel wie Ihre Artikel. Ich werde richtig aggressiv, wenn ich das lese. Warum spreizen Sie sich so? Die Sache ist doch gar nicht so kompliziert. Die Mehrzahl der Menschen ist latent religiös. Bis auf einen kleinen unheiligen Rest. Und der schließt sich in der Uni ein. Erfahrungs- und erlebnisängstlich kommen Sie mir vor, Sie und Ihre Bande. Eine blasierte Vernunftbolzerei. Wie in einem abgehalfterten Fitnessstudio. Verzaubert Euch wieder oder verschwindet! Entweder oder. Eure Theologie hat doch die Sinne veröden lassen. Vernunft und alle Sinne gegeben – so lautete ursprünglich das Programm. Do you remember? Yes, Sir? Und was haben Sie daraus gemacht? Eine Urne! Schauen Sie sich an! Ihre Leichenbittermiene spricht Bände!«

Leichenbittermiene? Gott bewahre! Sein Blick hatte andere Gründe. Wenn sie sich doch endlich aus der gebeugten Haltung erheben und den Rock nach unten ziehen würde! Er glaubt, die Wärme ihrer langen Beine zu spüren. Die Länge ihrer Beine sind die Grenzen seiner bloßen Vernunft. Er muss sich ablenken. Er haftet seinen Blick auf eine leicht flackernde WC-Leuchte oberhalb des Spiegels, die ein hässliches, kaltes Licht verströmt. Dieses kalte Licht muss ihn abkühlen. Unbedingt.

»Nochmals! Schreiben Sie bitte, bitte lesbare Texte. Ich flehe Sie an. Der Karl Barth konnte wenigstens noch schreiben. Der kannte seine Klassiker. Der schrieb eine kraftvolle und humorvolle Prosa. Leider etwas ausufernd. Nun gut. Und Sie? Immer wieder dieses unerträgliche Theologengewäsch – ›innertrinitarische Ökonomie‹ –, das ist Kauderwelsch, viele der Leserinnen vermuten dann ein neues Wirtschaftskonzept, assoziieren wahrscheinlich Brüssel, zumindest nichts Positives. Hören Sie: Wir suchen eine niveauvolle Populärtheologie. Ich weiß, ich weiß. Das Wort schmeckt Ihnen nicht. Sie verziehen Ihr Gesicht. Habe ich erwartet. Populär, igittigitt, aber Sie sind realitätsblind, wenn Sie wirklich glauben, es gäbe einen Unterschied zwischen E- und

U-Theologie. Den gibt es nicht. Werden Sie der Roland Kaiser der Metaphysik. Mehr Opium, mein Herr, kapiert? Ich erwarte von Ihnen eine kompetente und solide Caféteria-Theologie.«

Beinahe ängstlich registriert er Geräusche im Nebenraum. Das kalte Licht wirkt noch immer nicht. Wenn jetzt eine Sekretärin oder Redakteurin hereingeplatzt käme!

»Und was soll Ihre spätpubertäre Ängstlichkeit der Bibel gegenüber? Was haben die Herren Akademiker aus diesem Volksbuch gemacht? Ein Mausoleum des Geistes. Ein Grabmal des unbekannten Gottes. Unglaublich. Gibt es bessere Erzählungen? Sie nicken? Brav. Und dann, bitte: Lassen Sie die Moralinsäuernis. Alles, nur das nicht! Diese Zeigefinger sollte man allen Theologen abschneiden.«

Endlich. Dieses eine Wort *abschneiden* zeigt sofort Wirkung.

»Abschneiden. Allen! Wir haben doch bessere Vorzeige-Kandidaten. Überlassen Sie Laurence Sterne nicht kampflos den Anglisten oder Jean Paul und Schleiermacher den Germanisten. Stilistisch können Sie auch, wie gesagt, einiges von Karl Barth lernen. Warum nicht? Oder wollen Sie wirklich kampflos das Feld für die Esoterik räumen? Es gibt niveaulose Formen von Religion, die sich weiß Gott nicht durch Humanität und Ehrfurcht vor dem Leben auszeichnen! Auf dieses Niveau möchte ich in meiner Beilage nicht abrutschen. Gott bewahre!«

Er ist heilfroh, als sie sich endlich aus der gebeugten Haltung aufrichtet und versucht, seine Hose unter dem Heißluftgebläse zu trocknen. Vereinzelt streift ein heißer Luftstrom seine Beine und stellt die Haare auf. Nicht unangenehm, denkt er.

»Schauen Sie dem Volk aufs Maul. Was bewegt unsere Leserinnen, vor allem die treuen zwischen dreißig und sechzig, die sich wenigstens ab und zu per Leserbrief rühren? Erkunden Sie diese Mittelgewichtsschicksale. Den alltäglichen Wahnsinn der Liebe. Das scheint mir heilsam zu sein. Sie haben doch ein Freisemester, wie Sie mir sagten. Bevor Sie noch mehr sinnlose Bücher produzieren, empfehle ich Ihnen, eine Kontaktanzeige aufzugeben. Oder reagieren Sie auf Annoncen in der *Zeit*. Ich kann Sie beruhigen: Alle sind froh, wenn ausnahmsweise jemand zuhört. Sie werden sich vor Angeboten kaum noch retten können. Also, wie wärs? Sie sollten auf keinen Fall länger Theologie nur für sich selbst betreiben. Das grenzt an Onanie. Beweisen Sie unseren Leserinnen, dass wir Sie nötig haben. Ich helfe ihnen dabei, schließlich hängt auch die Zukunft meiner Beilage zumindest indirekt von Ihnen ab. Wir machen das so: Sie erkunden das Terrain und sammeln Lebensbeichten. Und als Entschädigung überweise ich Ihnen ein halbes Jahr lang einen Betrag in der Höhe Ihrer Kirchensteuer. Das wäre doch ein Angebot, oder? Enttäuschen Sie mich nicht. Ich erwarte allerdings ein besseres Resultat als bei der Reinigung Ihrer Hose. Eine offensichtlich billige Qualität.«

Sie kniet sich vor ihm hin, klopft erst an seinen rechten Unterschenkel, damit er in das unbefleckte Hosenbein einsteigt, dann an den linken Unterschenkel, er stützt sich dabei etwas unbeholfen an ihrer Schulter ab, schlüpft leicht ächzend hinein, sie zieht ihm die Hose hoch, schließt seinen Hosenbund, sagt: »Na, prima, alles wieder in Butter, gehen wir«, nimmt ihn bei der Hand und führt ihn aus der Damentoilette hinaus.

Vier Wochen später erscheint in der *Süddeutschen Zeitung* (zwei Tage später in der *Zeit*) folgende Kleinanzeige:

> Leicht blockierter und verstaubter Gottesgelehrter, Jahrgang 1958, 177 cm, straßenköterblond, sonnenbrandgefährdete Stirnpartie, extrem belesen, vielseitig interessiert, ist liebesspielmüde, aber hungrig nach drallen Lebensbeichten. Offen für jeden Typ und jedes Alter. Zuschriften mit Bild unter ZS 22789889 an die SÜDDEUTSCHE ZEITUNG.

II. Wenn einer eine Reise tut …

Die Priesterin vom Kamener Kreuz

1

Ich ziehe die Jalousie des Abteilfensters, die etwas klemmt, mit einem Ruck nach unten, um meine nach oben hin offene Stirn vor der Sonne zu schützen. Ich bin immer skeptisch, ob Fensterglas die giftige UV-Strahlung wirklich absorbiert und vermeide deshalb direkte Sonnenstrahlung auch hinter Glas.

Vor mir auf der Ablage liegt ein Foto neben einem Brief. Der Brief stammt von Romy. Ich besitze inzwischen eine große Auswahl an Frauennamen. 43 Briefe, in Worten: dreiundvierzig! waren innerhalb von nur sechs Tagen bei der *Süddeutschen Zeitung* eingegangen. *Die Zeit* schickte mir drei Tage später weitere 21 zum Teil kräftig parfümierte Umschläge. Häufig mit Trockenblumen oder ausgefallenen intimen Sujets bestückt. (Die zwei durchgeknalltesten Briefe kamen übrigens aus Kiel.) Offensichtlich schreckt nicht einmal mehr eine offen bekannte Glatze die Kontaktsüchtigen ab. Mein Freund und Kollege Frank behauptete gestern Abend, gebildete Leserinnen würden das Prädikat »kahle Stirn« als erotischen Wink entschlüsseln.

»Was erwartest du? Glaubst du wirklich, diese abgedrehten Weiber und die zwei süßen Jungs treten dir ganz unbefangen gegenüber? Deine Anzeige klingt doch eher unfreiwillig komisch. Du wirst wahrscheinlich auf Schwerstbeschädigte der Religion treffen, die unter einer lange zurückliegenden Gottesvergiftung leiden.«

»Dann werde ich alle der Reihe nach entgiften«, verteidigte ich mich etwas genervt.

»Reizender Vorschlag«, entgegnete Frank und faltete seine spillerigen Hände, die so elegant Klavierspielen können, »aber du bist doch viel zu verkopft für eine angemessene Therapie. Wahrscheinlich landest du selbst auf der Couch – oder zumindest im Bett. Eine beängstigend leicht zu durchschauende Strategie. Hast du mit deiner bisherigen Masche keinen Erfolg mehr? Blättert dein Charme ab? Gestehe!«

»Verschwinde!«, fauchte ich und warf ein Papierknöllchen in seine Richtung, das er geschickt auffing.

»Wenn du nur lebenssatte Erfahrungsbeichten willst, hättest du unzweideutig schreiben müssen: ›Erfahrungssüchtig aber impotent‹!«

»Echt witzig. Und wenn Studenten und Studentinnen dahinter kämen, dass ich es bin? Dann würde am nächsten Tag die Kontaktanzeige mit meinem Absender an der Klotür des Instituts hängen. Danke bestens. Außerdem …«

»Okay, okay«, beschwichtigte Frank und warf das Papierknöllchen zielsicher in den entfernt stehenden Papierkorb. »Aber was machst du mit dem Rest der Post? Die verschmähten Schreiberinnen haben doch ein Recht darauf, dass sich jemand, der wirklich kompetent ist, um ihre Briefe kümmert.«

»Wie fürsorglich! Und gerne würdest du den Apotheker spielen, ja? Aber wie würdest du den Bewerberinnen erklären, dir seien über Nacht die ausgefallenen Haare nachgewachsen?«

»Ich hab da schon eine Spitzenidee«, sagte Frank mit gespielter Munterkeit. »Zum Beispiel diese aufregende Brünette aus …«

Ich sagte, er solle sich das aus dem Kopf schlagen, allerdings fehlten am anderen Morgen zwei Briefe. (Leider die Briefe der zwei Fünfundzwanzigjährigen, für die ich mich auch begeistert hatte.)

Dieses Verhalten charakterisiert Frank auf einen Schlag. Argumenten ist er nur sehr bedingt zugänglich. Frank gehört zu den Dozenten im Universitätsmilieu, die dem Charme des Argumentierens, nicht den Argumenten erlegen sind. Er kann in Institutssitzungen ohne sichtbare Ermüdung stundenlang diskutieren, mit analytischen Spitzfindigkeiten aufwarten, die immer wieder Eindruck machen, er wendet jedes angelaufene Argument solange hin und her, bis es wieder glänzt, nur wenn es zur Abstimmung kommt, kann niemand sicher sein, wie er votiert. Deshalb wird er immer von allen umworben. Er bekommt jährlich die besten Gutachten für Forschungsvorhaben, sogar von miteinander verfeindeten Professoren. Nur wenn er die Gelder hat, weiß er oft nicht, wie er zu einer definitiven Lösung kommen soll. Er wäre der ideale Präsident. Ich zweifle aber, ob er jemals die Habilitation abschließen wird.

2

Deutschlandreise.

Ich kramte gestern Morgen meinen alten Diercke-Weltlatlas hervor (er führte noch die DDR, Jugoslawien, die Tschechoslowakei sowie die UDSSR im Angebot) und markierte mit Stecknadeln die Zielpunkte meiner Tour.

Mein erstes Rendezvous: Dortmund, Kamener Kreuz. Dortmund. Kohlenpott, Johannes Rau (= Bruder Johannes), Borussia Dortmund (= BVB), Deutscher Fußballmeister 1995 und 1996, Dortmunder Westfalenhalle, Dortmunder Union-Brauerei, Dortmund-Ems-Kanal, Universität. Und Kamen? Das Kamener Kreuz.

Wenn ich auf der Autobahn Dortmund Richtung Münster unterwegs zu meiner Mutter bin, passiere ich etwa auf der Hälfte der Strecke das Kamener Kreuz. Linker Hand sieht man zunächst eine Fabrikhalle der ADO-Gardinen (Die mit der Goldkante – Marianne Koch!), dann folgt in blau-gelb IKEA. Und dort bin ich mit Romy am Donnerstag um 10.30 Uhr verabredet.

Mein lieber Mann! Von einem Gottesgelehrten habe ich in den Kontaktanzeigen der *Zeit* noch nie etwas gelesen! Das macht Sie, wie alles Exotische, herrlich interessant. Zur großen Gottsucherbande gehörte ich zwar nie – obwohl ich natürlich selbst eine stetig Suchende bin –, aber Sie möchte ich unbedingt kennen lernen. Sie müssen einfach kommen. Müssen! Sträuben Sie sich nicht ! Kommen Sie nach Kamen. Die Provinz ist so aufregend. Gönnen Sie sich ein Probewohnen im KonsumTEMPEL von IKEA am Kamener KREUZ! Treffen wir uns auf der Couch Modell Vargön (Lederbezug: »Modern«).

IKEA erschrickt Sie doch nicht etwa? In meiner Position ist IKEA schon wieder chic.

Ich erwarte Sie! Lassen Sie mich bald wissen, wann Sie kommen.

Romy

P.S. Ich hasse übrigens Unpünktlichkeit.

Ein gequält witziger Brief. »Tempel« und »Kreuz« in Kapitälchen! Die Anspielung hätte ich auch so verstanden. Für wie dumm hält mich diese Romy eigentlich. Weil ich mich über die oberlehrerinnenhafte Lesehilfe seit der ersten Lektüre ärgere, betrachte ich auch ihr Foto mit nur mäßig gebremstem Zynismus.

Es ist dasjenige Frauengesicht in meiner Bildergalerie, das alle anderen Gesichter deutlich an Spannung überragt. Die Arroganz springt mir aus ihrem Gesicht entgegen wie ein Tennisball nach dem Aufschlag. (»Energischer, wirklich reizender Boris-Becker-Charakter«, so Frank.) Die schmalen Augenhöhlen sind Risse in der straff gespannten Haut, wie bei einem Drachen, dessen pergamentene Hülle in der Luft bei starkem Wind zu reißen droht. Es fehlt diesem glatten Gesicht ohne Einkerbungen das dünne Fettpolster der Babyhaut. Stark anorexieverdächtig. Eine Hungerblondine. Oder frisch gestrafft. Ein goldener Schnitt, nicht ganz billig, dafür Made in Germany. Ich zweifle, ob sie gut beraten war, ihre Haare für das Kontaktfoto zum Dutt (Pferdeschwanz?) hochzustecken, weil dadurch die Spannung ihres Gesichts noch unerträglicher wird. Noli me tangere. Eroberungsresistent. Schmallippiger Etepetetemund. (Wahrscheinlich leicht vorstehende Zähne.)

Ich tippe jetzt einfach: 52 Jahre, zweimal verheiratet, Vorstandssprecherin bei der Allianz. Sie macht mir etwas Angst. Wie meine frühere Lateinlehrerin.

Ich fahre hin.

Zur Selbsttherapie.

3

Langeweile. Acedia. Eine der sieben Todsünden neben Fresssucht, Unkeuschheit, Geldgier, Jähzorn, Eitelkeit und Hochmut. Bahnfahren als härteste Form der Prüfung.

Die Reise nach Dortmund ist extrem langweilig. Die Luft abgestanden. Ein leerer Mitropa-Pappbecher rollt durch den Gang. In der Ablage eine alte *Hamburger Morgenpost*. Häufig wechselnde Platzpartnerinnen. Bis Augsburg sitzt neben mir eine hypernervöse Vierzigjährige, die beinahe ununterbrochen in ihrer Plastiktasche (Kaufhof) kramt, andauernd auf die Uhr (Swatch) schaut, mehrmals aufsteht, sich an mir vorbeizwängt, zurückkommt, wieder durchgelassen werden möchte, Pardon, keine Ursache, Unmengen von Marshmallows, Gummibärchen, Marsriegel verdrückt, nein, vielen Dank, ich esse kaum Süßes, lüge ich, und möchte auch nicht so aussehen wie sie, denke ich ganz ungeniert. Spüre den Drang, in den Speisewagen zu gehen. Oder ins Bistro. Weil meine Nachbarin aussteigt, bleibe ich sitzen. Meine nächste Nachbarin begibt sich sofort zur Ruhe und versteckt ihr Gesicht hinter ihrem aufgehängten Mantel.

Seit mehreren Minuten höre ich, als wohnte ich einer Messe bei, das Glöckchen der Minibar. Der Kellner ist fröhlich, hat aber Trauerränder unter den Fingernägeln. Er verkauft mir ein eingeschweißtes Baguette. Der Nescafé schmeckt besser, als ich ihn in Erinnerung habe. Kurz vor Ulm uriniere ich. Grundsätzlich nehme ich nur die mit blauer Plaste ausgekleidete Toilettenkabine des ICE – die rosafarbene finde ich schlicht unerträglich. Der goldgelbe Strahl passt farblich nur zu blau. Blau und gelb. Das geht. (Siehe Schweden.) In den älteren Zügen konnte man noch immer bei gedrückter Spülung direkt auf die Schienen pinkeln. Im neuen ICE ist das unmöglich. Kein Kontakt mehr zur Natur.

Die Seife riecht überraschend kräftig, ich glaube den Geruch schmecken zu können, eine früh entwickelte Kunst, weil meine Mutter mir morgens einen Apfel abschälte, der immer den Geruch ihrer Kamille-Seife aufgesogen hatte. Ein Händedruck im Mund.

4

Wenn ich nicht in einer festen Beziehung lebe – und die Abstände werden immer größer –, dann lese ich nahezu ununterbrochen: Zeitungen, Aufsätze, Fachliteratur, seltene Perlen aus den Antiquariaten, Romane. Ich lese eigentlich, um auf Widerspruch zu treffen. Aber ich stelle immer resignierter fest, wie wenig Widerspruch das Lesen bei mir noch erzeugt. Kann mich nichts mehr provozieren? Bin ich völlig abgestumpft? Berührt mich nichts mehr? Früher las ich immer mit dem Bleistift in der Hand, kommentierte am Rand: Blödsinn!, Schwachkopf!, Nein!, aber jetzt sehen meine Bücher aus wie nach einer oberflächlichen Stippvisite. Keine Marginalien mehr am Rand. Ich sehne mich nach einem guten Buch, das ich begehre, in dem ich nicht einfach meine schlichten Lesebedürfnisse befriedige. Nur noch One-night-stands.

Wäre ich nur mit dem Auto gefahren!

5

Mein Vater war aus religiösen Gründen für schnelle und teuere Autos. Als überzeugter Calvinist hinterfragte er nie die Vorstellung, Gott habe viele Menschen zu Freunden erwählt, aber auch andere – wie an dem überaus bedauernswerten Judas zu studieren – verworfen. Doppelte Vorherbestimmung, zum Guten und zum Bösen, schärfte der Pastor sonntäglich in den Predigten ein. Durchaus menschlich, wenn man schon im irdischen Leben wissen will, zu welcher Gruppe man sich zählen darf. Als entscheidendes Indiz diente den Calvinisten aller Zeiten und Länder der Wohlstand, sofern er ehrlich und fleißig erarbeitet war. (Hat mein Vater jemals Urlaub gemacht? Hat er nicht.) Wer wohlhabend war, atmete auf und behielt doch zeitlebens ein gespaltenes Verhältnis zum Geld, weil das Geld nicht um seiner selbst willen geliebt werden durfte. Leider erlagen immer wieder einige Gläubige dieser Versuchung. Um der mysteriösen Umwertung des eigenen Geldes in den Geldgötzen Mammon zu entgehen, gab man reichlich. Das Kollektenaufkommen an den Brot-für-die-Welt-Sonntagen war nulleninten-siv. Mit meines Vaters Autos verhielt es sich so. Mit dem jeweils neuen Auto (seine letzten Autos waren ein BMW 2000 und ein Volvo 164, dessen Schnauze verdächtig an die des Rolls-Royce erinnerte), fuhr mein Vater erst dann zur Kirche, wenn die erste Inspektion vorbei war und er sagen konnte, das Auto sei nun weiß Gott nicht mehr neu.

Auch ich fahre gerne schnelle Autos.

6

Es spricht für die Qualität meines Dortmunder Hotels, dass man mir innerhalb einer Stunde den neuen IKEA-Katalog besorgt hat. Der Chef von IKEA-Deutschland heißt Werner Weber. Das IKEA-Restaurant bietet als besondere Spezialität ein gebratenes Hähnchenbrustfilet mit Apfel-Cidersauce, Brokkoli und Kartoffeltaler für 8 DM. Das INNERLIG-Sofa, aufblasbar, gefällt mir. (Nehmen Sie Ihren Fön. Guter Tipp.) Das KLIPPAN-Sofa mit Bezug »Gubbarp«, 540 DM, ziert mein Arbeitszimmer. (»Besetzungscouch?« »Blöder Witz.«)

Wo aber ist VARGÖN?

Vielleicht unter der Rubrik »Schlafsofa«: LYCKSELLE, GRINDA, BREÄNG, HABY, LULEA, TOMELILLA. Nichts.

Wo ist VARGÖN?

Sollte Romy das Rendezvous nach einem alten IKEA-Katalog vorbereitet haben, um mich vorzuführen? Ich sehe schon das mitleidige Lächeln auf dem Gesicht der Frau an der Information vor mir, wenn ich nach einem Modell frage, das längst aus dem Programm geflogen ist, weil es nicht mehr dem Zeitgeist entsprach! (Vor Jahren schon aussortiert, etwas antiquierter Geschmack...)

Wo ist VARGÖN?

Ich blättere den Katalog von hinten nach vorne durch, leicht angewidert, weil die Seiten an meinen feuchten Fingern kleben bleiben, ein ausdauernder Ekel, denn auf Seite 49 werde ich endlich fündig: *Die Sitz- und Rückenpolster sind mit Wasservogelfedern und Polyetherflocken gefüllt und bieten bequemen Sitzkomfort. VARGÖN 2er-Sofa mit Lederbezug »Modern« blau 1799 DM*

Ich gehe noch kurz ins Restaurant. Dort feiert die Küche »Norwegische Wochen«. Eine, den Spurenelementen von Lachs in der Terrine nach zu urteilen, sehr artenschutzgerechte Küche.

7

10.15 Uhr.

IKEA – Kamener Kreuz. (Ich hatte mehrfach den Bus wechseln müssen.) Die Suche nach Romy gestaltet sich schwierig, denn die riesigen Möbelhäuser erinnern an Irrgärten. Man gelangt relativ leicht hinein, hält man sich immer schön rechts, kommt man auch irgendwann ans Ziel (Restaurant). Strafbar macht sich, wer eine Abkürzung sucht! Wie in einem Teufelskreis lande ich immer wieder in der Bettenabteilung. Dann endlich, nach einem entscheidenden Hinweis an einem Servicepunkt, finde ich den richtigen Weg.

Ich kurve zwischen den Sofas, erkenne jede Schlafcouch wieder, versichere mich mit einem schnellen Blick auf das Etikett, weiß beinahe alle fehlerfrei mit Namen zu nennen, nur das Ausstellungsstück VARGÖN entdecke ich nirgends.

»VARGÖN«, flüstere ich, »VARGÖN.«

»Hier«, flötet es hinter mir.

Ungläubig drehe ich mich um. Auf einem Podest, von Spots angestrahlt, wird VARGÖN gefeiert. Und Romy, die mit angewinkelten Knien auf ihr liegt. Als posiere sie für Reklamefotos. Sie schwingt die Beine von der Couch, fährt in ihre Schuhe, setzt sich gerade hin.

»Es hat mich buchstäblich geschüttelt, Sie seit zehn Minuten hier herumirren zu sehen. Ach du liebe Güte, dachte ich, wann schaut er endlich einmal nach oben! Geben Sie mir die Hand, ich helfe Ihnen hoch.«

Etwas hüftsteif und schwerfällig erklimme ich das Podest.

»Machen Sie es sich bequem. Ich bin entzückt, Sie zu sehen. Ich war irrwitzig darauf gespannt, wie Sie aussehen! Diese bunte Anzugweste ist übrigens nicht sehr vorteilhaft. Sie sind eher der Unifarben-Typ, trotz Ihrer sehr blassen Gesichtsfarbe. Schon mal ein Zinkpräparat probiert oder den unschlagbaren Karottensaft? Nur so ein Tipp! So. Jetzt dürfen Sie meine Hand küssen. Sehr galant. Willkommen. Willkommen. Und Sie sind also ein wahrhaftiger Gottesgelehrter?«

Ich nicke, stelle mich kurz vor und wundere mich, dass ihre ganz real gespannte Haut es verträgt, wenn der Mund sich öffnet.

»Machen wir einen kleinen Sicherheitstest, ob Sie mir auch nichts vormachen und mir einen Bären aufbinden. Was steht im Siebten Gebot?«

»Du sollst nicht ehebrechen«, antworte ich mit Nachdruck, obwohl ich mir die Reihenfolge der Gebote nie merken kann.

»Wie viele Menschen wurden bei der wundersamen Speisung satt?«

Vorsichtig entwinde ich ihr meine Hand.

»Die Evangelisten sind sich hier leider nicht ganz einig. Einer sagt fünftausend, ein anderer legt noch was drauf.«

»Prima. Prima. Sie haben bestanden«, urteilt Romy und applaudiert leicht affektiert. »So etwas Verzwicktes kann nur ein echter Theologe wissen. Entzückend. Ich bin wirklich erleichtert. Mein Onkel Ernst gehörte auch zu Ihrer Ständevertretung. Ich fand ihn ehrlich gesagt eher abschreckend, und erst recht seine endlosen Sermone. Man war hinterher immer ganz erschlagen. Trotzdem beruhigt es mich ungemein, dass es Sie und Ihre Firma gibt. Aber offensichtlich langweiligen Sie sich inzwischen über sich selbst. Erzählen Sie mir also ganz entspannt: Warum haben Sie inseriert? Sind Sie verklemmt, sexuell chronisch unterfordert, haben Sie versteckte Defekte? Wo liegen also Ihre wirklichen Probleme?«

Wie sie *Probleme* sagt! Innerlich kollabiere ich bereits, versuche deshalb in betont seriöser Haltung neben ihr zu sitzen, schlage die Beine übereinander und atme tief durch.

»Bedaure. Mit sexueller Verklemmung kann ich nicht dienen. Also unsere Hausangestellte…«

»Ah, wie aufregend, gehobener Mittelstand. Eine Hausangestellte. Und weiter?«

»Also, die hatte es bei meiner Mutter nicht unbedingt leicht und rächte sich immer, indem sie sich bei offener Tür aus- oder umzog, wusch oder kämmte, sobald sie mich die Treppe hochkommen hörte. Später durfte ich dann assistieren. Eunuchen für das Himmelreich? Danke bestens. Das wollten Sie doch hören, oder?«

»Lassen Sie uns noch einmal auf Ihre Mutter zurückkommen…«

»Aber gerne«, unterbreche ich ihren Spott. »Also meine Mutter. Ich kann kaum übertreiben: dominierend bei einem schwachen Vater, ich ihr Lieblingskind und extrem behütet…«

»Okay, okay. Verstehe«, wehrt Romy ab und lacht erstaunlich laut und herzlich. »Packen wir also die Psychologie zusammen. Sie sind also bestens im Saft und auf der Suche nach etwas Besonderem. Herzlichen Glückwunsch. Sie sind am Ziel aller Ihrer Wünsche!«

Ich mustere unauffällig die Landschaft ihres Halses: Die feinporige, pergamentene Haut des Kinns scheint, wenn Romy den Kopf beim Lachen leicht nach hinten fallen lässt, gehalten und gespannt zu werden von kräftigen Muskelbändern. Die Halspartie wirkt rauer, faltiger, lässt dem Licht mehr Spielraum, wirft einen Schatten unterhalb des Kehlkopfes und bricht sich am goldenen Halsreif, an dem die Muskelbänder offensichtlich festgeschmiedet sind, denn unterhalb dieser goldenen Halskrause verraten die weich geschwungenen Schulterbögen und der dezente Brustansatz nichts von verborgenen Muskelgurten.

»Sind Sie fertig? Schön! Sie sitzen übrigens neben einer leibhaftigen Priesterin. Wir sind, wenn sie so wollen, Kollegen.«

Schon wieder eine Kollegin, denke ich. Mit Kolleginnen hatte ich Tag und Nacht nur Probleme. Immer. Die neigten dazu, mich zu missionieren. Jedes Haar, jede Faser, jeder Nerv einer Kollegin will missionieren. Ich will aber nicht missioniert werden.

»Wissen Sie, was ein Centerpiece ist?«

Ich schüttele den Kopf. »Nein. Nie gehört. Ehrlich.«

»Natürlich nicht. Ein Centerpiece ist ein Tischarrangement aus Blumen, Kerzen, Obst, Fundstücken, kleinen Preziosen, komponiert, um jeder festlichen Tafel einen Mittelpunkt zu geben. Um den Augen einen Halt zu bieten. Können Sie mir folgen? Wie soll ich mich verständlich machen, also so wie die Kirche in die Mitte des Dorfes gehört, so der Centerpiece in die Mitte einer gastlichen Tafel. Andernfalls droht der Verlust der Mitte!«

Sie lacht etwas schrill, offensichtlich mit ihrer Pointe zufrieden und ich bestaune erneut ihre straff gespannten Halsmuskeln.

»So ein Mittelstück kann zum Beispiel ein Lenôtre-Garten aus Porzellan sein. Ich war wirklich betäubt, als ich den ersten erstand. Den musste ich einfach haben. Manchmal tut es natürlich auch eine dekorative Suppenterrine. Ganz wie man mag. Es ist auch davon abhängig, ob Sie sich für ›service à la russe‹ oder ›service à la française‹ entscheiden. Als perfekte Gastgeberin empfehle ich Anfängern immer das traditionelle Drei-Gänge-Menü. Und ich *bin* eine perfekte Gastgeberin!«

Warum hat sie mich hierher gelotst, wenn sie wirklich eine perfekte Gastgeberin ist? Ihre stark nachgezogenen Augenbrauen, wie sie auch meine Mutter auf frühen Urlaubsfotos trug, deuten einen kleinen Flügelschlag an, als errate sie meine Frage.

»Momentan bin ich etwas außer Übung«, sagt sie und schlägt den Handrücken geziert an die Stirn. »Wissen Sie, früher, da hatten wir mindestens wöchentlich Gäste, Männer mit den sündhaft teuren Krawatten der Saison, mit edlen handgenähten Schuhen, den dezenten Glencheck-Anzügen und den auf unzähligen Managerseminaren antrainierten Gesten und Höflichkeiten: ›Wunderbar, gnädige Frau, wie Sie es immer wieder verstehen, die Tafel zu einem ästhetischen Genuss zu arrangieren. Wie viel Atmosphäre und Wärme strahlt von dieser Dekoration, – was sage ich: von diesem Kunstwerk aus! Sie sind eine Botschafterin des guten Geschmacks!‹ Man merkte den Dekorationen offensichtlich an, wie hingebungsvoll ich die Kunst der Gastlichkeit betrieb. Und wenn dann sogar der eigene Ehemann ein wenig seine Gesichtsmuskeln spannte, um ein Lächeln anzudeuten und einmal kurz die Augenlider schloss, war ich dankbar für diese Huldigung. Ich war die Priesterin des Centerpiece.«

Romy legt mir die Hand auf den Arm. Mein Körper bleibt starr. Mein Geist auch.

Ein stämmiger, vielleicht zehnjähriger Junge steht schon seit mehreren Minuten vor unserer Couch und schaut zu uns hoch. Seine Augen weiten sich immer mehr. Gleich wird sich der

Mund öffnen. Hoffentlich bildet sich dann kein Pulk von Zuschauern, die eine versteckte Kamera wittern.

»Wie wird man Centerpiece-Priesterin?«, frage ich, noch unsicher, wie ich diesen Auftritt einschätzen soll.

»Ach, wissen Sie, ich war immer richtig besessen davon, diese Priesterin zu spielen. Meine Eltern sind völlig unschuldig. Meine Eltern haben niemals die üblichen Fragen gestellt: Wie viele Jahre älter als du ist er denn? Was macht er beruflich? Was arbeiten seine Eltern? Keine albernen Verhöre gab es bei uns, keine peinlichen Ausfragereien, keine wohl gemeinten Ratschläge: Der passt doch gar nicht zu dir! Dem bist du doch überlegen! Der ist nicht gut genug für dich! Meine Eltern ließen mich völlig in Frieden.«

Als ob das Wort »Frieden« eine magische Wirkung ausübt, ändert sich langsam ihr Tonfall. Bisher hatte sie bei jedem Adjektiv affektiert die Stimme gehoben, jetzt spricht sie fast ehrfürchtig von ihren Eltern. Der ranzige Ledergeruch wirkt als Erinnerungsverstärker.

»Mein Eltern führten ein Handarbeitsgeschäft und handelten mit Stoffresten. Ich bin ein Handarbeiter, sagte mein Vater immer. Täglich stand er neben meiner Mutter im Geschäft. Geschäft, nein, das ist eine übertriebene Bezeichnung, eine umgebaute Doppelgarage war es, in die sich kaum einmal Licht verirrte. Immer wenn ich an mein Elternhaus denke, dann höre ich das schwache Summen der Leuchtstoffröhren, die den ganzen Tag über brannten. Mein Vater legte sich gleich nach dem Frühstück das Zentimetermaß über die Schultern und hielt sich oft daran fest wie an Hosenträgern. Wenn meine Mutter ausgelassen war, vermaß sie mit dem Meter seinen Bauch: Du hast es wirklich gut bei mir, sagte sie dann und zog das Zentimetermaß enger, bis Vater die Zunge aus dem Hals streckte. Kurz und gut: Ich hatte wirklich keinen echten Grund zu revoltieren, es war nicht spießig genug, um mit jedem Langhaarigen ins Bett zu steigen. Auf der Uni habe ich dann das Spiel gespielt, das meine Eltern ausließen. Ich war unglaublich naiv, obwohl ich mich für wahnsinnig clever hielt: Der ist zu jung für mich, der ungepflegt, der studiert eine brotlose Kunst. So sortierte ich, habe dann einen aufstrebenden Wirtschaftler geheiratet, meinen Lehrerjob niemals ausgeübt, zwei Söhne geboren, die Juristen geworden sind, und wurde eingeweiht in die Mysterien des Centerpiece.«

Endlich kommen die Eltern des kleinen Jungen. »Ich glaube, ich spinne, kannst du nicht wenigstens ein einziges Mal hinter uns hertrotten? Dein Vater und ich suchen dich die ganze Zeit. Ich habe die Nase gestrichen voll. Los, beweg dich, sonst kannst du die Cola vergessen«, giftet die Mutter und schleift den Jungen mit sich.

»Ganz so enthusiastisch wie noch vor Minuten, hört sich das nicht mehr an«, wende ich ein und setze mich anders hin, weil das Portemonnaie in meiner Gesäßtasche drückt.

»Ach, Sie wissen doch, wie das ist. Priesterin sein funktioniert nur, wenn alle mitspielen. Und mein Mann ist leider aus meiner Kirche ausgetreten. Ich habe es nur nicht gemerkt. Oder besser gesagt, viel zu spät. Mein Mann ist Vorständler bei der Hamburg-Mannheimer. Bis man das wird, muss man oft zum Essen einladen, Konkurrenten ausstechen, besser smalltalken, gepflegter auftreten, eine apartere Gattin vorzeigen. Einfach umwerfend tüchtig sein. Ich habe diesem Anspruch entsprochen und diente als Priesterin einem Vorständler, der, wie ich mit eigenen Augen sehen durfte, längst allen anderen Frauen unter Dreißig nachstellte. Ich war zunächst schrecklich beleidigt. Ließ keine Gemeinheit aus, fand nur den inneren Frieden, wenn ich weiterhin die Gastgeberin spielte. Das konnte ich wenigstens. Ich hasse einfach Szenen! Wenn die Tafel mit dem Centerpiece stand und ich den leichten Imprägniergeruch meiner neuen Garderobe einatmete, genau in dem Augenblick war ich *wirklich* glücklich. Ich bastelte mir meinen Sinn selbst: sogar Arrangements mit Spielzeug aus Überraschungseiern, mit Blechautos, Backförmchen, und, der wohl schönste Centerpiece, mit einem Stoffigel, auf den ich hier im IKEA stieß. Ich werde Ihnen ein Exemplar gleich unten in der Möbelhalle zeigen.«

Ich will etwas einwenden, aber sie hebt abwehrend die Hand.

»Gedulden Sie sich. Ja, also, einen ganzen Korb mit Laub schichtete ich auf den Rosenthal-Tisch, baute eine richtige Gartenszene und platzierte den Igel so, dass man ihn erst beim zweiten Hinsehen entdeckte. Mein Mann fand die Szene – wie sagte er so süffisant – etwas überladen. Das ist übrigens seine neue Freundin auch. Die besitzt diese ausufernde Ferres-Ausstrahlung. Ganz nett eben. Meinen Mann hat es vom Hocker geholt. Wahrscheinlich wären Sie auch schwach geworden.«

Der Vorwurf klingt nur halbherzig. Und ich bin mir auch nicht sicher, ob sie Recht hat. In Romys Gesicht hat jetzt eine leichte Röte Einzug gehalten, wie das Vorglühen einer späten Schönheit, als habe das Gesicht nur darauf gewartet, nicht mehr jung sein zu müssen.

»Nun gut. Ich habe dann bald einen neuen Gläubigen gefunden. Einen Tag später rief mich nämlich einer jener Glencheck-Herren an, die bei uns zu Gast waren, und lud mich in ein reizendes Café ein. Gerade erst hatte ich Platz genommen, noch keine Zeit gefunden einen Blick in die Getränkekarte zu werfen, da drückt er mir einen Gegenstand in die Hand und hält mit beiden Händen meine Faust umschlossen. Das ist mein Seligkeits-Ding, sagte er mit weit geöffneten Pupillen und sein Glencheck-Anzug verwandelte sich augenblicklich in ein Prinzenkostüm. Ich spürte einen handwarmen, schweren Gegenstand in meiner Faust. Ich öffnete sie vorsichtig. In meiner Hand lag ein silberner Schwan. Behutsam stellte ich ihn in die Mitte des Kaffeetisches. Es war ein Seligkeits-Ding, wissen Sie. In diesem Ding versammelte sich die ganze Welt. Die ganze Welt fand Platz in diesem zum Fliegen ansetzenden Schwan. Endlich wusste ich, was ich immer mit meinen verspielten Arrangements gesucht hatte: die schlichte Schönheit eines Dings, das, versicherungstechnisch gesehen – das hätte mein Mann zumindest gesagt – beinahe völlig wertlos ist und doch Glück bedeutet, wenn man die Gestalt dieser Figur ertastet. Nichts ist wirklicher als dieses Ding. Es ist mir längst das Allerheiligste.«

Der Lippenstift ist leicht verwischt. Dafür haben die Augen an Glanz gewonnen. »Und der Prinz?«, frage ich.

»Inzwischen lebe ich mit dem Prinzen zusammen, der sich auch nach dem ersten Kuss nicht wieder in einen albernen Glencheck-Frosch verwandelt hat. Mein Mann muss jetzt leider, leider ohne Centerpiece auskommen. Aber gestehen Sie: Besitzen Sie auch ein heiliges Seligkeits-Ding, das alles transzendiert? Ich muss es nur anschauen. Es beruhigt mich sofort, fühle mich augenblicklich entspannt, spüre einen himmlischen Frieden in mir und muss nicht mehr, wie früher, im ganzen Haus nach den Kava-Kava-Kapseln fahnden!«

Ihre Stimme wird wieder etwas aggressiver. Missionarischer. Ich überlege. Von welchen Dingen habe ich mich niemals getrennt? Woran hängt mein Herz? Bin ich wirklich so unempfindlich?

»Sie überlegen also. Genau das habe ich erwartet! Ich hätte schwören können! Ihr Protestanten seid doch so schrecklich unempfindlich, so ritualängstlich und neurotisch.«

Ich fühle, wie meine Gesichtsmuskeln mich zu einem Lächeln überreden, aber die aufsteigende Empfindung der Scham über den heimlichen Spott, den ich über ihr Gesicht ausgegossen habe, nimmt mir die Luft und ich verschlucke beinahe vollständig den nächsten Satz:

»Und ich … was ist …«

»Und Sie? Aber mein Lieber: Ich habe Sie kommen lassen, um Sie zu missionieren!«

Also doch!, denke ich.

»Ein Kreuzzug am Kamener Kreuz. Ich habe Sie kommen lassen, weil Sie mein Mann sind, dem ich endlich die Augen öffnen will. Ich mache jetzt Wahrnehmungsseminare, eine Art Robinson-Club für Seligkeits-Ding-Suchende, das ist Post-Esoterik, verstehen Sie, Esoterik ist ja total langweilig, und Sie bekommen von mir heute einen niedlichen Crash-Kurs. Sie dürfen auch gerne einen meiner Kurse belegen. Sie sollen der erste neuprotestantische Gläubige werden. Gehen wir, damit ich Ihnen den Stoffigel zeige.«

Ich höre mich einwenden: »Aber ein Stoffigel ist doch nur ein tausendfach maschinell hergestellter Gegenstand, ohne Aura, ohne…«

»Ganz augenscheinlich lernen Sie extrem langsam. Das ist keine schlechte Voraussetzung, um die Idylle auch bei IKEA zu finden.«

Als elektrisiere mich das Wort »langsam«, schiebt sich mein Oberkörper nach oben, ich reiche ihr die Hand, wir erheben uns von dem Sofa, steigen von dem Podest herunter und schreiten durch die Gänge zur Abteilung der Stofftiere. Romy vor mir bewegt sich wie eine Frau, die bereits zu Lebzeiten weiß, dass sie bald heilig gesprochen wird.

8

Romy, die heilige Romy, ich weiß, wie besetzt der Name ist, Frau Birus, aber sie hieß wirklich Romy, Romy Metzger. Oder argwöhnen Sie, die Geschichte, die ich Ihnen hier auftische, sei gestellt, etwas durchsichtig konstruiert, eine billige Mythencollage aus *Kamener Kreuz, Konsumtempel, Priesterin, Centerpiece, Couch, Freud, Beichtstuhl*, glauben Sie das?, argwöhnen Sie, ich würde mir die Geschichten nur ausdenken? (Ein Argwohn, der auch mich, ich gestehe, bei vielen Geschichten in Frauenzeitschriften beschleicht, und trotzdem lese ich diese Geschichten beim Friseur entschieden lieber als jede teuere Autozeitschrift, ehrlich!) Ich versichere Ihnen noch einmal hoch und heilig: *Ich habe diese Geschichte genauso erlebt*, völlig authentisch, ich bin ungeschminkt aufrichtig, meine Hose duftet noch nach dem frischen Leder der Couch, auf der ich vor Minuten mit Romy saß – wussten Sie, dass Leder Geruch abgeben kann? – , ich passiere jetzt mit Romy am Steuer das Kamener

Kreuz Richtung Dortmund, SIE FAHREN MIT ABSTAND AM BESTEN lobt uns ein Autobahnschild und ein anderes warnt RECHTS VORBEI IST VOLL DANEBEN. (Geniale Aufklärungs-Poetry ist das, hier ist der Unterschied von E- und U-Kunst eingezogen, das muss Ihnen doch gefallen, Frau Birus!) Ich werde Ihnen die Geschichte ausführlich erzählen, sobald ich Sie treffe, diese Frau thronte auf ihrer Couch wie eine griechische Göttin auf einer heißen Quelle, roch aber nicht schwefelverbrannt sondern nach Jil Sander, UND SIE WAR BRÄUNLICH MIT SCHÖNEN AUGEN und sagte mir, wie wenig ich noch wisse, ich sei DER DÜMMSTE UNTER DEN MENSCHENKINDERN (Sie, Frau Birus, waren damals so taktvoll, es nicht auszusprechen!), Romy hat, so fürchte ich, ein bisschen meinen Schleier gelüftet, mitten im IKEA (haben Sie IKEA-Möbel, Frau Birus?, wenigstens ein Billy-Regal?), laden Sie mich endlich zu sich ein, ich will wirklich nicht drängeln, aber ich mache diese Reise nicht auf eigenen Wunsch, Sie waren es, die mich losschickten, SCHAUEN SIE DEM VOLK AUFS MAUL, und jetzt lassen Sie mich verwaist zurück, heiser heulend wie diese peinlich süßen Seehundbabys in der Stofftierabteilung bei IKEA. Ich habe mich lange dort unten herumgedrückt und mit Romy die Kinder beobachtet (theoriefrei beobachtet, Frau Birus!), die von ihren gehetzten Vätern und Müttern dort abgestellt wurden, ein Zwillingspärchen im Buggy, offensichtlich durch Geburt verurteilt die gleichen Sachen zu tragen, griff sich in einem ersten Akt der Emanzipation unterschiedliche Tiere, einen langohrigen Hund und einen grellbunten Papagei, keiner von beiden würdigte das Tier des anderen auch nur eines Blicks, bis zehn Minuten später die zurückgekehrte Mutter den beiden ihre Tiere entwand, sie zu den anderen auf den Haufen warf, jedem einen Schnitz Apfelsine in den Mund stopfte und mit überhöhter Geschwindigkeit davonfuhr, andere mussten länger überredet und mit Versprechungen vertröstet werden, zumeist fiel das übliche Argument (offensichtlich kommt die Vulgärpädagogik nicht voran): du hast doch bereits. Auch meine Mutter liebte dieses die Zeiten überdauernde Argument, meine Mutter, die meine vielen Kuscheltiere, die ich abends fein säuberlich neben mir im Bett platzierte, in einen durchsichtigen Plastiksack verbannte – durchsichtig, immerhin! – und mit dem Argument zu mir ins Bett legte, ich würde sonst nächtens noch aus dem Bett fallen, mir den Nacken brechen oder zumindest die Kniescheibe, ich habe sie dann im Dunkeln wieder ausgepackt, diese MITWISSENDEN DINGE, mit Schrammen, Rissen und Spuren vom Schweiß, sie haben mich getröstet und mir die Angst genommen vor dem kleinen Tod des Schlafes. (Der Teddy mit dem von der Schwester kaputtoperierten Auge war mir das liebste.) Kein Kind konnte an diesem Morgen im IKEA die eigene Mutter überzeugen, nur ein Mann mit Grunge-Bart packte nach reiflichen Überlegungen ein Rentier in seinen Wagen, auch ich komme nicht mit leeren Händen zurück, ich habe Ihnen ein Tier gekauft, Frau Birus, natürlich dabei Witze gerissen, um meine Unsicherheit zu überspielen, ich bin wahrlich kein Dingmystiker, weißgottnicht, die BREITE, LÄNGE, HÖHE UND TIEFE DER GOTTHEIT haben mich, ich gestehe, nie interessiert (fiel in einem Seminar das Wort »Mystik«, dann bekam ich bisher immer sofort Hautausschlag, wirklich), und doch konnte ich nicht widerstehen, auf den ersten Blick ist es kein wertvolles Geschenk, aber ich trage es wie eine Hostie zum Auto, vielleicht werden Sie mich einen albernen Kindskopf schimpfen, SIE WERDEN MICH NICHT BEI GESUNDEM VERSTANDE NENNEN, vielleicht werden Sie das Geschenk wie ein Staatsmann annehmen und sofort weiterreichen, in einer Kammer wegschließen oder routiniert entsorgen.

Vielleicht.

Aber es trägt das Gewicht der Welt.

Belohnen Sie mich, indem Sie es annehmen. Und segnen Sie mich mit einem Lächeln!

Die Butterfly-Maschine in Geislingen

9

Romy nahm mich mit zu sich nach Hause. Dort wartete bereits ihr neuer Mann auf uns.

»Brinkmann, mein Name. Guten Tag, wie gehts denn so?«

Es wurde ein entspannter Abend. Mein Reiseprogramm behandelte der Mann extrem pragmatisch:

»Sie reisen die ganze Zeit mit diesem Bandscheibenkiller? Ich kann Sie morgen früh auf dem Weg zur Arbeit am Bahnhof vorbeibringen!«

Ich spüre meine Bandscheiben nicht. Offensichtlich akzeptierte ich das Angebot. Unten im Rucksack überwintert ein Stapel Prospekte, die für Romy's Ding-Mystik werben. Ich habe mein Ehrenwort gegeben, die Prospekte in den Uni-Seminaren zu verteilen.

(Gibt es ein Recht aus Menschenliebe zu lügen?)

10

Ehrlich gesagt, ich habe bezüglich meiner erotischen Primärsozialisation nicht alle Quellen aufgedeckt. Die einzige Möglichkeit an einigermaßen präzise Informationen zu gelangen, lag in jenem Bilderbuch beschlossen, das bereits metaphorisch eine gewisse Nähe zum Erguss besaß. Ich meine die QUELLE in der (damals noch) fünfhundert Seiten dicken Version des QUELLE-Katalogs, der zweimal jährlich allein durch die Lautstärke, mit der er im Flur, nachdem er die Enge des Briefschlitzes mühsam passiert hatte, aufschlug, mich hochfahren ließ und eine ekstatische Reaktion hervorrief: Der QUELLE-Katalog ist da! Meine Mutter glaubte, es ginge mir ausschließlich um die Spielsachen. Natürlich glaubte sie das. Und natürlich materialisierten sich mir auch die abgebildeten Märklinzüge und Carrerabahnen, aber in den unbeobachteten Momenten waren es weit mehr die ausgefallenen Dessous, die meine Fantasie anstachelten, weil sie so ganz anders aussahen als die vereinzelt auf der Wäscheleine anzutreffenden schlichten Schiessermodelle unseres weiblichen Personals. Eine Steigerung versprachen nur noch die Abbildungen der Saunen, die, wenn ich mich recht entsinne, erstmalig bei Neckermann von barbusigen blonden Damen bevölkert wurden. (Der NECKERMANN war der Konkurrenzkatalog meines Freundes, deshalb: NECKERMANN machts möglich!) Weil wirklich niemand außer mir sich für Saunen interessierte, konnte ich den Katalog unbemerkt um diese Seite verleichtern. (Übrigens habe ich für echte Saunen nie eine Vorliebe entwickeln können. Ist das die Dialektik der Aufklärung, Frau Birus?)

Mein erster Schwarm hieß Marie-Luise, sie besuchte uns an den Samstagabenden, eine gepflegte Erscheinung, sagte meine Mutter, die gerne in einer größeren Stadt gelebt hätte. Ich bewunderte jeden Zoll an Marie-Luise, die eine Fernsehsendung moderierte, die meinem damaligen Zustand durchaus entsprach: *Die Aktuelle Schaubude.*

Die Schaubude erinnert mich an die Buden der Kirmes, wo endlich der erste zaghafte Austausch von Körperflüssigkeit stattfand. Mit dem Wort »Kirmes« verband meine Mutter zwei Unworte, »Raupenbahn« und »Autoskooter«. Letzteres, weil sie unberirrbar der Meinung war, jede dieser rüpelhaften Fahrten würde mit einem zumindest latenten Schleudertrauma enden, Raupenbahn, weil sie meine ältere Schwester erwischte, wie diese mit einem schlechtbeleumundeten Freund knutschte und nestelte, obwohl sich das Verdeck der Raupenbahn, das während der letzten zwei Runden allen kreischenden Fahrern die Illusion von tiefschwarzer Nacht schenkte, bereits wieder für Zuschauer öffnete, woraufhin meine Mutter meine Schwester nach Hause zitierte und mich jahrelang an die Losbude und den Schießstand verwies. Dort entdeckte ich schnell die Harmonie von Kimme und Korn, um die weißen Gipsröhrchen zu zersplittern, die Plastikrosen gefangen hielten, die ich zu einem Strauss für meine erste Flamme bündelte, den ich ihr unter dem muffigen Verdeck der Raupenbahn schenkte und dafür mit einem Zungenkuss belohnt wurde. Als ich wieder im Licht stand, fand ich einen alten Kaugummi in meinem Mund vor.

Ich sollte vielleicht noch erwähnen, dass ich Kaugummis hasste.

11

Ich befinde mich auf dem Weg zu Karin. Ihr Brief erreichte mich aus Geislingen (Steige), dort, wo sogar die ICEs aus Stuttgart Richtung München nachweislich schwächeln. Jedes Mal, wenn ich auf dem Weg zu einer Konferenz an Geislingen vorbeifahre, ziehen eine Basilika, ein mächtiger Kornspeicher in Fachwerkbauweise und eine Bausünde, die kein Rosenkranz sondern nur eine Birne abarbeiten kann, vorbei. Jetzt bekommt die Stadt ein neues Gesicht: Karin aus Geislingen. Ihr Brief ist kurz, ohne direkte Anrede.

> Verstaubt also sind Sie, und dann auch noch müde und hungrig. Offensichtlich brauchen Sie neue Energie. Aber nicht opamäßiges Auftanken bei einem Spaziergang über die Alb. Wenn Sie Lust haben, treffen wir uns im Geislinger Fitness-Studio. Sie finden mich dort jeden Mittwochmorgen zwischen 10 + 12 Uhr und donnerstagabends zwischen 17 + 19 Uhr.
>
> P.S. Waren Sie schon einmal auf einer Butterfly-Maschine?

Nein? Dann besuchen Sie mich. Kostenlos und unverbindlich.

Ein kurzes Fax genügt. Oder schicken Sie mir eine E-Mail!

Karin

Butterfly-Maschine?

Ich wusste beim besten Willen nicht, was eine Butterfly-Maschine ist. (Frank assoziierte die »Spanische Fliege« und meinte, ich müsse sofort aufbrechen.) Die Wortverbindung ist spannend. *Butterfly* in Kombination mit *Maschine* ist ein richtig aufregendes Wort.

Das Passfoto zeigt ein sehr mageres Gesicht. Die Wangenknochen treten sehr markant hervor. Der breite, wahrscheinlich stark geschminkte Mund – mir liegt nur ein Schwarz-Weiß-Foto vor, das einzige übrigens – wirkt überproportioniert. Skeptisch reserviert blickende Augen unter gezupften Augenbrauen suchen nicht gerade den Kontakt mit dem Betrachter, und auch die millimeterkurz geschnittenen Haare buhlen nicht offensiv um Aufmerksamkeit. (»Ein idealer Fall für die *Brigitte*-Rubrik ›vorher-nachher‹!«, urteilte Frank.) Eher langweilig, aber ehrlich, schuldenfrei, ein Mountainbiker-Antlitz, naturverbunden, körpergläubig.

»Die Fahrkarten, bitte.«

Ich schaue in ein lächelndes Gesicht. Ich gewöhne mich nur langsam an die Freundlichkeit der Schaffner nach der Bahnreform. Ein Feindbild weniger. Seitdem die Schaffner Zugbegleiter heißen, offenbaren sie ganz neue Charakterzüge.

»Geislingen einfach. Bitte in Stuttgart umsteigen. Viel Spaß in der Fünf-Täler-Stadt.«

Ich nicke nur kurz zurück, denn mir verschlägt die neue Freundlichkeit noch immer die Sprache.

Mein Platznachbar neben mir kramt eine kleine Ewigkeit in seinen Taschen, ich zähle vierzehn, bis er schließlich seinen zerknitterten Fahrschein findet. Er trägt eine dieser lächerlichen Doppelwesten unter einem dunkelblauen Anzug und schaut mich, als er die Karte endlich gefunden hat, beinahe entschuldigend an. Ein Gesicht wie ein Bildschirmschoner.

12

Schlechte Sicht auf der Alb Richtung München. Neblige Wolkenbänder erschweren die Orientierung. Auf einer nahen Hangstraße geht ein Kind in gelben Gummistiefeln. Als ich dem Kind nachschaue, verliere ich es aus dem Blick und entdecke nur mein suchendes Gesicht, das sich in der Scheibe spiegelt, seltsam transparent, blass, mit verwischten Konturen. Nebellandschaften ziehen durch meinen Kopf. Ich wirke wie ein Gespenst in einem billigen Horrorfilm, ein fremdes Gesicht, als löse sich das Feste, woran ich bisher geglaubt habe, auf, als sei jäh über Nacht meine Identität weich geworden.

Ich bin mit dem »Heidelberger Katechismus« aufgewachsen, der, regelmäßig in den Sonntagsschulen in kleinen Portionen eingefüllt, wie spiritueller Fertigbeton wirkte, an dieser Stelle sitzt die Antwort noch nicht gut, so meine Mutter, die die Lernergebnisse überwachte und unangenehme Querfragen stellte, Heidelberger 13, unterbrach sie mich, wenn sie merkte, dass ich die aufgegebene Lektion beherrschte, hier hast du vor zwei Wochen gepatzt. Spätestens mit zwölf, rechtzeitig vor dem Pubertätsskeptizismus, wusste ich auf alle Fragen eine definitive Antwort, war religiös stabil und hatte eine sichere Einnahmequelle, denn bei den besonders komplizierten und langen Fragen des Heidelbergers ließ ich mich mit Süßigkeiten bestechen und setzte mich an den rechten Rand der Tische in dem muffigen Keller unter der Kirche, weil der Pfarrer, der uns immer mit einem »Guten Tag, meine lieben Kinder« begrüßte, als würde er uns gleich ohrfeigen, den Antwortreigen mit diesem Sitzplatz eröffnete und sich erst zufrieden gab, wenn ein Konfirmand die Antwort ohne Wackler herunterleierte, aber zunehmend unruhiger wurde, wenn der Reigen sich seinem weit links sitzenden Sohn näherte, dem es ein sichtliches Vergnügen bereitete, besonders ausgiebig zu stocken, bis sich die Gesichtsfarbe seines Vaters vor Scham und Wut einfärbte. Dieser Sohn wurde später Sozialpädagoge.

(Ich habe besonders die dritte Frage gehasst, der Kürze wegen: Woher erkennst du dein Elend? Aus dem Gesetz Gottes. Diese Frage war süßigkeitenresistent.)

Von des Menschen Elend, von des Menschen Erlösung, von des Menschen Dankbarkeit – das waren die Etagen des religiösen Erkenntnissystems, darin machte ich es mir gemütlich, hing die Antworten wie Poster in meiner Gehirnkammer auf und lebte zufrieden, bis ein pockennarbiger Referendar, der niemandem von uns in die Augen sehen konnte, in der neunten Klasse die Frage stellte, ob Gott nicht, wie Feuerbach behaupte, eine Projektion unserer Wünsche sei. FEUERBACH. Ich habe Wochen später, nach einer wirklich langen Inkubationszeit, die alten Poster des Heidelberger von den Wänden genommen, aber die Staubränder auf den vergilbten Tapeten bildeten leere Rahmen, die seitdem heimlich von Feuerbach bewohnt wurden.

13

Erst als der Zug bereits bremst, schrecke ich auf und mein noch verschwommener Blick fixiert einen Gegenstand: Der alte Kornspeicher von Geislingen. Ich schultere meinen Rucksack, verlasse eilig den Zug und steige vom hoch gelegenen Bahnhof in die Stadt hinunter, schlendere am alten Zoll vorbei, passiere das alte Dichterhaus von Schubart, umkreise den nach einem Gedicht von ihm entworfenen Forellenbrunnen (In einem Bächlein helle, / Da schoß in froher Eil / Die launige Forelle / Vorüber wie ein Pfeil. Ich stand an dem Gestade / Und sah in süßer Ruh / Des muntern Fisches Bade / Im klaren Bächlein zu) und werfe schließlich noch einen verstohlenen Blick auf den Kornspeicher. (Europe In Ten Days, Geislingen In Ten Minutes.) Rast mache ich im Café Central. Meine chronisch gereizte Magenschleimhaut fängt immer an Säure auszudünsten, wenn der Magen leer zu werden droht. Ich trinke einen großen Milchkaffee – leider bietet die Getränkekarte keine Buttermilch – und esse Käsekuchen. Zusätzlich bestelle ich ein Glas *Überkinger*: DIE KRAFT, DIE QUELLE, DAS LEBEN! – ein für Theologen nicht ganz uninteressanter Werbespruch.

Ich werfe einen Blick in die *Süddeutsche Zeitung*, die ich heute Morgen an einem Kiosk erstanden habe:

> Immer häufiger gibt es Streit zwischen Partnern, weil noch ein Hund im Bett liegt. Dobermänner können furchtbare Gegner sein, wenn nächtens der Kampf um die Daunendecke entbrennt.

Neuerdings lese ich überall Geschichten von Hunden. Und automatisch kommen Sie, Frau Birus, mir in den Sinn. Frühestens morgen werde ich mit Ihnen telefonieren können. Wenn nur Ihr aggressives Tier nicht wäre! Ich tauge einfach nicht zum Kyniker. Und dann auch noch ein Pudel! Ein Dobermann, den ließe ich mir notfalls gefallen, und jeder Beagle hat wenigstens einen paulinisch-weltverachtenden Blick. Aber ein Pudel! Der erinnert mich an die spießigen 60-er Jahre. Pudel gleich Spießigkeit. So funktioniert mein Gedächtnis. Gleich zwei meiner unsäglichen Tanten…

»Haben Sie noch einen Wunsch?«

»Nein, danke. Zahlen, bitte.«

Ich habe meine Gesichtsmuskeln bereits ahnungsvoll justiert, so dass meine Züge nicht verrutschen, als die Bedienung mich spöttisch mustert, weil ich sie nach dem Weg zum Fitness-Studio frage.

»Nächste Straße links. Es befindet sich im Keller unter einer Buchhandlung«, sagt die Bedienung, allem Anschein nach keine Schwäbin, in einem Tonfall, der nicht erkennen lässt, ob sie mit dem Trinkgeld zufrieden ist.

14

Mein Gang wirkt auf Dritte schwerfällig. Von Natur aus. Nach Auskunft meiner Mutter lernte ich sehr spät das Laufen, mit gelegentlichen Rückfällen: »Erinnere mich bitte nicht an die Odyssee zu den Ärzten, die ich deinetwegen machen musste!« Weil ich so schnell fallen konnte, wurde ich konsequenterweise Torwart, ein sportliches Stehaufmännchen. Ich habe den Sport geliebt, aber meine Erinnerungen riechen nach gebratenem Speck. Meine Mutter missbrauchte den wöchentlichen Trainingstermin zur Zwangsernährung, denn eine halbe Stunde bevor mein Freund mich abholte, stand vor mir auf dem Küchentisch ein Teller mit einer dicken Scheibe Brot, belegt mit Schinkenspeck und zwei Spiegeleiern, und ich – »ein schlechter Esser«, wie meine Mutter zu sagen pflegte –, saß würgend am Küchentisch, aß zuerst das Eiweiß, dann die Dotter, mümmelte am Brot und schnitt angeekelt aus dem Schinkenspeck die dünnen Streifen Schinken heraus. »Du kannst nicht Sport treiben und dabei nichts essen«, begründete meine Mutter ihre Härte und blieb in Sichtnähe. Oft schickte sie meinen Freund, den ich immer sehnsüchtig erwartete, voraus und ließ mich noch Minuten vor dem Essen sitzen, bis sie sich schließlich irgendwann mit dem jeweiligen Ergebnis zufrieden gab, mir mit strenger Miene einen Kuss auf die Wange drückte und mich mit Konditionsschwächen und Muskelkater im Bauch ziehen ließ. »Ich meine es doch nur gut«, rief sie mir nach.

Mulmig ist mir auch heute.

Völlig untrainiert soll ich mich jetzt auf ein Gerät schnallen, um Kontakte zu pflegen. Eine austrainierte Body-Builderin wird mich alt aussehen lassen. Gefragt sind keine Reflexe, sondern vielmehr Beharrlichkeit, stumpfsinnig eingefleischte Bewegungen und nervtötende Ausdauerbeweise. Eigentlich kann ich nur ausdauernd sitzen und lesen. (Ich habe Sitzfleisch mit Gütesiegel, das behauptete jedenfalls eine Freundin im sechsten Semester, die ständig etwas erleben wollte.) Karin hat den

Ort raffiniert gewählt. Es ist 10.55 Uhr. Sie arbeitet bereits seit knapp einer Stunde an den Geräten. Vielleicht treffe ich sie in einer ersten Schwächeperiode an.

Ich fühle mich wie eine Laborratte.

15

Vor dem beschriebenen Gebäude bleibe ich stehen, merke, wie sich mein Kinn leicht nach vorne schiebt, um meinem Gesicht einen energischen Ausdruck zu verleihen. Hier also, in diesem vierstöckigen Gebäude, ist mein zweiter Kontakthof. Im Flur lese ich: Finanzmakler, AOK, Dentist. Im Erdgeschoss befindet sich der Buchladen. Ein schneller Blick auf die ausgestellten Titel: Antunes: »Das Handbuch der Inquisitoren«; Morsbach: »Opernroman«; Mosley: »Mississippi Blues«; Heidenreich: »Abschied von Newton«; Gibson: »Traumgrenzen«; Tabucci: »Der verschwundene Kopf des Damasceno Monteiro«; McCourt: »Die Asche meiner Mutter«; Douglas Coupland: »Life after God«.

Richtig.

Deshalb bin ich hier.

16

Ich rufe den Fahrstuhl. (Sind Fahrstühle Hunde?)

Wahrscheinlich bin ich der erste Bodybuilder, der den Fahrstuhl benutzt, um ins Fitness-Center zu gelangen, denn überall auf der Knopfleiste ist Lack abgesplittert, nur das U für Untergeschoss scheint unbenutzt. Offensichtlich erschrocken, trägt mich der Fahrstuhl etwas ruckartig abwärts und vibriert heftig. Die Fahrt kommt mir endlos vor, allein das Bremsmanöver dauert beinahe eine Minute. Leicht schwindelig trete ich hinaus ins Helle.

Eine Lichtdusche erwartet mich. Jetzt nur nicht ducken, denke ich: weitergehen. Arme und Beine funktionieren. Die Tür öffnet sich automatisch. Der Tresen erinnert an eine Arztpraxis. Unbesetzt. Weil die Sicht verschwimmt, merke ich, dass ich ganz dicht vor einer Glasscheibe stehe, auf der sich mein Atem kondensiert. Es wird hart an den Geräten gearbeitet. (Soviel kann ich immerhin erkennen.) Ich verbiete mir zynisch zu werden, denn das wäre zu billig. (Zunächst kein Gedanke an satanische Hüttenwerke. Versprochen. Meine eigenen Erinnerungen an Keller sind nur positiv besetzt, Frau Birus, wirklich! Im Partykeller unseres kirchlichen Jugendclubs habe ich meine erste Zigarette geraucht. Ich habe dort zum ersten Mal geschwoft. Ich habe das zweite Mädchen geküsst. Sie schmeckte nach Zahnpasta. Immerhin.)

Augenscheinlich bin ich einen Schritt zurückgetreten, denn die Scheibe ist nicht länger beschlagen. Nein. Nein. Die auch nicht. Die nicht. Aber die dort. Das ist sie. Karin. Das muss sie einfach sein. Ich bin mir ziemlich sicher, obwohl ich nur einen Teil des Rückens und den Bubikopf von hinten sehen kann. Mit ihren Armen bewegt sie rhythmisch Gewichte, ein verzerrtes Händeklatschen, als ob die Hände sich weigern und mit viel Energie überzeugt werden müssen, wie bei Müttern, die etwas gewaltsam die lieben Kleinen zum Applaus anhalten.

Ohne zugeführte Kraftanstrengung wirken die abgewinkelten Hände mit den Schaumstoffkissen in der Tat wie Flügel. Engel mit Polyesterflügel. Hatte Lilienthal mit seinen Fluggeräten nicht die gleiche Intuition? Fehlte es seinen Flugversuchen vielleicht nur etwas an Muskelkraft? Hätte er nicht besser daran getan, im Trockentraining zunächst ein wenig die Muskeln zu stählen? Sind also die Bodybuilder Nachfahren Lilienthals? Schwerstathleten der Flugkunst? Höllenschweiß vor Himmelssturm?

Aber wie der grazile Flug eines Schmetterlings sieht diese Bewegung weiß Gott nicht aus! Butterfly-Maschine? Wohl kaum. Man muss hier schon leicht boshaft die alte Bedeutung des Schmetterlings mitbedenken, wenn die Assoziation funktionieren soll. Nach Karins Brief habe ich sofort ein Lexikon konsultiert und eine interessante Entdeckung gemacht.

> **SCHMETTERLINGE** [wohl von Schmetten als vermeintl. Butter- und milchschädigende Hexen; Barockzeit.] Mz., Falter, Lepidoptera, eine weltweit verbreitete Insektenordnung mit über 100 000 Arten.

In früheren Zeiten argwöhnte man also, die Hexen würden sich tagsüber in die Butterfliege, den Schmandling verpuppen und die Milch versauern. Dann aber wären die Bodybuilderinnen von heute die wiederverzauberten Hexen von damals! Die Interpretation gefällt mir. Ich hasse es, zu schwitzen.

»Kann ich Ihnen helfen?«

Eine Frau steht am Tresen, die man hier gar nicht erwarten würde: statt Trainingsanzug ein graues Kostüm, statt muskulös feingliedrig und zart. Und auch ihre Haare trägt sie anders, als das Klischee es verlangt.

»Ich möchte ausprobieren, ob mir Bodybuilding Spaß macht«, antworte ich überhastet.

»Aber sehr gerne. Der erste Besuch bei uns ist kostenlos. Auch das erste Getränk geht auf unsere Rechnung. Und wenn es Ihnen bei uns gefällt, können Sie gerne Mitglied werden. Wir haben vor allem in den Vormittagsstunden noch Kapazitäten frei. Die Mitgliedsbeiträge sind äußerst günstig. Aber ziehen Sie sich doch zunächst einmal um und machen Sie sich mit den Geräten vertraut. Dort hinten sind die Umkleidekabinen. Finden Sie sich zurecht? Sonst fragen Sie einfach.«

»Vielen Dank«, entgegne ich und merke, wie sich meine Stimme ihrem ruhigen Tonfall angleicht. »Sehr freundlich.«

Kurz vor der Umkleidekabine dreht sich mein Körper noch

einmal. Die Frau wirkt auf mich seltsam zeitlos. Sie könnte dreißig oder dreihundert Jahre alt sein. Ihre Augenpartie erinnert an mittelalterliche Stiche und ihre Frisur an die Bilder alter Meister. Sie lächelt. Ein verwitterter Schneidezahn stört den makellosen Eindruck. Woher nur kenne ich die Gestalt? Oder glaube ich nur, sie zu kennen?

Will ich nicht unangenehm auffallen, muss ich weitergehen. Ich spüre den prüfenden Blick in meinem Nacken. Ich schließe die Tür. Ich ertrage es kaum, jemandem den Rücken zuzukehren, während er mich beobachtet. Bis zur achten Klasse musste ich die Hausaufgaben an einem kleinen Schreibtisch im Büro meiner Mutter machen. Träume nicht, ermahnte sie mich in unregelmäßigen Abständen. Ich habe nie herausbekommen, woran sie es merkte, wenn meine Konzentration nachließ. Erst als ich sie ausdauernd um Hilfe bat und sie häufiger eine Antwort schuldig blieb, erlöste mich mein Vater mit dem Satz, der Junge müsse auch lernen, alleine zu arbeiten. Am nächsten Mittag stand der Schreibtisch in meinem Zimmer. Ich durfte allerdings die Tür nicht schließen. Aus alter Gewohnheit rief meine Mutter noch gelegentlich »Träume nicht!« nach oben.

17

Letzte Woche habe ich sehr ratlos vor meinem Kleiderschrank gestanden. Meine Sportmode ist auf dem Niveau der lange zurückliegenden A-Jugend stehen geblieben. Ich entschied mich für eine noch tragbare addidas-Sporthose und kaufte mir mit dreijähriger Verspätung endlich eins der Literatur-T-Shirts. (Es gab nur noch eins von Hera Lind.) An der Empfangsdame vorbei, die mein T-Shirt interessiert mustert (und sich entweder über den Text oder meine Figur amüsiert) bleibe ich kurz vor der Glastür stehen. Spüre, wie ich mich mehrfach räuspere, wie früher, wenn ich vor dem Lehrerzimmer stand und mich nicht traute einzutreten, dann endlich schiebt mein Wille mich an, ich passiere die Glastür, gehe direkt zu der Butterfly-Maschine neben Karin, setze mich und werde sofort in einen Schmetterling verwandelt (oder in eine Hexe?).

18

»Also tatsächlich eine Glatze«, sagt sie trocken.

Ich weiß nicht genau, ob ich die heftigen Bewegungen mit der Butterfly-Maschine als Applaus werten darf.

»Hallo. Da bin ich.« Mehr Worte bringe ich nicht heraus, setze mich schnell auf die Maschine und mache einige verkrampfte Versuche. Ich bewege mich wie ein leicht besoffener Schmetterling. Wie eine ins Trudeln geratene Hexe.

»Als Linkshänder müssen Sie die Feder am linken Flügel, ja, genau die da, etwas lösen.« Ein kleiner Tadel schwingt in der Stimme mit.

Ich fliege sofort ruhiger.

»Sie erwarten hoffentlich nicht von mir, dass ich sage, ich freue mich, dass Sie gekommen sind. Ich weiß nämlich gar nicht, ob ich mich freue. Verstehen Sie mich nicht falsch, ich will sagen: Ich bin etwas überrascht. Mein Foto sollte nicht gerade anmachend wirken. Zunächst fand ich es einfach nur reizvoll, einen Theologen einmal zu mir kommen zu lassen. Extra muros ecclesiae, um Ihre Sprache zu sprechen.«

Als wollte sie mir Zeit zum Übersetzen lassen, schlägt sie dreimal mit den Flügeln.

»Wissen Sie, ich habe nicht gerade ein stressfreies Verhältnis zum Christentum. Es gab Zeiten, da verspürte ich eine große Lust, jeden Pfarrer mit bloßen Händen zu erwürgen. Inzwischen habe ich auch die Kraft dazu.«

Darauf bin ich nicht vorbereitet. Ich habe mir – wie immer, wenn ich einen klaren Gedanken fassen will, schriftlich – etliche Gesprächsanfänge notiert, die auf der nach oben offenen Peinlichkeitsskala alle einen rekordverdächtigen Wert aufweisen: »Sie inserieren also auch?« oder »Ist das Ihr erstes Date?« oder »Ihr Auftreten verrät eine gewisse Routine!« Ich bin froh, diese Fragen nicht stellen zu müssen, weiß aber auch nicht, wie ich auf diese Begrüßung reagieren soll. Sie schaut mich aus den Augenwinkeln an. Ich fliege einfach weiter. Ein Flügelschlag und noch ein verbissener Flügelschlag. Verkrieche mich in die Maschine. Ich riskiere einen hilflosen Blick von der Seite.

»Oder nervt Sie das Thema bereits? Sollen wir lieber, sagen wir, über Ihre Figur reden? Wenn Sie hier nicht lebend rauskommen, verliert die Welt weiß Gott keinen Superman.«

Ich lächele etwas verlegen und schüttele den Kopf: »Danke bestens. Wirklich nicht nötig. Mir gefällt meine Figur. Aber wie kann ich denn verhindern, dass Sie mich erwürgen? Ich hänge aus Gewohnheit am Leben.«

Ich fühle mich unwohl. Ich fühle mich unterlegen und schlecht behandelt. Ich fühle mich hineingeboxt in eine Situation, die ich so nicht erleben wollte. (Oder doch?)

»Wenn ich Sie richtig verstanden habe, sind Sie einer dieser Uni-Wichser, die den Pfarrern sagen, wie sie ihre Herde beisammen halten: Die Gewissenskeule schwingen, den Spaß verderben, hübsch drohen – der ganze Mist halt.«

»Ich will niemandem den Spaß verderben. Ich bin Theoretiker. Außerdem leben wir nicht mehr im Mittelalter!« Durch die Anstrengung auf der Butterfly-Maschine hört sich meine Stimme harsch an.

»Mittelalter! Das ist höchstens fünfzehn Jahre her. Wissen Sie, wie das bei uns zuging? Ihr Großstädter glaubt ja die Weisheit mit Löffeln gefressen zu haben. Das ist mir schon klar.«

Ihr Mund wirkt angespannt. Wenn sie eine Pause einlegt, beißt sie sich auf die Unterlippe. Ihre abgekauten Fingernägel knibbeln nervös an ihrem Handtuch. Macht es ihr Spaß, mich zu beschimpfen? Soll ich ihr sagen, dass ich auch auf dem Lande aufgewachsen bin? Soll ich ihr sagen, dass der Kleinstadtmief noch in meinen Haaren hängt und sich nicht auswaschen lässt?

»Und wie hat sich ein Großstädter die Provinz vorzustellen?«

»Pah, das habe ich mir gedacht. Sie haben natürlich keine Ahnung.« Sie beißt sich erneut auf die Unterlippe. »Religiöser Drill ohne Fluchten. So war das. Gewissenspogrome rund um die Uhr. Jeden Sonntag besuchte ich mindestens vormittags den Gottesdienst, plus Jugendgruppe, plus Kinderchor, plus, plus, plus. Rundumversorgung, eben. Tja. Und oft hatte ich keine Lust. Natürlich nicht. Wer hat das schon. Wenn ich mich mal krank stellte, fühlte ich mich anschließend immer schlecht. Ungeheuer schuldig. Aber am meisten hat mich die Sache mit dem Volleyball geärgert. Weil Volleyball auf den Kinderchorabend fiel, durfte es auch kein Volleyball sein. Dabei war ich nicht unbegabt, denn ich hatte ordentlich Sprungkraft. Damit kann man im Kinderchor leider sehr wenig anfangen. Im Singen war ich nur Durchschnitt. Trotzdem musste ich hin. Das wollte meine Mutter. ›Was soll ich dem Pfarrer sagen, wenn du nicht kommst. Außerdem ist singen doch so schön.‹ So ging das. Die Gemeinde machte eben irren Druck. ›Hast du schon dein kleines Herz dem lieben Jesulein vermacht?‹ Würg. Singen war ja o.k. Aber wenn ich mich heute an die Texte erinnere, packt mich die kalte Wut. Heute würde ich denen die Texte um die Ohren hauen oder ins Maul stopfen, bis sie daran ersticken.«

Sie atmet tief durch und streckt die Beine aus. Muskulöse lange Beine, denke ich. Sie hatte sicher wirklich Talent zum Volleyball. Ich schüttele die Hände aus wie früher im Turnunterricht.

»Meine Mutter. Ja. Die hatte einen Knall. Die war wirklich nicht von dieser Welt. Immer nur Arbeit. Die hatte Angst vor der Freizeit. Faulenzen war eine Todsünde. Ihre von der Garten- und Hausarbeit rissigen Hände habe ich immer nur in Bewegung gesehen: Äpfel schälen, Bohnen brechen, Pflaumen entkernen, Pfirsiche vierteln. Die einzige Orgie, die bei uns gefeiert wurde, war die Einweckorgie, als könne meine Mutter es gar nicht erwarten, das frische Obst in einen Zustand zu überführen, der dem ihrer Hände glich. Immer wenn ich ihre Hände sehe, denke ich an diese verschrumpelten Pfirsiche. Immer.«

Sie verzieht ihr Gesicht. Ich mache eine kleine, unauffällige Pause. Schaue ihr zum ersten Mal länger ins Gesicht. Sie hat etwas Trotziges im Blick. Ihre Augen verengen sich, als sie sagt: »Meine Mutter lachte nie. Zumindest nicht spontan, aus voller Brust, sie gönnte sich höchstens dieses ätzende Gütigkeitslächeln. Das finden sie auf jedem kitschigen Madonnenbild. Haben Sie schon einmal eine Madonna lauthals auf einem Bild lachen sehen? Nein? Eben. Immer den Körper schön unter Kontrolle haben, nur ja nicht aus sich herausgehen. Die ist unglaublich verbohrt. Wirklich.«

Sie prüft die Druckstellen an ihrer Hand.

»An eine bestimmte Szene erinnere ich mich noch genau. Sehr genau sogar. Vom Geburtstagsgeld meiner Oma kaufte ich mir heimlich ein Micky-Mouse-Heft. Ganz ungefährlich, werden Sie jetzt vielleicht denken. Aber dummerweise hielt ich mich an einer Stelle nicht im Zaum und lachte lang und laut. Ein richtiger Lachkoller. Meine Mutter hetzte ins Zimmer, riss mir ohne ein einziges Wort zu sagen den Comic aus den Händen und zerfledderte ihn vor meinen Augen. Das war einfach 'n Hammer. Wahnsinn!«

»Und Ihr Vater?«, warf ich mit meiner vor Anstrengung rasselnden Stimme ein.

»Sie vermissen meinen Vater?«, fragt sie verwirrt und schaut mich an, als hätte sie meine Anwesenheit vergessen. »Mein Vater, der kam nur am Abend vor, verbannt in den Garten, Samstags gabs Schwarzarbeit und Sonntags eben Kirche. Total verlogen. Den Staat durfte man bescheißen, den lieben Gott aber nicht. Mein Vater flüchtete sich in die Arbeit. Aber sonst war er ganz okay. Er war weniger streng als meine Mutter, überließ ihr stillschweigend das Regiment zu Hause. Aber er saß im Kirchenrat, Presbyter, und da erwartete er von mir natürlich, ich solle ihm, wie er immer zu sagen pflegte, keine Schande machen. Natürlich. Er meinte damit: zur Kirche nicht in Jeans, nicht rauchen, trinken, nicht in die Disco, in der Schule zumindest unauffällig bleiben und vor allem nicht schwanger werden.

Und dann gabs da noch meine drei Jahre ältere Schwester – die hat sich dauernd aus dem Staub gemacht – und den nur zehn Monate jüngeren Bruder. Der schleimte sich mit seinem ersten Bäh bei meiner Mutter ein, wurde ihr lieber Kleiner. Wie oft hat sie erzählt, wie angenehm es mit ihm gewesen war in anderen Umständen zu sein. Ich hätte nur Umstände gemacht. Nun ja. Es war zwecklos, Sie wissen schon, obwohl ich es natürlich versucht habe. Weil meine Mutter einen Putzfimmel besaß, habe ich drei Mal wöchentlich mein Zimmer gewienert, sogar die Matratzen abgesaugt und die Bücher feucht abgestaubt. Unglaublich, nicht? Es war in meinem Zimmer schließlich noch sauberer als im restlichen Haus. Meister Proper pur. Niemals ließ sie übrigens auch nur einen einzigen freundlichen Satz dazu fallen. Wie oft habe ich meine Enttäuschung und meine Tränen niedergekämpft.«

Sie schüttelt den Kopf, langsam, als würde sie den aufsteigenden Bildern nicht trauen.

»Ekel. Ich glaube, meine Mutter empfand Ekel vor allem Körperlichen. Ich glaube, sie hat immer sofort Schmutz assoziiert, wenn sie an den Körper dachte. Deshalb wurden wir immer gnadenlos eingeseift. Vor allem an diesen schrecklichen Samstagen. Mädchen müssen schön sauber riechen, sagte sie. Und dann passierte diese Geschichte mit vierzehn. Mit der Pubertät ging die Hölle los. Seit Tagen zwickte es in meinem Bauch. Ich tippte natürlich auf Magengrippe und legte mich nachmittags eine Stunde ins Bett. Als ich aufstand, war irgendwie alles feucht. Zunächst dachte ich, es sei nur der Schweiß vom Fieber, aber dann entdeckte ich den großen Blutfleck. Mir war ungeheuer schlecht. Hilflos rief ich nach meiner Mutter, die nur einen schnellen Blick auf die Stelle warf, mit deutlichem Ekel das Betttuch abzog und anschließend auf Knien den Flecken mit Seifenlauge auswusch. Dieses Bild wird mir immer in Erinnerung bleiben. Wie meine Mutter da auf den Knien im Bett hockt! Mir drückte sie nur eine viel zu große Binde in die Hand mit der Bemerkung, das dürfe nicht wieder vorkommen.

Tat es auch nicht. Ich habe neun Jahre lang meine Regel nicht mehr bekommen. Neun Jahre!«

Sie macht ein kleine Pause. Sie sitzt in sich gekehrt, allein mit ihren schwarz-weißen Bildern. Sie sieht die Vergangenheit wie auf einem Röntgenschirm, die Fraktur ihrer Seele. Ihre Stimme ist müde, die Aggressivität daraus gewichen, als sie sagt: »Ich bin dann krank geworden, ja. War meine einzige Rettung, krank zu werden. An jenem Tag habe ich begonnen mit einem Messer zu spielen, einem alten Schälmesser, das ich meiner Mutter entwendet hatte. Wenn der kalte Stahl über meine Haut strich, fuhren mir richtige Glücksschauer über den Rücken. Zuerst ritzte ich immer nur ganz vorsichtig die oberste Hautschicht auf, aber dann wagte ich den ersten Schnitt. Blut, wunderbar rotes Blut. Wissen Sie, wie Blut schmeckt? Es schmeckt himmlisch traurig. Oft ließ ich die Blutstropfen in die Toilette fallen, die dann das Wasser rot einfärbten. So habe ich jeden Tag menstruiert. Das schien mir die Lösung zu sein. Endlich spürte ich meinen Körper. Tja. Bis dann meine Sportlehrerin die lila vernarbten Schnittwunden entdeckte, einen großen Zinnober veranstaltete und meine Mutter einbestellte, die dann im Sonntagskostüm dort aufkreuzte und sich die Gardinenpredigt ihres Lebens anhören musste. Mir war die Geschichte dann peinlich, wegen der Nachbarn, verstehen Sie? Viele Monate verbrachte ich mit entsetzlichem Heimweh in der Klinik. Verrückt, oder? Aber ich hatte Heimweh.«

Sie verzieht leicht den Mund.

»Heimweh! Eigentlich völlig irre. Heimweh! Es hat immer geregnet. Immer. Einfach immer. Bis heute weiß ich nicht genau, was mich gerettet hat. Ich glaube, es war eine Krankenschwester. Birgit. Ich erinnere mich nur noch an ihre schönen weißen Zähne. Jeden Tag brachte sie mir Hanni und Nanni mit. Und irgendwann, es war ein fürchterlich dunkler Novembertag, obwohl es laut Kalender Frühling hatte, schenkte sie mir ein Micky-Mouse-Heft. Wir haben es zusammen gelesen und wunderbar laut gelacht. Dabei hat sie mir ihre warmen Hände auf meinen durchfrorenen und vernarbten Unterarm gelegt. Ich glaube, ich habe wegen eines Micky-Mouse-Heftes überlebt. Und wegen ihrer warmen Hände.«

Sie wischt sich mit einem Handtuch über das Gesicht.

»In der Klinik lernte ich übrigens auch meinen Körper zu lieben und erlebte das erste richtige Körpergefühl. Jede Form von Sport, die mich zum Schwitzen brachte, tat mir gut. Ich habe geschwitzt und herrlich gestunken und herrlich gealbert. Meinen Körper will ich weiterhin spüren, alle Muskeln, auch die, die man nicht braucht. Inzwischen dusche ich aber auch wieder.«

Sie lacht kurz auf und blickt mich an. »Keine Sorge, Sie brauchen keine Nasenklammer. Bleiben wir an dem Gerät?«

Ich nicke. »Mir gefällt diese Bewegung«, sage ich, weil mir die anderen Geräte noch mehr Angst einjagen.

»O.K.«, stimmt sie zu. »Aber passen Sie auf, dass Sie nicht abstürzen«, sagt sie mit einem bissigen Unterton.

»Ich habe dann viel später meine Krankengeschichte im Kopf noch einmal aufgearbeitet und Unmengen von Literatur zum Thema verschlungen. Gott sei Dank bin ich ein besonders schwieriger Fall. Mutterkomplex mit religiösem Background. Ich war aus gleich zwei Gründen leidensgeil: Einmal wollte ich bei meiner lieben kleinen Mutter das Mitleid hervorkitzeln und dann habe ich unterschwellig auch noch das Leiden Christi kopiert. Leiden, großes Leiden, um eine bessere Tochter und eine bessere Christin zu werden. Beides ging schief. Und zwar heftig. Mein jüngerer Bruder ist bis heute Mamas Liebling und ich habe beim Christentum den Dienst quittiert. Wie gesagt: Ich hätte noch lieber einen Pfarrer zu Tode gequält. Schön langsam.«

»Das lässt sich leicht nachholen. Wenn ich hier noch zehn Stunden weiterfliege, sind Sie endlich am Ziel,« antworte ich und stöhne hörbar.

»Vielleicht sind Sie doch der Falsche. Sie können wenigstens zuhören.«

Ich nicke nur kurz. »Und Ihre Mutter? Wie hat die reagiert?«

»Um meine Mutter zu ärgern, habe ich mir zunächst das halbe Dorf ins Bett geholt. Musste auch mal was wegmachen lassen. In Holland. War gar nicht so schlimm. Egal. Ich habe übrigens, das hat mir besonders viel Spaß gemacht, mehrmals mit einer ausgeflippten Freundin vor den Augen meiner Mutter rumgeknutscht. Ihre Tochter eine Lesbe! Das muss für sie die Hölle gewesen sein. Wahrscheinlich hat meine Mutter ganze Nächte durchgebetet. Und wahrscheinlich glaubt sie sogar, die Gebete seien erhört worden, denn seit drei Jahren lebe ich in einer festen Beziehung. Wir sind vom Dorf hierher gezogen. Ich habe den genommen, der am echtesten lachen konnte. Das ist die beste Qualitätskontrolle. Glauben Sie mir. Und vögeln kann er auch ganz ordentlich. Haben Sie die Buchhandlung in der oberen Etage gesehen? Die leite ich mit meinem Freund. Mein Leben ist jetzt so weit ganz o.k. Ich habe meinen Platz gefunden.«

Jetzt, denke ich, jetzt. »Und wie halten Sie es heute mit der Religion?«

»Religion? Pah! Es ist gar nicht so einfach, diese ganzen Sündenvorstellungen, die sich einmal im Kopf eingenistet haben, daraus zu vertreiben. Wenn es überhaupt so was wie Sünde gibt, dann ist es Gefühlskälte, oder?«

Ich stutze kurz, sage aber nichts.

»Ich musste erst mal auslüften. Luftveränderung tut dann ganz gut. Ich bin glaubensmäßig ein bisschen herumgesurft. Hier herumgezogen, dort ein wenig ausprobiert. Urschrei-Therapie, das ganze Programm halt. Viel New Age, ein bisschen Buddhismus, sogar einmal eine lateinische Messe, die war gar nicht so übel. Ich nehme mir immer genau das, was ich gerade brauche. Hauptsache viel Körperliturgie und jede Menge Spaß. Wenn Gott weiblich ist, weiß er genau, was ich suche. Vielleicht sollte ich Ihnen mal eine Vorlesung schreiben, damit wirklich Sinnliches und Fröhliches dabei herauskommt. Nicht immer dieses vernagelte Zeugs.«

Karin fängt erneut an, heftig mit den Flügeln zu schlagen. Ich halte mit, mein linker Arm rutscht aber ab und ich schlage mir mit dem rechten Flügel kräftig gegen den Kopf. Sie bricht in lautes Lachen aus. Ein helles und ansteckendes Lachen verbreitet sich im Raum. Weil eine salzige Träne meine Lippen streift, merke ich, wie hemmungslos auch ich lache. (Normalerweise bringe ich es nur zu einem ironischen Gekicher.) Ich greife mit der Linken erneut nach meinem Flügel und schlage mit beiden Flügeln erst langsam, dann immer schneller. Ich habe wirklich allen Grund, mich zu quälen.

19

Hier ist der telefonische Anrufbeantworter von Frau Birus. Ich bin momentan leider nicht zu Hause. Wenn Sie eine Nachricht hinterlassen wollen, sprechen Sie bitte nach dem Signalton. Piiiep.

Hallo. Ihr Dienstreisender. Ich wollte nur … ich meine … also ich bin jetzt noch in Geislingen.

Ihre Zeit für die Nachricht ist abgelaufen. Vielen Dank.

20

Halten Sie meine Hand, Frau Birus, ich fühle mich unsicher, schrecklich unsicher, meine knarzende Stimme auf Band wird es Ihnen soeben verraten haben. Ich fühle mich so unsicher wie früher im Schwimmunterricht, als der fette Bademeister sagte: Sei kein Feigling!, und ich ihm Bitten um Aufschübe entgegenstammelte, bis er mich hinterrücks mit einer langen Stange ins Wasser stieß und ich dem chlorausdünstenden Beckenboden entgegentaumelte, aber ich bin diesem Bademeister, der mich in jeder schwülen und unruhigen Feriennacht jenes Sommers mit seiner dumpfen Stimme verfolgte, bis heute für diesen hinterhältigen Stoß dankbar, denn das Schwimmen kann man nicht verlernen (Leser müssten schwimmen können, habe ich irgendwo gelesen, Frau Birus, kennen Sie die Stelle? Steht es bei Platon?). Ich bin auch heute stolz auf diese ersten Bauchklatscher, ja, Frau Birus, meine Haut spannt noch ein wenig und die Bauchdecke ist krebsrot verfärbt, ich paddel noch wie ein Embryo unbeholfen im warmen Wasser, geben Sie mir also Zeit, Frau Birus, ich befinde mich erst am Anfang meiner Reise, verhalte mich wie ein Ethnologe der eigenen Religion, leiste Verzicht auf GERONNENE TRANSZENDENZ, mir ist vorab nichts heilig, ich stehe jetzt hier kreuzlahm (ich habe mich wirklich gequält, Frau Birus!) in der zugigen, steil bergan führenden Gasse auf dem Weg in mein Hotel, der scharfe Geruch von Hundepisse steigt mir plötzlich in die Nase und lässt das Bouquet des Weins verwelken, die Zunge fühlt sich pelzig an, baut angewidert einen Schutzwall auf, um die Geschmacksknospen zu schonen. Wenn ich mich umdrehe, dann sehe ich noch das dreistöckige Fachwerkhaus, beinahe zu stilvoll renoviert, erahne den Namenszug der Buchhandlung, COLIBRI, und weiß um die schwitzenden Körpermaschinen im Keller, spüre mit jedem laut hallenden Schritt die unglaublich sauberen Gassen unter meinen Füßen, so sauber und ordentlich wie zu Hause bei Karin, und trotzdem war ihr Leben vergiftet und von Pilz befallen, ich habe ganz reale Angst gehabt, Karin könnte sich stellvertretend an mir rächen, wahrscheinlich hielt sie mich für einen Feigling, weil ich nicht den Dienst quittiert habe, aber sie täuscht sich, ich habe anders revoltiert, ich habe mich mutterverträglich in die Wissenschaft zurückgezogen (ein typisch männliches Verhaltensmuster, Frau Birus?). Meine Verletzungen waren vor allem intellektueller Natur, ich wollte Gewissheit, Boden unter den Füßen, verstehen Sie?, ich sehe soeben ein Reklameschild verlöschen, das für Nähmaschinen wirbt: SINGER NÄHMASCHINEN – QUALITÄT HAT… mehr erinnere ich nicht, ich höre Jalousien, die ratternd für die Nacht heruntergelassen werden, eine Frau schaut aus einem begonienbewehrten Fenster und hält mit einer albernen Reflexbewegung ihre Hand vor den Ausschnitt, als sie mich unten auf der Straße stehen sieht, vor mir geht ein Mann mit seinem Hund Gassi, der verwöhnte Bauch des Hundes scheuert gelegentlich über den Fußboden und obwohl ich den Mann nur von hinten sehe, bin ich mir sicher, wie kräftig auch sein Bauch ihn nach unten zieht, wie damals der Hund meines Nachbarn, ein dicker Mops, der seinen Herrn überredete seine Gesichtszüge anzunehmen, ich konnte meine Mutter leider nie überreden, mir einen lebendigen Hund zu schenken, WÜNSCHE DER JUGEND KOMMEN IN GRAUEN KLEIDERN, das Licht der auf antik getrimmten Straßenlaternen wird jetzt, da die nahe Turmuhr elf Uhr schlägt, sachte gedimmt, RINGSUM RUHET DIE STADT, STILL WIRD DIE ERLEUCHTETE GASSE. Aber Geislingen, dieses gemächliche und blitzsaubere Geislingen, wo niemand von grell geschminkten Huren aufgeschreckt wird, wo der Baugrund noch günstig und die Mauern dick und solide, hat für mich ein Gesicht bekommen und eine Geschichte, schon jetzt hat mich, den eigentlich an Biographien Uninteressierten, eine gewaltige Lust befallen. Ich spüre eine seltsame, geheimnisvolle Kraft in mir, von stürmischer Wildheit, die immer mehr anschwillt, und die ich gerne herausschreien möchte.

Aber in dieser stillen Gasse könnte das fatale Folgen haben.

Ich spüre, wie ich wachse, Frau Birus, und wachse und wachse und wachse. Ich habe ein klein wenig Angst, bin wehrlos, schrecklich wehrlos. Geben Sie mir Ihre mutterweiche Hand, Frau Birus, und ziehen Sie mich an Land.

Lizenz zum Segnen in Greifswald

21

Mein Herz.

Ich spüre mein Herz. Und alle anderen Muskeln meines Körpers. Die Ränder unter den Augen sind Indiz der Überforderung. Von Null auf Hundert. Offensichtlich habe ich Reserven ausgeschwitzt auf der Höllenmaschine. Mein Körper reagiert beleidigt, und meine Haut riecht noch immer säuerlich, fühlt sich lehmig an, als habe Schweiß und Wasser die menschliche Ursubstanz erneut angerührt. Endlich kann ich bei meinem Gesicht nachbessern, ein wenig die Nase bossieren und meine immer verkniffen wirkenden Lippen verbreitern. Aber der Wulst, den ich aus meiner Unterlippe drehe, hat keinen Bestand. Der Lehm ist zu weich, kann die Form nicht halten und verrutscht wieder, wird zum Doppelkinn, das ich nur mit viel Mühe wieder auf die Wangen verteilen kann. Ich wische mir die klebrigen Finger an der Hose ab und halte das Gesicht in die Sonne, um die Form zu brennen.

22

Die Zeile der Waggonfenster erinnert mich an Kästners fliegendes Klassenzimmer. Theater AG in der neunten Klasse. Landeanflug.

Draußen gleitet ein alter Bauernhof vorbei. Eine Wiese übersät mit Maulwurfshügeln wie eine informelle Malerei.

Igelige Stoppelfelder.

Nassglänzende Pferde auf einer Weide.

Ich bin auf dem Lande aufgewachsen, erinnere mich an die Nachmittage, wenn ich mit meinem Freund zu den Ponys stromerte. Es waren störrische Biester, die uns oft abwarfen. Einmal stürzte ich unglücklich, landete auf dem Rücken und bekam keine Luft mehr. Der panische Ausdruck auf dem Gesicht meiner Mutter, nicht bewegen, schrie sie, was aber völlig unnötig war, weil ich mich wirklich nicht rühren konnte, jagte mir einen größeren Schrecken ein als die unbequeme Landung. Meine Mutter verbot mir den Umgang – sie sagte wirklich: »den Umgang« – mit den Tieren. Und ich? Ich liebte meine Mutter und wollte unbedingt, dass sie mich liebt.

23

Ich habe mich gestern Abend noch lange in der Buchhandlung mit Karin unterhalten. Ob ich denn auch unter dem taktilen Analphabetismus leide, wollte Karin wissen. Taktiler Analphabetismus, murmelte ich, konnte mich aber, obwohl durch die Situation zu schnellen Geständnissen und Beichten grundsätzlich bereit, nicht zu einer Selbstbezichtigung aufraffen, weil ich, wie Kindheitsfreunde notfalls unter Eid bezeugen können, meine Karriere als hochdekorierter Tütentaster begann, jedenfalls in den Jahren, als auch auf dem Dorf die Urbanisierung in der Gestalt von *Heinerle Wundertüten* unaufhaltsam voranschritt. Weil meine Mutter mich nur widerstrebend unbeaufsichtigt mit Nachbarjungen spielen ließ, weil, so meine Mutter, du dazu neigst, von Pferden herunterzufallen, schenkte sie mir häufig zwei Groschen, du sollst auch deinen Spaß haben, so ihr Kommentar, und Johanna, heute kochen wir doch lieber Grünkohl mit Räucherendchen, so die Anweisung zur spontanen Änderung des Kochplans, als wollte meine Mutter die zwanzig Pfenning nun beim Essen wieder einsparen. Besagte zwei Groschen ließen mich zum Kaufmann Hendricks eilen (er hieß wirklich Hendricks und bereitete phonetisch eine spätere Sympathieübertragung auf den schnupfenden Sänger ähnlichen Namens vor), wo ich, in der Hocke, weil die Tüten damals von einem nur unzureichend kaufpsychologisch geschulten Personal im untersten Regal gehortet wurden, die Tüten befingerte. Hoch im Kurs stand Mitte der sechziger Jahre der Tyrannosaurus Rex, für den ich von meinen Freunden eine Mark bekam. Mit dem Rex machte ich meine ersten Bargeschäfte, weil meine Freunde immer spielen mussten und nur selten, allenfalls, wenn sie mit Mumps ins Bett gesteckt wurden, Tröstertüten geschenkt bekamen. Bereits nach jeweils zwei Wochen hatte ich alle Dinosaurier aus dem Stapel herausgetastet und musste oft drei Wochen warten, bis die taktilen Analphabeten die restlichen *Heinerle Wundertüten* abgearbeitet hatten. Morgen kommt neue Ware, sagte dann der alte Hendricks Augen zwinkernd zu mir und dieser Satz war für mich eine Verheißung, die meistens auch eintraf. Taktiler Analphabetismus, nein, sagte ich, die Geschichte resümierend, das treffe auf mich wirklich nicht zu.

Karin stand auf und kam mit einem Tast-Spiel (*nonbooks*-Programm!) zurück. Zweimal verlor ich. Bin eben nur *Heinerle-Wundertüten*-Spezialist, entschuldigte ich mich.

24

Ich könne, so Karin zu später Stunde, Bücher und auch anderes Lesefutter (ich sollte mit dem Wendekreis des Krebses anfangen, dann Erica Jong, Updikes Gottesprogramm, schließlich die schärferen Sachen, Hollinghurst müsste ich auch unbedingt lesen, um meinen Kosmos zu erweitern), mit fünfundzwanzig Prozent Rabatt bei ihr bestellen. So würden wir in Verbindung bleiben. Fünfundzwanzig Prozent Preisnachlass bei meinem Bücheretat! Vielleicht sollte ich das Angebot annehmen. Was

Sie denn lese, wollte ich wissen – suchte Zeit zu gewinnen, um über das Angebot nachzudenken. Alles, so Karin, viel Belletristik, mit Vorliebe Boyle, aber auch Bücher zur Selbsttherapie. So habe ihr Drewermanns Auslegung der biblischen Geschichte über das lebensmüde Töchterchen des Jairus wirklich geholfen. Ob ich Drewermann auch schätze, fragte Karin. Ich machte eine zögerliche Handbewegung. Karin lächelte wissend. (Theologen mögen Drewermann in der Regel nicht. Der verkauft einfach zu viele Bücher und seine Vorlesungen am Samstagmorgen, jawohl am Samstagmorgen!, sind immer so schrecklich gut besucht. Ich bin nicht neidisch, Frau Birus, Gott bewahre. Aber so viel Zuspruch ist verdächtig. Finden Sie nicht auch?)

25

Ich verließ Karin um 22.50 Uhr in bester Laune. Zum Abschied legte sie kurz meine Hand auf ihren Unterarm. Ich zuckte, als ich ihre Pulsadern spürte – nur unmerklich? – zurück.

Ich kann mich nicht mehr an alle Punkte unseres Gesprächs erinnern. Wenn ich einer Person ganz intensiv, wirklich selbstvergessen zuhöre (was sehr selten passiert, wie Frank behauptet), dann wandert mein Blick nach unten und ich starre auf den Mund, als sei ich taub und müsse von den Bewegungen der Lippen auf die Buchstabenfolge schließen, und wie ein lautloses Echo bilden meine Lippen die Wörter und Sätze nach, als sage mir mein Gegenüber einen Eid vor, den ich, trunken vor Feierlichkeit, nachspreche, und es fehlt nur wenig und ich würde die Rechte erheben, zwei Finger spreizen und sagen, so wahr mir Gott helfe. Wenn die Lippen meines Gegenübers länger geschlossen bleiben, stutze ich, schaue wieder hoch und blicke in zwei irritierte Augen, zumeist erinnere ich dann nicht mehr ganz genau den Sinn der Sätze und welchen Eid ich soeben geschworen habe.

26

In zwei Zügen zurück nach München. Ich las ein Buch des Soziologen Peter L. Berger: »Auf den Spuren der Engel«, ein Buch, das Sie mir, Frau Birus, »wärmstens« empfohlen haben. »Wir sind angehalten, jede menschliche Gebärde, auf die wir treffen oder die von uns im alltäglichen Drama erwartet wird, sorgfältig, d.h. im tiefsten Sinne des Wortes, in ›unendlicher Sorge‹ um die Sache des Menschen zu beachten. Denn mitten in ihrem alltäglichen Tag, heißt es im Neuen Testament, ›haben etliche ohne ihr Wissen Engel beherbergt (Hebräer 13,2).‹«

Soziologen dürfen solche Sätze ganz unbefangen drucken lassen. Würde ich aber einen vergleichbaren Satz zu Papier bringen, dann hieße es entweder, ich neige neuerdings zu theologischem Kitsch (die freundliche Variante), oder ich sei zur Militia Christi des Pietkong eingezogen worden (die hinterhältige Variante). Zum ersten Mal bin ich auf Soziologen, die ich bisher immer als intellektuelle Halbgewichte denunziert habe, wirklich neidisch.

Möglicherweise liegt die Wahrheit immer in den kleinen Gesten, nicht in den lauten Worten, dem alltäglichen Geplapper, den aufgeregten Pamphleten, den »Ich-rette-schnell-mal-den-Planeten-Traktaten«. Hoffentlich bin ich empfindsam genug. Meine letzte Freundin meinte: Nein.

Ich habe zu Frauen durchaus ein Verhältnis, ein gestörtes allerdings, wie Frank behauptet. Ich verliebte mich bisher immer zu offensiv und zu schnell, konnte dann aber den Zustand nicht konservieren, weil mir die richtige Methode zum Einwecken fehlte. Dabei kenne ich keine Vorlieben für einen bestimmten Typ. Ich soll, nach Franks Meinung, mit wirklich hässlichen Frauen liiert gewesen sein, weil oft ein kleines Detail ausreicht, bei meiner letzten Freundin ihr wunderbar durchblutetes Zahnfleisch, um mich zu begeistern. Zwischenzeitlich glaubte ich, mit meiner schnellen Reizbarkeit umgehen zu können, indem ich die Entdeckerfreude auf den Kosmos eines Körpers konzentrierte, aber auch diese Kunst der Ausdauer weckte Argwohn, wenn man nicht gelegentlichen Muskelkater vortäuschte. Du könntest mit über achtzig Prozent der Frauen vierzig Jahre lang verheiratet sein, dir sind alle Frauen gleichgültig, warf mir meine Freundin neulich vor, die sich für einzigartig hielt – stimmt, Stichwort: Zahnfleisch –, und mich verließ.

27

Seit Ulm sitzt mir ein Mann in Cordhosen und Tweedjacke gegenüber, der wiederholt seine mühsam die Stirnglatze kaschierenden Haarsträhnen befühlt. Sein Oberkörper bleibt während der Lektüre seiner Computer-Zeitschrift, was sage ich, zu des Verlages Freude liest er einen ganzen Jahrgang, beinahe beängstigend ruhig. Offensichtlich fahren Computerzeitschriften die menschliche Vitalität auf ganz niedrige Brennwerte herunter. Ich störe ihn nicht. Weder interessieren mich momentan Computer-Zeitschriften, noch will ich seine Frisur gefährden. Ich feile handschriftlich an meinen Notizen weiter und kann nur ahnen, wie hoffnungslos altmodisch ich auf mein Gegenüber wirke. (Mein Notebook lasse ich im Rucksack.)

28

Im Hauptbahnhof entschließe ich mich, den Inter-City-Night nach Berlin zu buchen, um mittags in Greifswald zu sein. Zukünftig werde ich etwas sorgfältiger planen müssen, um nicht im Zickzackkurs durch die Republik zu tingeln, denn übermäßig viel an Kirchensteuer zahle ich nun auch wieder nicht, jedenfalls nicht genug, um alle Auslagen damit decken zu können, zumal ich aufgrund meiner damaligen unbequemen Lage in der Damentoilette nur unzureichend, sprich gar nicht, über Spesen verhandelt habe.

Der Inter-City-Night bietet denkbar besten Komfort – eigene Nasszelle inklusive. Zwiespältige Gefühle stellen sich während des Duschens bei Tempo 130 ein, die von der Angst herrühren, der Zug würde plötzlich wegen eines ausgebrochenen und wahnsinnig gewordenen Rindes bremsen, ich mit dem Kopf gegen die Verkleidung schlagen, blutüberströmt in der Duschwanne liegen bleiben und erst vom Reinemachtrupp in Berlin gefunden werden. Leider zu spät.

Diese Angst wurde mir vererbt, mütterlicherseits. Meine Oma rutschte zweiundsiebzigjährig in der Duschwanne aus, brach sich den Oberschenkelhals und konnte seitdem, ein Meisterstück der chirurgischen Kunst, nur rückwärts schmerzfrei gehen. Nach dem Unfall wurde die Wanne mit Sicherheits-Know-How umgerüstet: zwei zusätzliche Haltegriffe, eine rutschsichere Gummimatte, die bereits nach kurzer Zeit unerträglich stank, sündhaft teure Kabinentüren der ersten Stunde und eine Hitzesperre, die vor Verbrennungen schützen sollte. Meine Mutter blieb skeptisch. Bis zum neunten Lebensjahr wusch sie mich samstags zur Sportschauzeit mit einem Waschlappen, dessen Motiv ich mir aussuchen durfte (immerhin!), schnitt mir die Zehennägel kurz – der grausamste Augenblick der ganzen Woche – puhlte sorgfältig mit Q-Tips in den Ohren, begutachtete das Ergebnis eingehend, du neigst zu Mittelohrentzündungen, entschied meine Mutter jedes Mal, wir verhandelten über Watte im Ohr, wir einigten uns darauf, dass das linke Ohr gefährdeter sei, dann zog sie mir frische Unterwäsche an – bis Ostern eine lange Unterhose und ein angerauhtes Hemd. Weichspüler war verpönt, deshalb stolzierte ich wie ein Ritter in schwerer Rüstung aus dem Bad, machte, sobald ich außer Sichtweite war, Kniebeugen und Kraulbewegungen, um den Schiesser-Panzer zu weiten, ölte ihn heimlich mit Spucke und setzte mich an den Küchentisch, wo mich eine Drohung in Form des samstäglichen Butterbrotes mit Schinkenspeck erwartete. Samstagabends hatte das Hausmädchen frei, deshalb schmierte sie mir das Brot bereits mittags, so passte es vorzüglich zu meiner frischen Unterwäsche. Meine Mutter ließ mich sitzen, bis ich den Teller leer gegessen hatte, erst dann durfte ich ins Wohnzimmer, dessen Boden sich Zutritte verbot, denn das blank gebohnerte Parkett musste durch einen Spreizschritt auf die Perserbrücken überwunden werden, eine schwierige Übung, weil die säuberlich geharkten Teppichfransen nicht durcheinander gewirbelt werden sollten. Ich durfte noch zehn Minuten fernsehen, dann schaute meine Mutter kurz herein, ich gab meinem Vater, dessen Vorfreude auf ein Glas Wein in seinem Gesicht zu lesen stand, einen Kuss auf die Wange und sprang aus dem Zimmer. Noch bevor ich das obere Stockwerk erreicht hatte, hörte ich, wie mein Vater die Weinflasche, meistens Oppenheimer Krötenbrunnen, entkorkte und sich ein Glas einschenkte, ein Geräusch, das mich zu einem zusätzlichen Toilettengang inspirierte.

29

Um zwei Uhr habe ich die »Bar« des IC-Night aufgesucht, sie war wie ausgestorben und der Kellner wollte mir, obwohl nach eigenem Bekunden Morgenländer, partout keine Geschichten erzählen. Und Buttermilch führte das Bordrestaurant auch nicht. Übellaunig notierte der Kellner meinen wiederholt vorgetragenen Wunsch, auf dem Zimmer (Kabine?) zu frühstücken. Ich habe dann geschmökert. Antonia Byatt: »Besessen«. Das ist auch das passende Prädikat für meine Lektüren.

Noch bevor ich lesen konnte, schenkte mir meine Großmutter die Postkartenreproduktion eines Gemäldes (und ich bewundere bis heute ihre geschickte Psychologie). Es zeigt das für die damalige Zeit typische, inzwischen längst überholte Halbporträt einer älteren Frau mit Dutt, Brille, Falten, und wahrscheinlich habe ich zunächst geglaubt, es sei meine Großmutter, die dort über einem Buch gebeugt ihrer Enkelin (offiziell war es die Tochter, aber das leuchtete mir nicht ein) etwas vorliest. (Natürlich kannte ich die Enkelin nicht und ich quälte mich wiederholt mit der Aufzählung meiner nicht kleinen Verwandtschaft, konnte mir aber kein Gesicht vor Augen malen, das dem abgebildeten glich.)

Ich habe das Bild als Einladung verstanden, mir vorlesen zu lassen. Wenn ich meine Großmutter beim Tee erwischte, kletterte ich auf den Stuhl neben ihr, schob ihr ein Buch hin und hieß sie vorlesen. Meine Großmutter trank Unmengen Tee, goss sich in holländischer Manier immer nur so viel ein, bis der größte Kandis nicht mehr herausragte. Ich taufte dieses Ritual das Grönlandspiel, weil nach einem Schluck plötzlich der Gletscher herausragte oder, wenn meine Großmutter versunken vorlas, der Zuckerberg unter Getöse auseinander brach – Frühling im hohen Norden. Tee on the rocks. Augenblicklich, schon nach der ersten Zeile, verwandelte sich ihre im Alltag das Befehlen gewohnte Stimme, wurde seidig, melodiös, warmherzig. Nachdem sie eine Seite umgeblättert hatte, nahm sie einen Schluck Tee, goss nach und las weiter. Manchmal, wenn sie mir Märchen vortrug aus dem großen schweren Buch mit den abgestoßenen Kanten und den schweißfleckigen Stellen unten auf den Seiten, die vom vielen Umblättern zeugten, überschlug sie einen Satz und wartete auf meinen Protest. So hat sie mir durch das Vorlesen zugleich das Lesen beigebracht, denn nach der Vorlesestunde verglich ich die memorierten Geschichten mit den Wörtern auf der Seite. (Noch vor der Entdeckung und pädagogischen Hochkonjunktur der Ganzwortmethode habe ich sie praktiziert – allerdings auch lebenslange Rechtschreibprobleme behalten. Wir hatten bereits darüber gesprochen, Frau Birus!)

30

Zum Frühstück gab es heute Morgen die *Süddeutsche Zeitung* gratis. Mein Frühstück habe ich streng ritualisiert: Zuerst schmiere ich mir mein Brötchen – mit Vorliebe Mohnbrötchen, obwohl die Körner dauernd zwischen den Zähnen stecken bleiben (ein Nachteil besonders auf Reisen) – , belegt mit jungem Gouda, da bin ich eigenwillig: kein Edamer, kein Tilsiter, nicht einmal mittelalter Gouda, dann mixe ich mir meinen Milchkaffe mit viel Zucker, trinke einen Schluck, falte die Zeitung auseinander, streiche sie glatt, beiße von meinem Brötchen ab, nehme noch einen Schluck Kaffee und lese das Streiflicht, also:

> Diejenigen nämlich, die immer weniger arbeiten und unsereins in unseren Kontoren und Werkhallen mit einem immer größeren Haufen unerledigter Arbeit allein lassen, die also verausgaben sich in ihrer Freizeit mit einer Inbrunst, die selbst den stärksten Ackergaul unter den Arbeitsplatz-Arbeitstieren umhaut. Sie schuften und plagen sich mit Steilwandklettern und Drachenfliegen, beim Tiefseetauchen und beim Bungeespringen, sie mountainbiken sich die Lunge aus dem Leib und hecheln sich im Bodybuilding-Studio das letzte Gramm Fett vom Leib. Wenn es denn noch eines letzten Beweises bedurft hätte, dass der Mensch verrückt ist, ein verrücktes Arbeitstier, da wäre er.

Der herrliche Geruch nach Druckerschwärze.

31

9.10 Uhr.

Von Berlin nach Greifswald. Müde. Auf der Toilette werfe ich einen Blick in den Spiegel. Mein Gesicht verrät eine bedenkliche Materialermüdung. Morbus faciae. Über mein Aussehen ehrlich erschrocken, habe ich eine Stunde geschlafen, dafür ist mir, weil ich mit dem Rücken in Fahrtrichtung saß, schlecht geworden. Ich setze mich um und krame in meinem Rucksack nach meinem Schreibbuch. Die verschwitzten Turnklamotten und das noch feuchte Handtuch dünsten Geislingen aus. Transpirierende Schmetterlinge. (O fröhliche Mythologie!) Ich verstaue das feuchte Handtuch in einer Plastiktüte und lege sie oben in die Ablage. Dort werde ich sie später vergessen.

32

Mir fällt es relativ leicht, einen wissenschaftlichen Aufsatz zu schreiben. Die beste Voraussetzung ist ein kleiner Streit mit der Freundin, um in Rage zu kommen: Man führt zwei Autoren am Nasenring durch die Arena, drischt dann ein wenig auf sie ein, macht aus ihren Büchern eine Karikatur, eine postpubertäre Kritzelei wie früher, als man auf Programmzeitschriften den abgebildeten Frauen Bärte andichtete, in den Fußnoten dann ein kleiner Tritt in die Weichteile mit spitzen Schuhen, deutlich unterhalb der Gürtellinie, schließlich ein hinterhältiger Verbesserungsvorschlag: variiert man das Argument des (gönnerisch: nicht unbegabten, böse: bemühten, sehr böse: fleißigen) Autors an dieser Stelle ein wenig … man muss nur diesen eigentlich starken Gedanken umstellen, dann … noch ein gemeines Prädikat einfügen: Herr Mörken ist ein geübter Komplexitätsreduktionist, dann ein lauter Schluss, schon zeigt der Bildschirm meines Notebooks die Seite 20 an, die Ziellinie eines wissenschaftlichen Essays.

Ich lege den Kugelschreiber, den ich oft, wie ein Hund seinen Lieblingsstock, im Mund halte, beiseite. Noch dreißig Minuten bis Greifswald. Vor mir liegt ein zehnseitiger, handgeschriebener Text. Ich habe mir ein in China hergestelltes, schwarz mit roten Ecken eingebundenes Schreibbuch gekauft. Seit vielen Jahren habe ich zum ersten Mal einen Text ohne Fußnoten geschrieben. Ein Text ohne Kellergewölbe, in dem die Leichen verborgen liegen! Zwanzig Jahre Wissenschaft. Da hat man viele Leichen im Keller. Ein ganzes Beinhaus! Und jetzt ein Text nur parterre. Ich fahre etwas kitschig mit dem Handrücken über die Seite. Ist das

Glück, für jemanden einen Text zu schreiben, keine akademische Pflichtschrift, die andere nur interessiert, um sie in einer Fußnote first class oder im billigen Fichtensarg bestatten zu können? Ist es das? Auf eine Erwartung hin zu schreiben? Immer das eine Gesicht der Leserin vor Augen. Schreiben im Angesicht einer Anderen. Ihr Gesicht, Frau Birus! Ist das Glück? Oder ist diese Stimmung doch nur Indiz der Krise? Hätte ich vor Wochen über solche Sätze nicht nur höhnisch gelacht? Und würde Frank sich über solch einen Satz nicht schieflachen?

Wahrscheinlich.

33

Auch Wörter haben ein Verfallsdatum, werden ranzig oder setzen Schimmel an. Wenn ich Wörter auf ihre Haltbarkeit hin testen will, dann sage ich sie mir immer wieder laut vor, zwanzig, dreißig, vierzigmal: Himmel, so lange, bis das Wort nur noch ein reiner Klangkörper ist. Zuweilen wird das Wort mir dann ganz fremd, als würde ich es zum ersten Mal vernehmen, betörend zumeist, faszinierend und immer lässt mich dieses neu entdeckte Wort erschaudern.

Himmel ist so ein Wort. Himmel über Geislingen, Steige.

34

Mich erwartet eine Dame aus Greifswald, Astrid gerufen.

Damit geht es schon los. Wie soll ich Sie anreden? Als Ex-Kollegen? Wir hatten höchstwahrscheinlich die gleiche Berufung, inzwischen bin ich allerdings außer Dienst. Ich besaß eine Lizenz zum Segnen in Greifswald und war eine wirklich erfolgreiche Tempelhure, wurde dann aber von der Gauck-Sittenpolizei kassiert. Leider.

Interessiert? Mutig? Vielleicht ein Held?

Jeden Nachmittag gehe ich am Greifswalder Bodden mit meinem Hund spazieren. Sie finden mich außer donnerstags um 17 Uhr in der Gaststätte zur Fähre an der alten Wiecker Zugbrücke. Häufig trage ich dort auf.

Da meine Zwei-Zimmer-Altbauwohnung nicht sehr einladend ist, empfehle ich Ihnen das neu eröffnete Hotel am Gorzberg. Das hat West-Niveau. Schabenfrei.

Rufen Sie mich kurz an!

Gruß von drüben.

Astrid

P.S. Übrigens finde ich Glatzen erotisch.

Schon wieder eine Dame mit Hund, denke ich und überlege, ob ich meine Forschungen nicht mit einem Essay über das Mensch-Tier-Verhältnis verbinden kann. Welcher Hund erwartet mich in Greifswald? Besaßen die Romantiker eine Vorliebe für eine bestimme Hunderasse? Ich erinnere mich nicht mehr. Malte Caspar David Friedrich auf seinen Bildern irgendwo einen Hund? (Wissen Sie Genaueres, Frau Birus?)

35

Spaziergang durch Wieck-Eldena am Greifswalder Bodden. So lautet der Farbprospekt, der dem Brief beilag. Auf der Broschüre prangt Caspar David Friedrich, nein, nicht er selbst und auch kein Bild von ihm, sondern *das* berühmte Klosterruinenmotiv: Zwei dachlose hochgotische Bögen, die mit ihrem kläglichen Rest von schorfigem Mauerwerk stumme Zeugen eines

Baudenkmals sind, das Opfer von Brand und Eroberung wurde. So könnte man, wehmütig gestimmt, meinen. Liest man nach, wird man schnell ernüchtert. Das 1199 gegründete Zisterzienser-Kloster diente seit der Säkularisierung 1535 als Steinbruch für die Befestigungsanlagen und den Bau der Universität. Die von Friedrich hineingelesene romantische Verschränkung von Endlichem und Unendlichem, die in der mit Himmel gefüllten Klosterruine zur Darstellung kommt, ist also hausgemacht. Wie beim Ozonloch.

(Unterschwellig dürfte ein anderes Foto noch stärker mein Interesse geweckt haben. Greifswald besitzt eine in Deutschland einzigartige holländische Zugbrücke, die selbst Reisemuffeln durch Bilder niederländischer Maler in etwa vertraut sein dürfte. Mein Name verrät es. Als empirische Person bin ich Niederländer. Und obwohl ich nur wenige Jahre in Holland gelebt und studiert habe, assoziere ich immer, wenn ich an Holland denke – neben Goudakäse, den herrlich gelben Zügen, dieser Sprache wie einer Halskrankheit –: Zugbrücke.

Nun könnten Sie, Frau Birus, einwenden, es sei reichlich klischeehaft bei dem Stichwort Holland an Goudakäse und Zugbrücke zu denken, Rembrandt, ja, van Gogh, ja, aber doch nicht Frau Antje! Aber woran denken Sie denn bei »Deutschland«? An Dürer? An Caspar David Friedrich? Seien Sie ehrlich!

Wussten Sie übrigens, dass Amsterdam immer Adam abgekürzt wird? Nein?)

36

Ich suche in meinen Reiseunterlagen nach Astrids Foto, kann es aber in dem Tohuwabohu meines Rucksackes nirgendwo entdecken. Nur sehr undeutlich erinnere ich mich an ihre Gesichtszüge. (»Etwas viel Weichzeichner«, meinte Frank.) Ob sie eine rahmenlose Brille trägt oder ein sehr dünn mit Metall eingefasstes Gestell, verriet das Bild nicht. Man erahnte nur zwei

Bügel, die sehr unmotiviert endeten. Astrid dürfte ebenfalls dunkelhaarig sein oder straßenköterblond. Der Pagenschnitt, ja, da bin ich mir sicher, es war ein Pagenschnitt, unterstrich mit den sehr schmalen Lippen den strengen Ausdruck ihres Gesichts. Augen: braun? Eher klein. Mandelförmig. Unauffällige Nase. Zumindest erinnere ich mich nicht an eine markante Linie. Rollkragenpullover. Ich hasse Rollkragenpullover. (Nicht so Frank. Frank liebt Rollkragenpullover, weil er sie als Indiz für eine heftige nächtliche Leidenschaft, »missglückte Blutsaugersozialisation«, so Frank, interpretiert.) Wie werde ich Astrid also wieder erkennen? Ich habe nur wenige Daten: strenger Ausdruck, mittelgroß, in Begleitung eines Hundes. Und wenn der Hund krank, verendet oder läufig ist? Der Termin, den wir verabredet haben, ist nur sehr vage. Telefonisch erreicht habe ich sie heute nicht.

37

Ankunft Greifswald. Taxi. Einchecken im Hotel, duschen, essen, schlafen – stop – zunächst den Wecker einstellen. 15.30 Uhr. So. Gute Nacht.

So. Gute Nacht. Ich wiederhole unterschwellig immer diese drei Worte, mit denen meine Mutter mich abends im Bett in den Schlaf verabschiedete. Wenn sie vormittags im Büro saß und ihre geheimnisvollen Zahlenkolonnen in das große Buchungsbuch eintrug, durften wir sie während der Ferienwochen nur stören, wenn wir sichtbare Schmerzen hatten. Manchmal wartete ich über eine halbe Stunde, bis meine Mutter zwei Striche unter Zahlen zog, »So!« sagte, das große Buch zuschlug und mir zulächelte. Sagte sie abends: »So. Gute Nacht«, dann war dieses »So« der Schlussstrich unter den Tag. Ich habe erst sehr viel später die Bedeutung dieses Einwortsatzes richtig einordnen können, denn als ich sie einmal fragte, wann sie denn Glück empfunden habe, sagte sie spontan, das sei immer dann der Fall gewesen, wenn eine Bilanz aufging, wenn die Zahlen nach langem Suchen endlich stimmten.

Meine Zahlen stimmen offensichtlich schon lange nicht mehr.

Ich bin durch die ersten zwei Kontakte bereits stärker verunsichert, als ich wahrhaben will. Offenbar befinde ich mich in einer Umformungskrise.

Umformungskrise, höre ich mich nuscheln und muss unweigerlich lächeln, denn mit diesem Begriff habe ich vor sieben Jahren meine erste Vorlesung eröffnet. Zum ersten Mal stand ich ganz unten im Hörsaal.

»›Umformungskrise‹«, sagte ich mit belegter Stimme, »Emanuel Hirsch war es, der dieses Wort zur Kennzeichnung der Lage des Protestantismus in der Neuzeit prägte. Theologie muss sich heute den Verstehensbedingungen der Moderne anpassen. ›Man kann nicht elektrisches Licht und Radioapparat benutzen, in Krankheitsfällen moderne medizinische und klinische Mittel in Anspruch nehmen und gleichzeitig an die Geister- und Wunderwelt des Neuen Testaments glauben‹, schrieb Rudolf Bultmann bereits 1941. Diese Umformung funktioniert nicht ohne die Verabschiedung lieb gewordener Überzeugungen. Wer hier nicht mitmacht, bekommt den Bart(h) ab.«

Die Pointe saß. Das Kolleg kicherte.

38

Ich sehe an mir nur betont schlichte Konfektionsware, weil ich offensichtlich nicht wie ein Wessi Peinlichkeitspunkte sammeln will. Deshalb lieber dezent. Ich trage eine braune Cordhose und einen weiten Pulli. Meine Liebe zu Cordhosen zählt zu meinen ältesten Lieben.

»Manchester? Nein!«, urteilte meine Mutter und erlaubte keinen Protest. Als *Manchester* qualifizierte sie ganz unverdächtige Cordhosen, die bei meinen Freunden längst in Mode waren und ebenfalls einen englischen Namen trugen: *Wrangler*.

Manchester hießen dagegen die Arbeitshosen unserer LKW-Fahrer, und meine Mutter konnte sich nicht damit anfreunden, ihren einzigen Sohn durch diese Hosen »verunstaltet« zu sehen. Ich musste also weiterhin mich in rippenlose Baumwolle gewanden, dazu passend ein weißes Hemd mit Manschettenknöpfen (wirklich sehr praktische Manschettenknöpfe, die mir vor und nach den Sportstunden nur Vergnügen bereiteten) samt Schlips (allerdings mit tragefreundlichem Klippverschluss), abgerundet durch eine Collegejacke mit einem entzückenden Banneremblem. Auf jedem meiner weihnachtlichen Wunschzettel stand eine *Wrangler*. Primo loco. Und wie lang auch immer mein Wunschzettel ausfiel, er wurde abgeleistet, mit einer Ausnahme eben. Als sich meine Enttäuschung an einem Weihnachtsfest in einem Weinkrampf entlud – ich muss etwa zwölf Jahre alt gewesen sein –, schlug mir mein Vater ein Geschäft vor. Wenn ich gedächte, mich dem Orgelspielen zu widmen, dürfe ich mir eine *Wrangler* kaufen, und ich schlug ein, malträtierte künftig an den Donnerstagabenden die Orgel und kaufte mir besagte Hose, die nach der ersten Wäsche allerdings von meiner Mutter umgewidmet wurde, denn dort, wo früher das Wrangler-Logo saß, prangte jetzt das Banneremblem meiner abgelegten Collegejacke. Ich aber bestand auf einem langen Pullover, der das Mal meiner Niederlage verbarg.

39

Noch einmal versuche ich Sie, Frau Birus, zu erreichen, aber wie schon vor dem Mittagsschlaf meldet sich nur Ihr Anrufbeantworter. (Das unterscheidet Sie von einer Marssonde. Immerhin.) Ich habe keine Lust, eine Nachricht zu hinterlassen, lege, wenn ich die Lautstärke richtig beurteile, mit der der Hörer auf die Gabel fällt, verärgert auf und gehe aus dem Zimmer, in der Hand die Tüte mit den muttersüßen Gummibärchen, die man in reizenden Hotels auf jedem Bett vorfindet.

40

Mit dem Stadtbus fahre ich raus nach Eldena. Haltestelle An der Mühle. Dann die Ryck runter. An Anglern vorbei. Stille. Ich höre einen Hund kurz bellen und Möwen kreischend aufsteigen. Eine Dame mit Hund kommt langsam näher. Der Hund erinnert von Ferne an eine Braque, vielleicht eine ungarische Braque. (Gab es die in der DDR?) Der Wind weht zu kräftig, um ihren Haarschnitt zu identifizieren. Und die Brille – wenn es denn eines dieser grazilen Gestelle ist – kann ich nicht ausmachen. Notfalls lasse ich sie einfach passieren, denn ich bin Astrid gegenüber in einem klaren Vorteil. Wenn sie auf mich unsympathisch wirkt, gehe ich gelassen weiter. WIR SIND KEIN PAAR! Paare? Passanten.

Sie hebt den Arm. Läuft vielleicht noch jemand hinter mir? Jetzt nur nicht dümmlich umdrehen, sondern einfach selbstsicher lächeln. (Und den Hund im Auge behalten.)

»Gute Reise gehabt?«

Ich gebe ihr völlig überrumpelt die Hand, stutze aber kurz, weil die Hand sich ungewöhnlich schmal und zart anfühlt. Der Hund schnüffelt an meiner Hose. Vermutlich riecht er noch unter all den Seifentorturen den Urin seines Vorgängers.

»Erst kamen die Gesichter auf den Hundertmarkscheinen, dann die Treuhand mit Ross und Reiter, dann die Touristen mit Zimmer-plus-WC-Wünschen und jetzt suchen uns mit reichlicher Verspätung die West-Popen heim. Darf man das als Zeichen des nahenden Paradieses werten?«

Die Sätze kommen schnell und bissig.

»Wie haben Sie mich erkannt?« Eine etwas blöde Frage.

»Ich kann Popen bereits von ferne am Gang und an den Gebärden erkennen. Einfach unfehlbar. Ich durfte Dutzende von Fällen durchnehmen, auf dem Sprachenkonvikt, wo es übrigens den ganzen Tag ziemlich penetrant nach Malzkaffee roch, war das bei Ihnen auch so? Und später dann auf den Pfarrkonferenzen und Konventen. O ja. Ich bin eine Anthropologin der

Spezies Gottesmensch. Ein lebendiges Museum könnte ich bestücken mit meinen ausgestopften Studienobjekten.«

Sie macht eine ausladende Geste:

»In den kleinen Saal kämen die Sozialeiferer, immer an den Nägel knibbelnd und leicht vornübergebeugt sitzend, um aufspringen zu können, wenn Not an der Frau ist; in den blauen Saal würde ich den gemütlichen Aussitzer platzieren, das ist eine Art verzüchteter Gutsherr, der sich nur aufregt, wenn jemand in seinem Revier wildert; und ins rosa Kabinett gehört der magere Intellektuellentyp, der sein Heil in der Lektüre sucht. Am gefährlichsten für uns war der Norm-Typ A, der allerdings Norm-Typ C begeistern konnte, wenn der irgendwo die anstehende Sache schon einmal gelesen hatte. Bei uns nahm der Norm-Typ A ständig zu und der konnte nicht stillsitzen, der musste immer gleich auf die Straße rennen. Geradezu neurotisch. Aber mit diesem Typ haben Sie nichts gemein. Ich kann Sie also beruhigen. Mit Ihnen wäre aus der Wende nichts geworden. Sie sind eher Typ C. Sie haben das Gesicht eines ewigen Doktoranden.«

»Vielen Dank für das Kurzgutachten«, entgegne ich leicht pikiert. »Guter Hund, brav, ganz brav. Und in welchen Saal würden Sie hineinpassen?«

»Ich? Ich gehöre zu einer ganz besonderen Abteilung. Ich bin Museumswärterin.«

»Braver Hund, ganz brav«, nuschel ich zerstreut, weil ich den Hund mit den Augen kontrolliere.

Sie sagt noch einmal ganz gedehnt: »Museumswärterin«, als müsse sie mir das Wort buchstabieren.

»Museumswärterin? Das ist doch eher langweilig. Ich dachte, Sie gingen dem Gewerbe der Tempelhurerei nach.«

Sie schaut mich lange an, wie bei einer polizeilichen Gegenüberstellung, als habe sie sich bei der Identifizierung getäuscht, als seien ihr Zweifel gekommen. Vielleicht war meine Antwort untypisch, eine Geste nicht dem Steckbrief entsprechend, vielleicht verwackelte der Tonfall das Bild, das sie sich von mir gemacht hatte. Meine Zehen verkrampfen sich in den Schuhen, ich mache einen Schritt zur Seite, will gerade etwas sagen, da streift sie kurz meine Schulter und ihr Lachen spült meine Unsicherheit weg.

»Aus so niederen Beweggründen sind Sie also gekommen. Das überrascht mich. Nun gut. Sehen Sie die Zugbrücke dort drüben? Die Richtung schlagen wir ein. Auf der anderen Seite befindet sich die Kirche. Ich denke, es ist in Ihrem Interesse, möglichst schnell zu meinem Arbeitsplatz zu gelangen, oder?«

Ich bin noch immer irritiert über die plötzliche Begegnung. Noch immer überrumpelt. In der Vorstellung habe ich das Treffen tausendfach geprobt, aber jetzt habe ich einen schrecklichen Hänger, wie er mir noch in keiner Vorlesung passiert ist. Die Energie scheint auch aus meinen Beinen gewichen zu sein, denn bei jedem Schritt muss ich mich aufraffen und zwanghaft den Blick vom Köter abwenden. Meine Stimme klingt seltsam metallisch, wie die künstlich verzerrte Stimme eines Erpressers, als ich sage: »Und wie kommen Sie in diesen seltsamen Sperrbezirk…«

»Dank der Jugendweihe.«

»Dank der Jugendweihe? Ich verstehe nicht..«

»Das habe ich mir gedacht«, fällt sie mir ins Wort. »Ich muss wohl etwas weiter ausholen, damit Sie das verstehen. Sie haben ja Zeit und Langeweile, wie Sie die Welt dank Inserat wissen ließen. Oder?«

»Ich habe Zeit«, antworte ich schnell und wiederhole stumpfsinnig. »Ich habe Zeit.«

»Okay. Also, mein Vater besaß eine kleine Fahrradfabrik, nichts Großartiges, in der baute er Lastenfahrräder zusammen, die nach dem Krieg in Mecklenburg zwar nicht in Mode waren, aber doch immer wieder nachgefragt wurden. Oder anders gesagt: Mein Vater schaffte es immer wieder, die Nachfrage entweder zu drosseln, dann wieder anzukurbeln. Perfekte Marktwirtschaft im Kleinen. Für seinen Betrieb tat er einfach alles, arbeitete in der Partei mit, ging zu jeder Sitzung, spendete eifrig – nicht nur Beifall – und opferte mich. Ohne Happy End wie bei Isaak, versteht sich.«

Diese Pause kommt nicht unerwartet. Ich nenne die Frau von Isaak und zitiere sogar die Textstelle. Wie ein Konfirmand.

Ihr Lachen hat sich der Landschaft angepasst. Es rollt langsam heran, überschwemmt dann plötzlich das Gesicht und ebbt noch lange nach. Zurück bleiben Lachfältchen in ihrem auf den ersten Blick so strengen und glatten Gesicht.

»Also doch kein Bluffer. Schön, schön. Ich glaube den ersten Schritt tat mein Vater nach der Jugendweihe. Ich habe ihm wohl etwas zu eindringlich meine Gefühle beschrieben, ich dumme Pute. – Na, Astrid, du glühst ja immer noch vor Aufregung! – Das war keine Feststellung, das war ein Urteil. Zunächst schmeichelte mir sein Interesse. Vater zeigte Interesse für mich! Das erkannte ich, weil er den Kopf etwas zur Seite neigte, was er sonst nur tat, wenn jemand mit ihm über seine Fahrräder sprach. Ganz aufgeregt schilderte ich ihm meine Gefühle während der Jugendweihe. Ich erinnere mich auch heute noch ziemlich genau. Zunächst standen wir alle mit eingezogenen Schultern da, steif und ängstlich, weil wir unsere neuen Klamotten nicht verknittern wollten. Beim ersten Ton der Musik lief mir eine Gänsehaut über den Rücken, der bis zum Schluss der ganzen Zeremonie ein leichtes Beben folgte. Als wir dann zusammen die gleichen Worte psalmodierten, verspürte ich ein wirklich irres Gefühl von Gemeinschaft. Jeder Vers schweißte uns zusammen. Wir sangen für eine neue, bessere und gerechtere Welt. Jetzt fühlte ich, was diese Sprüche, die man uns immer eingetrichtert hatte, bedeuteten, diese dichte Sehnsucht nach der neuen Zeit, nach dem Ende von Ausbeutung, Einsamkeit und Krieg. Was machte da noch die Fünf in Mathe. Kein Gedanke mehr an Liebeskummer. Singend errichteten wir das Neue. Und dieses Glück trieb uns Tränen in die Augen. Ein wirklich tolles Gefühl von Einssein. Echt!«

»Ich kenne eine vergleichbare Situation während meiner Konfirmation«, werfe ich zustimmend ein.

»Das glaube ich Ihnen gerne«, antwortete sie mit einem leider nur kurzen, wohlwollenden Lächeln. »Allerdings wird Ihr Erzeuger nach der Feier anders reagiert haben als meiner. Meiner ließ sich niemals aus der emotionalen Reserve locken. Er wird zu seinem Bruder gesagt haben: Hör mal, Heinrich, die Astrid, die hat große Gefühle, die können wir uns noch zunutze machen. Und mein Onkel Heinrich, der hatte die passenden Kontakte. Komm, Kleines, wir fahren in den Zoo. Der Zoo war eine beliebte Anbahnungsstelle. Übrigens: Haben Sie jemals eine so idyllische Zugbrücke gesehen, wie die da vorne?«

»Es fehlen nur noch die Grachten und die Polder und Amsterdam! Ich triefe vor Heimweh, wenn ich noch länger hinschaue«, antworte ich und hebe entschuldigend die Hände.

»Dann schauen Sie lieber woanders hin, zum Beispiel zu meinem wunderschönen Hund!« Astrid dreht mich halb um und deutet mit beiden Händen wie eine Showmasterin, die einen Überraschungsgast ankündigt, auf den vor uns laufenden Köter.

»Ich bin ganz entzückt, offensichtlich mag mich Ihr Hund. Nicht alle Hunde lieben mich«, bekenne ich, gehe in die Knie, rufe den Hund und sehe, über meinen eigenen Mut erschrocken, wie meine gerade erst verheilte Hand den sofort herbeigeeilten Hund am Hals krault. Sie hockt sich zu mir. Mustert mich.

»Tiere habe ich immer gemocht und nicht zufällig fing die Geschichte auch im Zoo richtig an. Dort trafen mein Onkel Heinrich und ich auf ein richtig großes Tier mit echter Schokolade. Man sei auf mich aufmerksam geworden, sagte ein Herr, der wirklich riesige Hamsterbacken hatte. Und wir würden uns jetzt öfter sehen. Und ob ich denn meine Heimat liebte. Klar, sagte ich. Nirgends sei es schließlich so schön wie hier. Und ob ich sie denn auch notfalls verteidigen würde gegen Fremde und gegen innere Feinde. Und ob ich denn auch Feinde kennen würde. Und da sagte ich: Die Kirchenbonzen. Dafür gab es wieder Schokolade.«

Wir stehen auf, der Hund schüttelt sich kurz, und gehen weiter.

»Ich habe nie ganz begriffen, warum mein Vater die Kirche hasste, jedenfalls hörte ich ihn oft über Mutters religiöse Erziehung schimpfen, mein Vater, der es liebte, schwüle Altmännerwitze zu erzählen und alleine zu seinen Kunden zu verreisen, mein Vater, dieser alte Bock! Aber darüber will ich nicht reden. Lassen Sie uns einen kleinen Spurt einlegen bis zur Kirche. Los!«

Sie wirft mir eine Hand voll Sand ins Gesicht und rennt los. Als ich mir den Sand aus den Augen gerieben habe, hat Astrid einen Vorsprung von zwanzig Metern. Nach hundert Metern schreit mein Körper, erinnert mich nachdrücklich an Geislingen, aber Astrid verschwindet bereits hinter der nächsten Kurve, ich versuche durchzuhalten, erreiche schwer keuchend die Kirchentür, sehe den Hund, der bereits angebunden ist und mich wie ein Zuschauer wedelnd begrüßt, dann stolpere ich ins Innere, Astrid suchend, die bereits in der Kirchenbank kauert.

»Ich habe gewonnen. Machen Sie es sich bequem«, sagt sie tonlos.

Nickend setze ich mich neben sie und bin, nach Atem ringend, froh, ihr weiter zuhören zu können.

»Ich freundete mich mit der Tochter des Pastors an, die in der Klasse damals laut geheult hat, weil sie nicht zur Jugendweihe durfte. So lernte ich den ersten Pfarrer meines Lebens kennen. Er entsprach ziemlich genau dem vorhin geschilderten Typ B. Mein Umgang mit seiner Tochter war ihm zunächst gar nicht recht, weil er sicherlich meinen Vater kannte und Ärger vermeiden wollte. Missioniert hat er mich weiß Gott nicht, und als ich mich dann zum Konfirmationsunterricht anmeldete, verlangte er eine schriftliche Einwilligung meines Vaters, die er dann, als ich sie in der nächsten Woche mitbrachte, ungläubig in Händen hielt. Er, dieser dickfellige und oft brummige Mensch, traute mir nie wirklich, und als ich ihn viel später bat, er möge mich bei der Ordination einsegnen, schob er einen windigen Termin vor und erschien nicht. Das war typisch für ihn. *Ja, ja, Baby. So war das.*«

Astrid gibt eine Agenten-Nummer, die ich aber nicht wieder erkenne. Die eintretende Pause reißt eine Distanz auf zwischen uns, als wäre ich ein Spielverderber, und auch mein halb entschuldigender halb fragender Blick ändert nichts an der plötzlichen Fremdheit. Sie stockt, wirkt sauer, als ich einen trockenen Gluckser hinterher schicke.

»Echt lustig, oder?«

»Geht so. Schokoladenonkel, das war bei uns so eine Art pädagogische Hysterie: Steig nie zu einem Mann ins Auto, der mit Schokolade winkt.«

»Sehr brav. Ich musste aber einsteigen. In diesen Jahren stieg ich regelmäßig zu meinem Schokoladenonkel ins Auto. Mit Zustimmung der Eltern. Zu meinem vierzehnten Geburtstag – war es der vierzehnte?, ich weiß es nicht mehr genau – schenkte er mir ein Poesiealbum mit Goldschnitt. Hier könne ich alles aufschreiben, was mir bei der Familie Haasen besonders auffiele. All das, was mein Vater nie sagen würde. Da könne ich aber viel aufschreiben, sagte ich. Für den Satz gab es dann wieder Schokolade. Ich hätte doch eine schöne Handschrift, die könne man bequem lesen, und er läse gerne, was mir alles so geschähe. Viele Poesiealben habe ich gefüllt, die nächsten hatten allerdings keinen Goldschnitt mehr.«

»Spätestens dann hätten Sie skeptisch werden sollen.«

Ihr langsam anrollendes Lachen demonstriert mir, wie schnell sie auf Situationen reagieren kann. Ich Tölpel, schelte ich mich und falte die Hände wie zu einem Gebet.

»Soviel Goldlack gab es bei uns gar nicht. Zwanzig Jahre Staatsschriftstellerin. Da kommt viel zusammen. Sehr viel. Ich war über den Umfang dann doch überrascht, als mir die Alben nach meiner späten Enttarnung – ich glaubte bereits, ich käme davon – präsentiert wurden, mehr Papier, als der ganze ostdeutsche P.E.N. in den vierzig Jahren seines Bestehens veröffentlicht hat, eine ganze Bibliothek, und wie ich finde, mit stilistischem

Gespür. Doch, doch. Schreiben kann ich. Keine Jahrestage. Jahrzehntetage. Mein ›Archiv der Schwachheit‹ dürfte mindestens fünfzig Bände umfassen. Ich war der Spion, der im geheizten Landeskirchenamt saß. Völlig unverdächtig.«

Sie beugt sich etwas vor, um mir besser ins Gesicht sehen zu können. So wie meine Mutter sich sonntags vorbeugte, um festzustellen, ob ich auch der Predigt lauschte oder heimlich davongeschlüpft war.

»Da sind Sie platt was? Schockiert? Oder warum fragen Sie nichts? Wenn Sie wirklich an Lebensbeichten interessiert sind, müssen Sie Ihre betont vornehme Zurückhaltung ablegen und schonungslos nachbohren. Also, bohren Sie! Los! Bohren! Sie sind ja ein blutiger Amateur!«

»Ja, Entschuldigung, also, ja, was war denn an der Sache für Sie besonders unangenehm, ich meine…«, stottere ich hilflos und unentschlossen und rücke etwas von ihr ab. Ich rede, als ob ich wirklich bestürzt sei.

»Unangenehm? Warten Sie.«

Sie schlägt die Beine übereinander, überlegt kurz, als habe sie die Frage etwas aus dem Gleichgewicht gebracht. »Unangenehm?« Sie wirft mir einen kurzen Blick zu, überlegt wohl, ob sie sich in eine Albernheit flüchten soll. Ich versuche vorgreifend schon die nächste Frage im Kopf zu formulieren.

»Unangenehm war die Sache mit Freddie, der Tochter des Pastors. Die wurde in der Schule, wie Sie sich lebhaft vorstellen können, immer sehr getriezt: Das Fräulein Pastorentochter sollte vielleicht weniger beten und intensiver lernen. So ging das dauernd. Sie war in der Schule guter Durchschnitt, musste aber immer kämpfen, um das Schuljahr zu überstehen. Besonders der Biologielehrer war ein wirkliches Ekel: Bei dir hat der liebe Gott während der Schöpfung wohl eine kleine künstlerische Pause eingelegt, was? Dann lachten immer alle, nur ich schaute weg. Auf dem Nachhauseweg blieb sie an jenem Vormittag stehen und nahm mich bei der Hand: Ich mag dich so gerne Astrid, weil du nie über mich spottest, sprachs und gab mir einen Kuss. Da bin ich dann rot geworden und schrieb künftig in mein Poesiealbum über sie nur noch Belanglosigkeiten. Aber sonst? Nein. Unangenehm war die Sache nicht. Ich bin nicht gerade kontaktscheu. Und an einige Männer kommt man nur heran, wenn man sich hinlegt. Ich war wirklich eine Art Tempelhure zu Ehren des Staatsgottes. Eine uralte Rolle. Und ich habe sie gut gespielt. Alle waren von mir ganz begeistert und anschließend so herrlich gesprächig. Je höher ihre Position war, desto stärker wurde das Bedürfnis, sich zu erleichtern. Und ich half ihnen dabei. Und wie. Die kamen aus dem Keuchen gar nicht wieder heraus. Ein wirklich grenzüberschreitender Verkehr.«

Nur ganz leicht berührt sie mich erneut mit der Schulter.

»Hat denn nie jemand Verdacht geschöpft? Sind Sie nie schwach geworden?« Amateurhaft, denke ich. Wie meine Zwei-Finger-Stümperei auf der Schreibmaschine.

»Süße Frage. Nein. Mir hat die Sache mit den Männern sehr viel Spaß gemacht. Popen sind ganz gute Liebhaber. Immer so ernst und engagiert bei der Sache. Als ob es dabei immer um alles geht. Das macht euch keiner nach.«

»Eine interessante Perspektive. Wirklich. Deshalb bin ich also so begehrt.« Ich bin mir unsicher, ob der ironische Tonfall auch seine Wirkung tut. Weil ein einfallender Sonnenstrahl mein Gesicht anstrahlt, könnte Astrid jetzt denken, ich erröte. Dieser Gedanke lässt mich wirklich erröten und ich traue mich nicht, sie anzuschauen, sondern lege tonlos eine Frage nach, die ablenken soll.

»Aber von den Kirchgängern. Ist niemand von denen Ihnen auf die Schliche gekommen?«

»Nein. Nie. Wissen Sie, ich war eine ganz ordentliche Predigerin. Das jedenfalls behauptete meine Gemeinde in der Nähe von Güstrow. Ich hatte Zulauf. Studiert habe ich die Theologie wie eine Religionswissenschaftlerin, in der Rolle einer unbeteiligten Zuschauerin. Aber so kann man eigentlich nicht predigen, das merkt eine Gemeinde sofort. Da muss man schon viel engagierter einsteigen. Rollenspiele liegen mir. Ins Rutschen kam ich allerdings immer bei den Sermonen über die Bergpredigt. Über Feindesliebe mit dem Brustton der Überzeugung zu predigen, das war schon irre. Dabei wurde uns immer Hass eingetrichtert, weil Hass der einzig adäquate Ausdruck der Klassen- und Interessengegensätze sei. Und dann Feindesliebe predigen! Das muss man sich mal vorstellen! Gelegentlich drohten mir die Texte über den Kopf zu wachsen. In diesen Augenblicken habe ich immer gewusst, wer mit den Weherufen der Bergpredigt gemeint war. Ich. Wer sonst? Und wenn man dann im Gottesdienst um Einsicht betete, betete ich im Stillen, sie möge sich bei mir nicht einstellen.«

Sie schaut auf ihre Hände.

»Und? Gab es eine himmlische Reaktion?«

»Nur bedingt, wenn ich den Schaudern glauben darf, die mir gelegentlich den Rücken hinunterjagten. Wissen Sie, wovor meine Staatsreligion am meisten Angst hatte? Sie hatte Angst vor der Sprache, panische Angst. Sprache durfte nur Medium sein, sollte sich darin erschöpfen, geheime und weniger geheime Sachen zu protokollieren. Deshalb auch der irrwitzige Aufwand gegen alle, die mit der Sprache kreativ umgingen. Sprache kann Gegenwelten aufbauen. Das wussten die schon. So blöd waren die auch nicht. Und die Bibel war die Grammatik dieser anderen Sprache, also höchst gefährlich. Das zumindest haben die geahnt.«

Astrid macht eine Pause und blättert zerstreut in einem ausliegenden Gesangbuch. Unmerklich verstärkt ein Pastorinnen-Alt, dieser durchaus angenehme Singsang, die Art, wie sie spricht.

Ich schweige.

»Dort hinten, an so einem Altar, wenn ich mich dort aufbaute im schwarzen Talar mit weißem Beffchen und die Gemeinde zum Tisch des Herrn einlud: Kommt, denn es ist alles bereit, und zugleich diejenigen ermahnte nicht zu kommen, die keine Reue über ihre Ungerechtigkeit empfänden, weil sie sonst, tolle

Formulierung, weil sie sonst Brot und Wein zu ihrem eigenen Gericht äßen, dann sprach ich mein eigenes Urteil. Sprache funktioniert nun einmal so. Vielleicht ist das das ganze Geheimnis der Religion. Vielleicht. Wenn ich den Kelch an die Lippen ansetzte, dann war das ein Kelch zum Gericht, ein Schierlingsbecher, ein wirklicher Schierlingsbecher, verurteilt, ihn zu trinken wegen der subversiven Verführung der Gemeinde. Immer wurde ich ein Opfer meiner eigenen Worte: Dies ist … mein Urteil. Ich bin öfter verurteilt worden, ich habe öfter einen Schierlingsbecher trinken müssen als jeder andere Mensch dieser Welt. Sie merken: Ich habe mehr Leben als jede Katze. Ich war das Opfer.«

Opfer, murmel ich leise.

Dies ist mein Leib.

Ich verschleppe die nächste Frage.

Sie senkt den Kopf. Ich erkenne am Scheitel einen grauen Haaransatz.

»Als ich endlich enttarnt wurde, empfand ich es wie eine kleine Erlösung. Ich habe ohne zu zögern meine Sachen gepackt und bin wie ein Dieb in der Nacht davon geschlichen. Nur ein Kollege, den ich unter Tage besonders intensiv erforscht hatte, und der mir alle Tricks verriet, wie man Kirchenmitglieder vor Anwerbungen durch die Staatssicherheit schützen konnte, hat sich meine Telefonnummer besorgt und lange mit mir geredet.«

Dies ist mein Leib.

»Was ist eigentlich aus Ihrem Vater geworden?« Inzwischen meine Standardfrage. Jetzt dient sie als kleine Flucht.

»Mein Vater! So einer überlebt jedes Regime. Lastenfahrräder sind momentan der letzte Schrei. Er hält mich aus, nicht wegen seiner Gewissensbisse, Gott bewahre, sondern weil er glaubt, er müsse mir anstelle des untergegangenen Staates eine Rente zahlen. Ich lasse ihn in dem Glauben.«

Sie stockt kurz, sagt dann: »Hören Sie es? Der Hund bellt. Lassen Sie uns gehen.«

Draußen vor der Kirchentür hat es zu regnen begonnen.

»Ich schreibe mir die Hölle von der Seele. Ich versuche es zumindest. Schreiben kann entlasten. Auf einem schönen kleinen Computer. Früher hießen die bei uns Kleinrechner und waren unerschwinglich. Heute bekommt man sie nachgeschmissen. Tja. Leisten Sie mir noch Gesellschaft? Kaffeekochen kann ich.«

Wieder streift sie mich kurz mit der Schulter.

Dies ist mein Leib.

»Haben Sie auch Buttermilch?« Ganz ungefiltert gestehe ich eine meiner heimlichen Leidenschaften.

»Ein etwas ausgefallener Geschmack. Wir werden bestimmt noch Buttermilch auftreiben. Trinken Agenten im Westen Buttermilch?« Wieder diese Agenten-Nummer.

»Wieso Agent?«, frage ich unbeholfen.

»Sie sind doch eigentlich auch ein Agent, incognito unterwegs, um die Welt kennen zu lernen, oder?«

Sie nimmt mich – ohne Vorwarnung – in den Arm. Innerlich schüttele ich mich kurz wie ein Hund, nehme die Leine und kratze etwas müde und verkrampft die schäbigen Reste meines Humors zusammen:

»Sie haben Recht. Gestatten: Geheimagent 007, ich freue mich, unter Ihnen arbeiten zu dürfen.«

41

Ich bin schrecklich verwirrt, Frau Birus, denn diese Frau jagt mir einen Schrecken ein, aber sie fasziniert mich auch, wie sie dort einen halben Schritt vor mir geht, mit Nachdruck beim Gehen den Fuß auf das Pflaster setzt, als sitze der Wille in der Ferse, und bei jedem Schritt immer größer zu werden scheint, ich bleibe in ihrem langen Schatten, um kurz mit Ihnen reden zu können, DAS SÄUSELN EINES FLÜSTERNS, diese Frau bringt mich durcheinander, vorhin ihre kindliche Freude mich beim Essen zu schockieren, indem sie Theologen nach sexuellen Vorlieben inventarisierte, Barthianer wollen es immer ganz anders, sagte sie laut, schaute amüsiert in die Runde und saugte das nächste Artischockenblatt aus, Tillichianer sind Fußfetischisten, alle, Neutestamentler durch und durch Missionare, auf die Dauer bekommt man Kreuzschmerzen, übrigens scheint es mir typisch für deinen Berufsstand zu sein, dass alle am liebsten in der Badewanne vögeln, du auch? (Frau Birus, mit Empirikerinnen argumentiert sich schlecht; Fakten, Fakten, Fakten, da verstummt man.) Dann wechselte sie plötzlich das Thema, sprach auf kindliche Art von ihrer Mutti, ich erfuhr, wie ihre Mutti, sie sagte immer: »meine Mutti«, versuchte von ihrem Mann loszukommen, sogar in den Westen fliehen wollte, aber immer »rückfällig« wurde. Mein Vater hat offensichtlich Talente, die er mir vermacht hat, sagte sie und ihre Stimme schlug erneut einen Salto, dieser Mund fasziniert mich, wenn er lächelt, schmollt, schweigt, flüstert, schmatzt, dieser das Gesicht beherrschende wunderbar schmale strenge Mund, der soeben einen an einer Eingangstür lehnenden Mann mit einem vernarbten Gesicht wie eine schlecht asphaltierte Bundesstraße begrüßt, nur stumm nickt der Angesprochene und geht dann wie auf ein geheimes Zeichen hin nach innen, dieser schmale Mund, der mir wortlos oder mit Pastorinnen-Alt Befehle erteilt, bringt mich durcheinander. Schauen Sie in ihr Gesicht mit der geraden Nase, die oft unvermittelt zu wittern scheint wie bei einem Hund, ihre Augen, in die urplötzlich eine schachtrainierte Aufmerksamkeit Einzug halten kann. VOM HIMMEL IHRER AUGEN, WO EIN STURM ERWACHT, SOG SÜSSE, DIE BETÖRT, UND LUST, DIE TÖTET, EIN, ich mag nicht glauben, was sie mir erzählte (ist sie wirklich die weibliche Reinkarnation des Judas?), ich will umdrehen, ich will ihr folgen, ich will mich betrinken, mein Gesicht: aufgedunsen von der Geschichte, mein Kopf: leer, meine Augen: sie brennen, FURCHT UND ZITTERN, schweigend geht sie mir voran, drängt sich nicht auf, geht einfach nur. Ich rieche die nahe See, ein untersetzter Fischhändler packt seine Kisten zusammen und trägt sie in den Laden, ich bleibe kurz stehen, spüre plötzlich erneut Hunger, überlege, ob ich ein Fischbrötchen essen soll, aber Astrid geht weiter und ich folge ihr willenlos, stolpere beinahe über einen Mülleimer, ein Kind lacht mich aus und ich sehe in seinem offen stehenden Mund noch die Reste eines Schokoriegels, in einem noch halb fertigen Gebäudekomplex wirbt ein Schild: IMMOBILIEN BRAUNGART – Läden zu vermieten, PROVISIONSFREI, jetzt bleibt sie stehen vor einem Haus mit vom Wetter zerfressenen Fassaden, schließt die schwere Tür mit dem angelaufenen Messingknopf auf, dreht sich zu mir um und sagt KOMM!, und ich betrete den abgenutzten Linoleumboden des Flurs, folge ihr nach, lasse die Tür quietschend ins Schloss fallen, diese Frau erschreckt und fasziniert mich, und ich hebe die Hände als Schutz vor dem überhellen Glanz ihres Lächelns, ICH STAMMHERR DER ENDLICHKEIT bin reichlich durcheinander.

Ich danke Ihnen, Frau Birus. Vielen Dank. Kopfgeburten, eine schreckliche Gefahr. Ja. Ja. Schrecklich. Vernunft und alle Sinne. Genau. Das war ihr Tipp. Ich darf Sie beruhigen. Meine Sinne sind wach und gereizt. O ja! Ein bisschen überreizt vielleicht. Als wäre ich zum ersten Mal verknallt. Ich fühle mich ziemlich high.

Ich brauche dringend ein Gegenmittel.

9½ Wochen auf Nordstrand

42

Wenn ich nervös bin, dann memoriere ich entweder die Bände von Karl Barths »Kirchlicher Dogmatik« oder die Abschnitte aus Hegels »Phänomenologie des Geistes«. Und ich war nervös, als ich bei Astrid auf der Couch saß.

»Was wollten Sie eigentlich mit dem Spruch von James Bond andeuten?«

»Oh. Das war nur ein spontanes Zitat. Das habe ich nicht ernst gemeint.« *(Die sinnliche Gewißheit oder das Diese und das Meinen.)*

»Spontan?« Sie lächelt. »Sind Sie wirklich spontan?«

»Eigentlich weniger«, antworte ich verwirrt. (*Die Wahrnehmung oder das Ding und die Täuschung.*)

Sie legt mir die Hand auf die linke Schulter. »Sie wären damals ein überaus komplizierter Fall gewesen. Eine harte Nuss. Total verkopft.« Ich nicke etwas dümmlich und knete meine Backe. (*Kraft und Verstand, Erscheinung und übersinnliche Welt.*)

»Geben Sie mir Ihre Hand. Hände sagen alles.«

»Ich hasse meine Hände«, wehre ich ab, und überlasse sie ihr trotzdem. (*Die Wahrheit der Gewißheit seiner selbst.*)

»Weich«, sagt sie, »beinahe etwas zu weich. Aber hier haben wir zwei Blasen. Arbeiten Sie etwa heimlich?«

»Ich bin rückfällig geworden«, antworte ich gespielt, und ziehe die Hände zurück. (*Selbständigkeit und Unselbständigkeit des Selbstbewußtseins; Herrschaft und Knechtschaft.)* Ich spüre den Beginn meiner Erektion.

»Vielleicht sollten wir die Blasen öffnen. Sind Sie schmerzempfindlich?«

»Ein Held bin ich nicht. Wirklich nicht.« (*Freiheit des Selbstbewußtseins, Stoizismus, Skeptizismus und das unglückliche Bewußtsein.*)

Und dann ging alles sehr schnell. Sie zog mich an der Hand in die Küche, kramte in einer Schublade, bohrte mir mit einem Korkenzieher in beide Handflächen und saugte die blutenden Wunden aus. Ich kam leider nicht mehr bis zum absoluten Wissen, sondern fiel auf die Ebene der sinnlichen Gewissheit zurück (»weiter muss man Hegel auch nicht lesen«, so Frank), weil Astrid meine Erektion ertastete und sofort routiniert und beinahe schmerzhaft fest zugriff, während ihre Zunge in meinen vor Erstaunen offenen kleinen Mund hineinfuhr.

43

Mein Vater hatte ein freundliches Gesicht, das häufig lächelte, mit einem etwas schiefen und sehr kleinen Mund. Als sein Körper vom Cortison immer mehr aufquoll, fiel das Lächeln seines kleinen Mundes kaum noch auf. Meine Schwester sagte mir neulich, ich verzöge beim Lächeln meinen kleinen Mund wie Vater.

44

Astrid hat mich auf ihrem Lastenfahrrad, das ihr endlich, so Astrid, einen guten Dienst erweise, kurz vor 10 Uhr ins Hotel gefahren. So konnte ich noch rechtzeitig auschecken. Wir bummelten noch ein bisschen durch die Stadt und streiften durch die Büchergeschäfte.

»Ich habe was für dich gefunden«, rief sie in einem kleinen Laden, den ich soeben wieder verlassen wollte, und hielt ein Buch hoch. »Eine empfindsame Reise durch Frankreich und

Italien«, las ich, als ich näher kam. »Seltsam, aber dieser Autor ist mir vor Monaten schon einmal empfohlen worden«, sagte ich.

»Dann hast du offensichtlich eine Empfindsamkeitslücke und solltest sie dringend lesend schließen«, antwortete Astrid und zog mich zur Kasse, wo ich unkonzentriert den falschen Geldschein zog, weil ich überlegte, ob ich Astrids Satz als Nekrolog auf die letzte Nacht verstehen sollte.

Draußen fingerte sie ein Taschenbuch aus dem Ärmel, »Vox« geheißen, »frisch geklaut«, wie sie sagte, Bücherklauen sei ihr neues Hobby. Sie wolle ihr Know how nicht verkommen lassen.

Ein Kuss wie ein Ausrufezeichen!

45

Im Zug mit »Vox«. Eine Telefonsex-Novelle von Nicholson Baker. Szenen aus der letzten Nacht überblenden die Geschichte. Gegen Morgen war Astrid aufgestanden, hatte sich auf den schäbigen Fußboden gesetzt, den Rücken an das Bett gelehnt und den Kopf auf das weiße Laken fallen lassen. Auf der Stirn entdeckte ich einen entzündeten Mitesser. Als ich ihn ausdrückte, schrie sie auf.

Nebenan dudelte ein Radio.

Am Morgen zog sie sich an, als wollte sie zur Arbeit gehen.

46

Als ein muffiger Geruch nach Zigarillos, den ein Reisender verströmt, der den Mittelgang Richtung Toilette passiert, mir in die Nase steigt, weiß ich endlich eine Antwort auf Astrids Frage nach einem positiven Hundeerlebnis, du wirst doch nicht immer nur auf Kampfhunde gestoßen sein, so Astrid, es war der Augenblick, als ich bereits den Hegel wegen meiner anschwellenden Nervosität aus meiner Gedächtnisbibliothek kramte und mir nur das ungefährliche Schoßhündchen meiner Tante (Pudel) einfiel und die verächtliche Verwendung dieses Begriffs durch meine Mutter, wenn sie die Ehe meiner Tante charakterisierte (wie sich später herausstellte, war des Onkels Schoßhündchen zu dumm, um seine anderen Schoßhündchen zu riechen), eine Zuspitzung, die mein Vater durch eine noch lückenlosere Kontrolle ausbaden musste, denn bei anstehenden Fahrten mit dem Männerkegelverein meldete sie ihn stets wegen Krankheit ab, ja, ja, seine Bronchien, jetzt aber, im Zug sitzend, erinnere ich endlich *die* positive Geschichte mit einem Hund.

Natürlich verbot mir meine Mutter zum Jahreswechsel den Umgang mit pyrotechnischen Erzeugnissen, weil sie, die Ohren immer süchtig nach Hiobsbotschaften, eine ganze Latte von Verstümmlungsopfern parat hatte: Der Karl, ein Neffe von Tante Anni, hat durch einen Knallkörper einen Finger verloren, so meine Mutter, und der Erich, schlimm genug, dass er als uneheliches Kind ohne Vater aufwachsen muss, wurde Silvester von einer Rakete am linken Auge verletzt, in Friedenszeiten, wohl verstanden. Aber wenn dann ab dem 26. Dezember alle Freunde mit Knallfröschen und Chinaböllern prahlten und ich immer schweigsamer wurde, nahm sie mich doch an die Hand und ich durfte mir im Schreibwarenladen Reinders einen sehr kleinen Porzellanhund (wahlweise ein Schweinchen) kaufen, den ich am Silvesterabend um 22 Uhr mit einem in Staniolpapier eingewickelten Abführzäpfchen lud, das von meinem Vater (sein Auftritt an Silvester) mit einem Streichholz entflammt wurde, woraufhin besagter Porzellanhund sich in dicken Kringeln auf unserem Küchentisch entleerte und das vergangene Jahr muffig stinkend unter sich begrub. Diesen Hund habe ich in der Tat geliebt. Als meine Mutter mir einmal nach einer langen Sommergrippe ein Abführzäpfchen, deren Spitze sie fürsorglich in Penatencreme eintauchte, einführte und sich kurze Zeit später durch die Toilettentür hindurch nach dem

Fortgang der Prozedur erkundigte, sagte ich, es sei jetzt Silvester, ein Satz, den sie umstandslos in ihren Wortschatz aufnahm und mich im bestimmten Rhythmus fragte, ob ich heute schon Silvester gehabt hätte. (Auf Reisen ist das übrigens wirklich ein Problem.)

47

Noch eine zweite Frage ließ ich gestern Nacht offen, weil ich, völlig unvorbereitet, von Astrid eine Lobeshymne auf die poetische Sprache der Bibel anhören musste, meine Protokolle seien etwas blumig, so der Parteisekretär, so Astrid, wenn ich gelegentlich biblischen Sprachstil kopierte, um zu kontrollieren, ob ich auch gelesen wurde, und ob ich denn auch die poetische Sprache der Bibel schätzen würde. Meine eigene Bibellektüre liegt schon lange zurück, blockte ich ab, Bibelstellen verwende ich in Aufsätzen und Büchern immer nur als Pflichtzitate, so lieblos serviert wie die Salatgarnituren in zweitklassigen Restaurants. Aber noch immer zehre ich von der Lektüre meiner Kindheit und kann erstaunlich fehlerfrei die Stellen, die ich benötige, aus dem Fundus hervorkramen.

Ab dem dritten Schuljahr durfte ich beim Abendbrot die Bibeltexte vorlesen, und ich trug sie immer in der Gestik und Betonung des Nachrichtensprechers Köpcke vor, den ich heimlich bewunderte:

Guten Abend meine Damen und Herren. Soeben erreichen uns neueste Nachrichten aus dem Reich Salomos……

In diesen Augenblicken stöhnte meine älteste Schwester, die bisher immer die Abschnitte vorlesen durfte und die jetzt, da ich auch diesen Part übernahm, bei meiner Mutter kaum noch vorkam, kurz auf, wurde aber jedes Mal von meiner Oma, die in religiösen Fragen keinen Spaß verstand, mit einem scharfen Blick abgestraft. Und im Gesicht meiner Mutter hielt ein Ausdruck von Zufriedenheit Einzug, der mit den himmelschreienden Nachrichten, die ich Köpcke-sachlich vortrug, eigentlich nicht harmonierte.

Aber die Poesie der Bibel? Da kann ich, im Unterschied zu Astrid, keine Erfahrungen vorweisen, denn mein Lehrer an der Universität, den alle nur den Großen K. nannten, behandelte die Bibel wie eine Urkunde aus den Kindertagen der Menschheit, mit der man nachsichtig umgehen müsse, wie er sagte, und er tat es, indem er sie umging.

48

Der Große K. hatte die strengen Züge eines ägyptischen Gottes, er lachte nie, in seinem Gesicht wohnte das Wissen vieler Jahrhunderte, er sprach – wenn er nicht zynisch Texte seiner Kollegen kommentierte – in einem ernsten Tonfall, Worte wie in Stein gemeißelt, die wir förmlich vor uns sahen, obwohl er nie ein Wort an die Tafel schrieb, wir waren Kopisten mit andächtigen Gesichtern, schrieben alle Sätze gewissenhaft auf, auch diesen: »Wie kann der vom religiösen Bewusstsein artikulierte Glaube, von Gott vollständig bestimmt zu sein, so einleuchtend gemacht werden, dass der Vorwurf, Gott sei ein Produkt des religiösen Bewusstseins, verstummt?« Keine einfachen Sätze, fürwahr, aber wer sie gehört hatte, dem bereiteten sie keine Schwierigkeiten, dem waren sie bald selbstverständlich, auch mir, der ich sein Jünger wurde, als er laut verkündete, die Kränkung, die Feuerbach der Theologie zugefügt habe, sei nur durch eine Theo-Logik zu therapieren, die das religiöse Bewusstsein in eine Theorie des Absoluten aufhebe.

Ich darf sagen, dass ich unter seinen Jüngern und Jüngerinnen ihm schon bald der liebste wurde.

Ich habe mehr als fünfzehn Jahre diese Sprache gesprochen. Ich war sein Sprachrohr.

49

Da mich der Große K. für ein großes Talent hielt, konnte ich in den Seminaren darauf verzichten, mir den Mund fusselig zu reden, ich setzte meinen auf andere unnahbar wirkenden Seherblick auf, der bald als Raubkopie auf vielen Gesichtern anzutreffen war, fingerte selten, und für die Umsitzenden dann überraschend, meinen Stift hervor, den mir meine Mutter vorsichtshalber mit meinem Namenszug hatte versehen lassen, setzte einige an stenographische Kürzel erinnernde Zeichen aufs Papier, nickte und »sah« wieder, bis ich nach etwa einer Stunde zu bedenken gab, das religiöse Bewusstsein möge noch so sehr behaupten, sich dem Grund einer alles bestimmenden Macht zu verdanken, aber, und ich bäte diesen Gedanken wirklich in seiner Radikalität ernst zu nehmen, dieser Grund sei doch nur immer einseitig vom religiösen Agenten aus artikulierbar, ein Startschuss, den der Große K. zu einigen kühnen Ausschweifungen nutzte, die eine kleine Schar dann privatissime weiter diskutierte, bis besagter K. uns verabschiedete, mich, inzwischen zum HIWI befördert, zurückhielt, ich habe noch eine kleine Aufgabe für Sie und in dieses Buch sollten Sie einen längeren Blick werfen. Ich bedankte mich artig, las mich ein in Hegel und Barth, Cramer und Strawson und Quine und Putnam, kaufte mir nach der Zwischenprüfung ein Halstuch, um nun auch äußerlich K ähnlicher zu werden – ich erwähne dieses, Frau Birus, weil diese Halstuchmode von leider unsäglichen Vorurteilen begleitet wird – und ich werde endlich, im sechsten Semester gefragt, was ich denn für Pläne habe und zu werden gedenke, woraufhin ich dem Großen K. mitteilte, ich wisse zumindest, was ich zeitlebens nicht zu bleiben vorhätte, ein Barthsches Jüngelchen nämlich.

Nach diesem Bekenntnis hatte ich einen Doktorvater.

50

Und ich war, als ich zu studieren anfing, achtzehn Jahre alt und ein Sohn des Albertus, der war ein Sohn von Klaas, der war der Bruder von Johan, die waren die Söhne von Edwin, der war der Sohn von Gerardus, der war ein Sohn von Ruud, der war …

Leider verliert sich hier die Spur im Unterholz. Nur dieses ist gewiss: Als ich dreiundzwanzig Jahre alt war, es war der dreißigste Mai 1981, erwählte mich der Große K. zu seinem Sohn.

51

Ich reibe mir die Augen und schaue auf den ausliegenden Zugbegleiter: Nur zehn Minuten Aufenthalt in Berlin. Anschlusszug nach Dortmund am Bahnsteig 3. Hetze. Keine Zeit für Berlin. *Gleis Drei bitte einsteigen, Türen schließen selbsttätig, Vorsicht bei der Abfahrt.*

Meine Hand schmerzt. Narben wie Stigmata.

52

Ich blättere *Die Woche* durch und fülle den Fragebogen auf Seite 56 gewissenhaft aus:

FREUD UND LEID
Was ist Ihre größte Hoffnung?
Lebendigkeit.
Wer oder was ist Ihre heimliche Leidenschaft?
Einer Frau zuzusehen, wenn sie sich wäscht.
Was ist Ihnen peinlich?
Mein unverschließbarer Magenpförtner.
Welche kulinarischen Genüsse schätzen Sie besonders?

Lacrimae Christi. Likörwein aus Italien.
Was treibt sie zur Verzweiflung?
Meine zunehmende Bindungs- und Bindegewebsschwäche.

FREUND UND FEIND

Wem werden Sie ewig dankbar sein?
Frau Birus.
Was loben Ihre Freunde an Ihnen?
Meinen Wein: Girlan, Fass Nummer 9.
Wem möchten Sie auf keinen Fall in der Sauna begegnen?
Meiner letzten Liebe.
Was sagen Ihre Feinde Ihnen nach?
Ich sei Biertrinker.
Wofür müssen Sie sich noch unbedingt entschuldigen?
Berufsbedingt gestehe ich immer sofort.

SCHEIN UND SEIN

Was war Ihr größter Erfolg?
Die Abnabelung von meiner Mutter.
Was war Ihre dramatischste Fehlentscheidung?
Beim Drama mit meiner letzten Freundin den Leidenden zu mimen.
Was sind Ihre verborgenen Schwächen?
Meine Glatze ist nicht verborgen.
Wie würden Sie einem Blinden Ihr Äußeres beschreiben?
Nach oben hin offen.

DENKEN UND LENKEN

Was würden Sie zuerst durchsetzen, wenn Sie einen Tag lang Deutschland regieren könnten?
Den Kohlepfennig für Geisteswissenschaften.

Wer wird Deutschland in zehn Jahren regieren?
Eine Frau.
Wer sind die drei klügsten Köpfe unserer Zeit?
Das weiß man erst nach deren Tod.
Was ist Ihre Lebensphilosophie?
Leben und mehr als leben.

EWIGKEIT UND VERGÄNGLICHKEIT
Welchen Traum möchten Sie sich unbedingt noch erfüllen?
Von allen Hunden gemocht zu werden.
Wo möchten Sie beerdigt sein?
Neben meiner zukünftigen Frau.
Wer soll Ihre Grabrede halten?
Ein jetzt noch sehr junger Mensch.
Welchen Satz erhoffen Sie sich darin?
Bleiben Sie dran. Wir sehen uns gleich wieder.

53

Habe bei der Lektüre von »Vox« einen Hänger, krame nach dem ordentlich erstandenen Buch, das Astrid mir empfohlen hat, entdecke es zwischen Socken und schmutziger Unterwäsche. Der Schnitt ist von einem feuchten Handtuch etwas gewellt.

Wenn untätige Leute ihr Heimatland verlassen und mit Grund oder Gründen auf Reisen gehen, so kann man diese aus einer der folgenden allgemeinen Ursachen herleiten:
Gebrechlichkeit des Körpers,
Schwachheit des Geistes oder
Unumgängliche Notwendigkeit.
Unter die beiden ersten fallen alle Reisende zu Wasser und

zu Lande, die an Hochmut, Neugierde, Eitelkeit oder Milzsucht leiden, welche Gebrechen sich in infinitum *unterteilen und kombinieren lassen.*

Die dritte Gruppe umfasst das ganze Heer der wandernden Märtyrer, ganz besonders diejenigen, welche mit dem Vorrecht des Klerus ihre Reisen antreten, entweder als Verbrecher unter der Aufsicht von Hofmeistern, welche die Obrigkeit empfiehlt, oder als junge Herren, die von ihren grausamen Eltern oder Vormündern verbannt werden und unter der Aufsicht von Hofmeistern reisen, die von den Universitäten Oxford, Aberdeen und Glasgow empfohlen wurden.

Es gibt noch eine vierte Gruppe; ihre Zahl ist aber so gering, daß sie keine besondere Abteilung verdiente, wenn nicht ein Werk wie dieses die größte Genauigkeit und Exaktheit erforderte, um jede Verwechslung der einzelnen Typen auszuschließen. Und die Männer, von denen ich rede, sind jene, die übers Meer gehen und sich in einem fremden Land aufhalten mit der Absicht, aus verschiedenen Gründen und unter verschiedenen Vorwänden Geld zu sparen; doch da sie sowohl sich als auch anderen Leuten sehr viel unnötige Mühe ersparen könnten, wenn sie ihr Geld zu Hause sparen wollten, und da ihre Gründe fürs Reisen einfacher sind als die aller übrigen Emigranten, so nenne ich diese Herren

Simple Reisende.

Somit kann man den ganzen Kreis der Reisenden unter folgende wichtige Rubriken bringen:

Müßige Reisende,
Neugierige Reisende,
Lügenhafte Reisende,
Aufgeblasene Reisende,
Eitle Reisende,
Milzsüchtige Reisende.

Dann folgen
Die Reisenden aus Notwendigkeit,
Der kriminelle und verbrecherische Reisende,
Der unglückliche und unschuldige Reisende,
Der simple Reisende,

Und ganz zuletzt (wenn Sie gestatten) der empfindsame Reisende…

Wo muss ich mich einordnen? Unter welchem Stichwort würde mich Astrid ablegen? Was meinen Sie, Frau Birus? Bin ich ein empfindsamer Reisender?

54

Deine Haut schläft tief und fest, flüsterte Astrid, als sie mit der Zunge eine alte Narbe an meinem linken Knie nachfuhr, woraufhin ich leise protestierte, ein Protest, der sie kaum beeindruckte und den ich demütig unterbrach, als sie sich den Schenkel hinaufarbeitete. (Nüchtern betrachtet kann ich der Diagnose kaum widersprechen, meine Haut ist trocken und schuppig, ich schwitze nur bei größter Anstrengung, habe zum Ärger der Kosmetikindustrie beinahe keinen Körpergeruch.) Ganz bewusst habe ich in dieser Nacht meine Haut gespürt und bin langsam aus jenen Bedeutungshorizonten hinausgeglitten, die ich bisher mit dem Wort *Haut* verbunden habe.

Kamen meine Schwestern und ich wochentags um 14 Uhr von der zwanzig Kilometer entfernten Schule zurück – setze dich nicht direkt vor eine Lüftungsluke, sagte meine Mutter morgens, wenn ich als letzter das Haus verließ –, dann überdauerte das Mittagessen bereits seit zwei Stunden im Backofen, Vater braucht Mittags sein Essen, so meine Mutter, und über den Kartoffeln mit Soße hatte sich eine zähe Haut gebildet, die vorzüglich mit der Haut harmonierte, die auf der schnell erhitzten Milch schwamm und mich ekeln ließ.

Diese Assoziationskette von Haut und latentem Ekel ist erst von Astrid durchtrennt worden. (Warum bei den anderen Liebschaften nicht?) Haben Wörter vielleicht eine emotionale Tönung aus Kindertagen, die viel stärker unsere Wahrnehmung steuert, als ich es mir bisher klar gemacht habe?

Bei den Amerikanern liegt es auf der Hand.

Ich liebe Amerikaner, solange ich denken kann, und diese Liebe verdanke ich einer Schwäche meiner Mutter, denn wenn ich bei dem besagten Kaufmann Hendricks zum Einkaufen ging und ich die Tröstertütenkollektion bereits ausgetestet hatte, nörgelte ich in der Regel so lange, bis meine Mutter sich erweichen ließ und mir einen Amerikaner kaufte, den ich dann später in gewagter Kombination mit einem Glas Milch serviert bekam. Zunächst bröckelte ich den herrlich klebrigen Zuckerguss ab und ließ ihn auf der Zunge zergehen, dann biss ich aus dem Teig Teile heraus wie ein Bildhauer, schuf phantasievolle Kontinente oder neue Spielsachen, die ich schließlich nur schweren Herzens nach mehrfacher Ermahnung meiner Mutter in meinem Mund verschwinden ließ. Vielleicht hängt mit dieser frühen positiven Erfahrung mit Amerikanern meine Vorliebe für die amerikanische Literatur zusammen. Es gab bei unserem Bäcker einfach keine Portugiesen oder Russen oder Italiener.

55

Weil ich auch jetzt keine telefonische Verbindung mit Ihnen, Frau Birus, zustande bringe – mein Handy fiept nur, als sei es heiser –, schreibe ich Frank schnell eine E-Mail mit dem Handy:

Bester Frank,

Ich bin übrigens auf einem neuen Trip. Diesmal eher ein theologischer Witzbold, ein Yorick ohne Bahncard.

Bis bald, K

56

Endlich habe ich Sie, Frau Birus, erreicht. Mein Handy hatte den Geist aufgegeben und ich entdeckte keine Steckdose, um es aufzuladen. Am Kiosk erstand ich eine Telefonkarte. Sie erklärten mir sehr geschäftsmäßig ihren Terminkalender. Immer, wenn ich hörte, wie Sie ein Blatt ihres Terminkalenders bewegten, musste ich an Ihre manikürten Hände denken, die Sie damals viel zu früh von mir zurückzogen. Warum nur müssen Sie ausgerechnet am Samstagabend mit dem Chefredakteur der *Augsburger Allgemeinen* essen gehen? (Ist eine feindliche Übernahme geplant, Frau Birus? Eine neue Folge der Cowboy- und Indianerspiele für ergraute Ökonomen?) Ich konnte nicht schnell genug nachfragen, weil Sie schon wieder einen anderen Termin als Entschuldigung vorschoben.

»Am Montag«, sprachen sie, »am Montag gibt es einen Lichtblick.«

»Das ist schön«, erwiderte ich, als der Telefonapparat bereits blinkte, »denn der Wetterbericht meldet Regen.«

57

Als ich an dem Bankautomaten in der großen Bahnhofshalle Geld abheben will, fällt mir meine Geheimzahl nicht mehr ein. Ich erinnere nur die Handbewegung: in der oberen Zahlenleiste zwei Nummern nebeneinander – wahrscheinlich die 2 und die 3 –, dann wandert die Hand immer in die nächste Zeile, tippt eine Nummer ein und kehrt in die obere Zeile zurück. Ich tippe 2362. Der Apparat ist nicht einverstanden. Intuitiv variiere ich ein zweites Mal. 2353. Wiederum verweigert sich die Maschine. Hinter mir wartet bereits ungeduldig eine Frau. Mir bleibt nur noch eine letzte Chance. Deshalb will ich auf Nummer sicher gehen. Umständlich krame ich in meinem Portemonnaie, das mir übrigens immer meine Mutter – du bist Gesäßträger, dann verschleißen die Börsen so schnell, so meine Mutter –, zu Weihnachten schickt (großzügig gefüllt, seitdem ich es ihr untersagt habe, mir Libido hemmende Schlafanzüge auszusuchen), ziehe den Führerschein heraus, hebe das Passbild leicht an und lese die Nummer ab: 2363. Sofort gibt sich der Apparat zufrieden und zahlt bereitwillig den Betrag aus. Ich nuschel eine Entschuldigung in Richtung der wartenden Frau und gehe zum Bahnsteig neun, oder war es Bahnsteig acht?

Ich denke an meinen Großvater, einen Holzkaufmann, der während seiner letzten Lebensjahre oft nicht mehr wusste, an wen er was verkauft hatte. Meine Mutter musste ihn immer trösten. »Es war bestimmt ein ehrlicher Mann, Vater, der sich meldet, wenn die Rechnung ausbleibt«, sagte sie immer. Dann war mein Großvater beruhigt und vergaß sofort den Vorfall. Meine Mutter kundschaftete heimlich, sie hatte Rentner aus der Nachbarschaft als Hilfssheriffs eingestellt, die Namen aus.

Gebe dem Franziskaner am Ausgang einen Fünfer.

58

Im Zug nach Hamburg saß ein kleiner, vornehm gekleideter Mann vor mir, dessen schorfige Haut offensichtlich unablässig juckte. Als würde er in Wellen von elektrischen Stromstößen aufgeschreckt, zuckte er zusammen und kratzte sich, nein, eigentlich massierte er die entzündeten Stellen, bis sich sein Körper entspannte, nur die Kopfhaut zappelte noch Augenblicke weiter, jedes Mal hüstelte er kurz, ein vornehmes, gedämpftes Hüsteln, dann versuchte er weiter in seinem Manuskript zu lesen. Als ich aufstand und in den Speisewagen ging, merkte ich, wie er aufatmete. Ich benötigte in dem überfüllten Zug Geduld, bis ich den Speisewagen erreichte. Dort wartete bereits ein Pulk Reisender auf einen Sitzplatz. Resigniert zwängte ich mich durch die engen Gänge zurück. Auf dem Platz des Mannes saß jetzt eine ältere Frau. Der Mann blieb verschwunden, deshalb fand ich endlich die Muße, weiter über Romy nachzudenken, denn seit sie mir den Vorwurf gemacht hatte, der Protestantismus sei in ritueller Hinsicht ein wirklicher Sozialfall und auf fremden Support angewiesen, hatte es in meinem Oberstübchen artig gearbeitet, bis mir die bizarre Methode meiner Mutter einfiel, Rituale zu annektieren und ökonomisch (=calvinistisch) zu verzuckern. Denn nur weil die jüngere meiner beiden Schwestern, Vaters entschiedener Liebling, im Krankenhaus der Mandeln beraubt, neidisch auf einen Palmbusch der ebenfalls leidenden Zimmergenossin verwies, musste mein Vater noch am gleichen Abend Buchsbaum schneiden und zu einem Palmbusch arrangieren, an den nun meine Mutter nicht etwa nur bunte Schleifen band, sondern auch Süßigkeiten hing, eine Verzierung, die nun ihrerseits andern Tags von der Zimmergenossin meiner Schwester neidisch begutachtet wurde, uns aber, weil Traditionen, die von meiner Mutter einmal gestiftet wurden, auch gepflegt werden wollten, jährliche Palmbüsche mit Süßigkeiten bescherte. Mein Vater dichtete einen plattdeutschen Reim hinzu und so konnten wir am Palmsonntag von Haus zu Haus ziehen, um unseren Palmbusch auch von den Nachbarn schmücken zu lassen, laut singend:

Palm Palm Poaschen
Loat de Hohner kroaschen
Loat de Vöglein singen
Loat de Hahnen springen
Heikorei, Heikorei
Sündag gift en Poasche-Ei.

Vielleicht lassen sich auf ähnliche Weise weitere religiöse Rituale friedlich übernehmen.

Ich sollte mit meiner Mutter telefonieren.

59

Als wir zu der Remisentür gekommen waren, zog sie ihre Hand von der Stirn weg und ließ mich das Original sehen. Es war ein Gesicht von ungefähr sechsundzwanzig, von einem hellen, durchsichtigen Braun, schlicht aufgemacht ohne Schminke und Puder. Es war, kritisch betrachtet, nicht eigentlich schön, aber es hatte das, was mich in der Gemütsverfassung, in der ich war, viel mehr reizte: es war anziehend. Ich bildete mir ein, es trüge die Merkmale des Witwenstandes, und zwar in dem Stadium des Abnehmens, wenn die beiden ersten Anfälle von Betrübnis vorüber sind und sie nun gelassen anfängt, sich mit dem Verlust abzufinden. Doch hätten auch tausend andere Arten von Kummer die gleichen Linien ziehen können; ich hätte gerne gewusst, wie die eigentlich entstanden waren, und war bereit, mich danach zu erkundigen…

60

Übrigens könne eine vom philosophischen Feuilleton gepuschte Mode die besten Köpfe verwirren, warnte mich der Große K., und er bitte ganz strategisch, durchaus, wie ich wisse, normalerweise nicht seine Art zu denken, er bitte also ganz strategisch zu bedenken, wie schnell Moden heute veralten, selbst Marcuse, ja, doch, unter uns, auch er habe kurz mit Marcuse und den Frankfurtern geliebäugelt, aber längst sei doch Marcuse, sage mir der Name überhaupt irgendetwas, nun gut, längst also sei Marcuse wieder, wenn er es so ausdrücken dürfe, eindimensional geworden, aber der deutsche Idealismus, der sei nun einfach nicht totzukriegen, wohingegen die Dekonstruktion nur eine recyclete Mode sei, die tauge nur für eine Saison, aber bitte, Sie – stutzen Sie nicht Frau Birus, der Große K. und ich sind stets beim Sie geblieben, er hasste die vertrauliche Form, mir dagegen ist das Du durchaus nicht unsympathisch, durchaus nicht, Frau Birus – sind mein Assistent, nicht mein Diener Lampe, aber er dürfe mich als väterlichen Freund doch warnen, der andere Lehrstuhlinhaber, sein verehrter Herr Kollege, der neige fakultätsbekanntermaßen zum Verwildern, ursprünglich ein milder und langweiliger Tillichianer, sei er jetzt in einer Midlife-Krisis und suche Neuland, peinlich, einfach peinlich, ich würde doch über dessen Viren ausdünstenden Assistenten, mit dem er mich häufig sähe, einen guten Einblick in diesen Mischmasch bekommen, dieses halbagile Plündern der Tradition sei, und der Große K atmete tief ein und trat nahe an mich heran, eine zweitklassige Transvestiten-Show, eine postmoderne Beliebigkeit, Sie dürfen gerne noch einen Keks nehmen, kurz, er wolle nicht versäumen, mich vor einer Ansteckung mit dieser Franzosenkrankheit zu warnen, sei es ihm doch nicht entgangen, dass ich auffällig häufig von neuen Ufern spräche, aber er empfehle ganz entschieden, diesseits des Rheins zu bleiben, und er wüsste auch schon wo.

61

Kein Empfang. Keine Blumen.

Kurz vor Altona bekommt der Zug noch eine Dusche, aber als ich aussteige, gießt die Mittagssonne wieder ihren Schein über den noch nassglänzenden Zug. Hamburg-Altona. Endlich wieder eine City, die sich mit München messen kann.

Citys, wiederhole ich, schon wieder ein englisches Lehnwort, dabei pflege ich – trotz meiner eingestandenen Vorliebe für Amerikaner – eine mühsam kultivierte Hassliebe zur englischen Sprache.

Im Frühjahr und Herbst fuhr ich immer nach Borkum zur Kur. Ab zehn, oder vielleicht ab elf? Asthmatiker. Eine Erbschaft väterlicherseits. Der Golfstrom würde Wunder wirken, sagt die Kinderärztin, so meine Mutter, und nahm mich mit auf Reisen. Im Herbst hatten die Kinos meistens schon geschlossen, im Frühjahr oft noch nicht geöffnet, und so hatte ich keine Chance mich abzulenken, musste vielmehr stundenlang albern dick verschnürt am Strand spazieren gehen und Muscheln sammeln. Ganze Plastiksäcke voll. Seither mag ich keine Muscheln mehr. Und keine englischen Vokabeln. Wenn meine Mutter in der Ferienwohnung kochte, packte ich mein Vokabelheft aus und trug die Wörter ein. Meine Mutter kochte extrem langsam, das Kochen dauerte mindestens neunzig Vokabeln lang. Ich sollte einen Vokabel-Jahrgang pro Kuraufenthalt wiederholen, deshalb hatte sie es beim Kochen nicht sehr eilig, als Hors d´oeuvre gab es immer zehn aufgewärmte Vokabeln vom Vortage, versagte ich und hatte nur acht Richtige, fiel der Negerkuss zum Nachtisch aus. Beim Abtrocknen durfte ich immer laut memorieren, so könne auch sie ein wenig trainieren, so meine Mutter, die eine Baumeisterin von Eselsbrücken war, dein Onkel Ernst schwallt doch ständig beim Essen, und einmal hat er sich dabei dermaßen verschluckt, dass wir ihn auf den Kopf stellen mussten, so meine Mutter als Architektin von Format, denn sobald ich mein Hirn auf Englisch umschalte, fällt mir als erste Vokabel immer ein: »to swallow«; verschlucken, verschlingen, eine Vokabel, die allerdings nur mäßig geeignet ist, ein Gespräch zu eröffnen. Und todsicher muss ich dann an Borkum denken, an meine Vokabelhefte und an meine Mutter, die zu Anfang jeder Kurwoche fünf Negerküsse kaufte, weil sie wusste, ich würde mindestens zweimal versagen.

62

Hamburg-Altona. Aus dem Brief, der mich von dort erreichte, wurde ich zunächst nicht richtig schlau. Erst eine Notiz in *Die Woche*, die ich gestern las, diente mir als Verstehenshilfe. Legt man Zeitung und Brief nebeneinander, dann legen sich beide Texte gegenseitig aus. (Intertextualität, Frau Birus, das Studium war doch nicht ganz umsonst.)

In Japan breitet sich eine neue Besorgnis erregende Krankheit aus. Sie wird das **Pedanten-Syndrom** genannt – eine Art Hygiene-Hysterie, der die Bewohner der Großstädte verfallen. Im Kampf gegen die Übertragung von Krankheiten schreckt man auch vor den absurdesten Sicherheitsmaßnahmen nicht zurück. »Antibakterielle Imprägnierung« heißt das neue Zauberwort: Nachdem sich bereits viele Japaner weigern, öffentliche Telefone oder fremde Kugelschreiber zu benutzen, weil Kranke sie berührt haben könnten, stülpt man jetzt chemisch beschichtete Hüllen über alle verdächtigen Gegenstände. Für die Desinfektion von Geldscheinen werden sogar Geldautomaten der Banken umgerüstet. Die Firma Hitachi vertreibt eine Automatenversion, die die Scheine vor der Ausgabe reinigt und bügelt – »Wash & Go« fürs Portemonnaie.

Ich halte den folgenden Brief daneben.

Mein Herr.

Ich deute Ihre Anzeige doch richtig? Verstaubt heißt doch wohl: Workaholic, unerfahren, disco-unschuldig? Oder umschreibt der Ausdruck »verstaubt« ein leicht verlottertes und ungepflegtes Äußeres? Muss man Sie erst in ein Bazilolbad eintauchen? Droht mir Aussatz nach einem Kontakt mit Ihnen?

Wenn Sie also ein zivilisierter Mitteleuropäer sind und nur ein bisschen weltfremd, dann dürfen Sie mich anrufen. Die notwendigen Informationen über mich (Jahrgang 1952) entnehmen Sie ganz unbefangen dem Foto. Deuten Sie den Balken als Schleier. Sie kennen doch sicherlich die Geschichte? Ich heiße Leah.

(Frau Birus: Um hier sofort einiges richtig zu stellen: Ich bin ein zivilisierter Mitteleuropäer. Ich dusche regelmäßig, an heißen

Tagen in meiner Mansardenwohnung zweimal am Tag, nach jeder größeren Mahlzeit putze ich mir die Zähne, reinige sie jeden Tag mit Zahnseide, ich verabscheue Drei-Tage-Bärte, wechsle regelmäßig meine Unterwäsche – der Umwelt zuliebe verzichte ich auf Weichspüler, stopfe feuchte Schuhe mit Papier aus, schneide gewissenhaft meine Nägel, meide Fast-food, jede vierte Woche zum Frisör, Haarwasser gegen Schuppen, Ricola gegen Mundgeruch und Husten, ich bezahle meine Perle übertariflich, fahre mit dem Auto monatlich in die Waschanlage – also wenn das nicht zivilisiert ist!)

Der Vergleich von Brief und Zeitungsnotiz lässt eine Befürchtung in mir aufsteigen: Ich werde auf eine norddeutsche Pedantin, eine Hygiene-Hysterikerin treffen, die mir wahrscheinlich sofort auf dem Bahnhof in Altona ein antibakteriell behandeltes Ganzkörperkondom überwirft oder mich in Folie einschweißt.

Ihr Foto ist eine einzige Inszenierung, zeigt eine ganz in schwarz gekleidete Frau in Tanzschrittpose. (»Balleteuse, Balleteuse«, kommentierte Frank.) Nur ihr Gesicht bleibt verschattet, denn ein dicker Balken macht es unsichtbar, wie auf Pressefotos, die die Identität von Personen neben einer von öffentlichem Interesse schützen wollen. Dieser dunkle Balken auf dem Foto ist keine nachträgliche Einschwärzung, denn den Strich eines Filzstiftes oder eines Kugelschreibers würde man erkennen, wenn man das Bild gegen das Licht hält. Ergo: Es muss ein Foto von einem Foto sein. Aber warum?

Leah macht keine weiteren Angaben zur Person, sondern spielt nur noch auf die Lebensgeschichte ihrer Namenspatronin an: Leah. Der biblische Jakob bekam als Lohn für seine siebenjährige Arbeit bei seinem Onkel Laban dessen wirklich reizende Tochter zur Frau. Als er aber den blickdichten Schleier lüftete, war es nicht die gewünschte Rahel sondern dessen nur mäßig gelungene Schwester Leah. Leah, die Verschleierte. Muss ich also damit rechnen, unter dem Schleier eine böse Überraschung anzutreffen? Ein Monster vielleicht? Oder will

Leah nur mit meinen angelesenen Ängsten spielen? Ist das Bild vielleicht nur das Foto eines Reklamebildes? Bezieht sich der Schleier also auf die ganze Person? (Wenigstens wird nichts von einem Hund erwähnt. Wahrscheinlich wäre der auch verschleiert. Und stubenrein. Und eingeschweißt.) Mich erwartet also eine geheimnisvolle Schleiermacherin mit Sauberkeitsfimmel. Aber erst in vier Stunden, Zeit genug, endlich weiterzulesen. (Und was hat dieses raffinierte Stück Spitze zu bedeuten, das dem Brief beilag? »Das verwendete Parfüm enthält Bibergeil«, konstatierte Frank fachmännisch.)

63

Als sie aber ihr Gesicht mir zuwandte, war der Geist, von dem ihre Antwort beseelt wurde, verflogen, die Muskeln erschlafften, und ich sah wieder den gleichen arglosen Blick des Kummers, der mich für sie einnahm. Traurig, daß auf einem so seelenvollen Gesicht Kummer wohnen soll! Ich bedauerte sie aus tiefster Seele; und obgleich es einem abgestumpften Herzen recht lächerlich vorkommen mag – ich hätte sie in die Arme nehmen und sie auf offener Straße liebkosen können, ohne darüber zu erröten.

Der lebhafte Takt der Pulsadern in meinen Fingern, die sich um die ihrigen schmiegten, sagte ihr, was in mir vorging: Sie sah zur Erde. Es folgte ein Schweigen von etlichen Augenblicken.

64

Ich suche eine Frau, die einen Balken im Gesicht trägt und sich manieriert bewegt. Auf dem Bahnsteig in Hamburg-Altona bewegen sich sehr viele Personen manieriert, als wären sie auf einer Casting-Veranstaltung, und ob jemand einen Balken im

Gesicht oder wenigstens einen Splitter im Auge trägt, erkenne ich nicht ohne Brille. Langsam lasse ich mich aus dem Pulk der Masse herausfallen.

»Sie fahren zweiter Klasse?«

Vorhang auf.

Ja, der eine Blick, bevor noch das Auge sich an Einzelheiten festbeißt, verrät mir: Sie ist eine Schleiermacherin; ja, als sie mir die Hand hinstreckt und die vier Armreife zu laut und zu abrupt den Unterarm hinauffallen, höre ich die angestrengte Willenskraft dieser Geste, die nicht spielerisch und tänzerisch leicht gelingt; ja, auch der Druck ihrer makellosen Hand ist etwas zu fest: eine taktile Verschleierung ihrer Unsicherheit; ja, auch jetzt erneut, als sie mit mir die Treppen des Bahnsteigs hinuntergeht, setzt sie ihre Absätze zu barsch auf, als gelte es aufkommende Zweifel niederzutrampeln. Sie sagt schnell und ohne Pause, beinahe monoton, wobei sie es vermeidet, mir in die Augen zu sehen, sie freue sich auf das Wochenende – von dem bisher nie die Rede war. Ich will schnell etwas einwenden, aber sie redet einfach weiter, sie stehe der Sache, sie sagt »Sache«, sehr aufgeschlossen gegenüber, lebe weder mit noch aus der Religion, aber auch da sei sie aufgeschlossen, sie schlage vor, das laute Hamburg zu verlassen. Sie habe ein kleines Ferienhaus auf Nordstrand, die reinste Idylle, sie hoffe, ich sei aufgeschlossen (offenbar eines ihrer Lieblingswörter), entriegelt (=schließt auf) ihr angenehm teures Auto; legen sie den Rucksack einfach auf den Rücksitz, so die Verschleierte, und fährt mit mir davon. Ohne dass ich es eigentlich will.

Jetzt, wenn sie ihre Aufmerksamkeit vom Straßenverkehr kurz abzieht und mir ihr Gesicht zuwendet, spielt in ihren Augen eine Trübheit, die nicht zusammengeht mit dem aufgesetzten Lächeln ihres Mundes, ein feiner, wässriger Schleier, der ihren ganzen Körper hinunterperlt. Sie *ist* eine schöne Frau. Die schönste bisher.

Um die Mittagsstunde sei es eigentlich tödlich nach Pinneberg raus über die A 23 Richtung Husum zu fahren, aber sie kenne einige Schleichwege, sie müsse beinahe täglich von Wedel aus nach Hamburg rein, da lerne man schnell, Abkürzungen würden im Freundeskreis wie Geheimnisse behandelt, topsecret, wenn ich verstünde, weil man sonst mit allen Bekannten doch wieder im Stau stände, ihr Mann, der Karl, sei immer der Schnellste, aber sehr verschwiegen, der verrate nicht einmal ihr die Abkürzungen, und es mache sie fuchsteufelswild, wenn Karl, ihr Mann, einem Bekannten dann doch hinter vorgehaltener Hand einen Tipp gebe, ihr gegenüber aber verschlossen bleibe, das Unschuldslamm spiele, aber darin sei er ja überhaupt große Klasse, einsame Spitze.

Links lockt eine Werbetafel mit Hagenbecks Tierpark.

Viele ihrer Freunde hätten natürlich ein Ferienhaus auf Sylt, in Kampen, aber sie finde, das sei so schrecklich aufwendig, und dort sei man auch nur unter sich, dann könne man auch gleich daheim bleiben, wie Karl, ihr Mann, sage, gleich in Wedel, einfach eine Lastwagenladung weißen Sand in den Garten kippen, das Haus mit Reet eindecken, eine Platte mit Meeresrauschen auflegen, schwimmen ginge von ihnen sowieso niemand mehr, auch nicht auf Sylt, die eigenen Pools seien doch sehr viel sauberer, sehr, sehr viel sauberer, und dann die Salzkrusten, die man sich hinterher mit heißem Wasser wegduschen müsse, ich bin doch keine Saline, sage Karl, ihr Mann, immer, und da habe er ausnahmsweise einmal Recht.

(Warum um alles in der Welt wirken Nylons so erotisch, Frau Birus? Warum reizen verschleierte Beine viel stärker die Einbildungskraft? Ist das Absicht? Die Außentemperaturen würden auch nackte Beine rechtfertigen. Es sind natürlich nicht die Beine des zugesandten Fotos, obwohl Länge und Form identisch sein könnten. Aber die Frau auf dem Foto trägt, so viel Sicht lässt der Balken zu, eine dunkelhaarige Kurzhaarfrisur, diese Frau neben mir hat lange blonde Haare. Bis zum Haaransatz.)

Ihrem Mann, dem Karl, gehöre dieses Auto, sie, die genauso oft ein Auto benötige, fahre nur einen Clio, aber ihr Mann sei dieses Wochende auf Geschäftsreise, deshalb habe sie das Auto kurzerhand annektiert, einfach ohne ihn zu fragen, wohin auch solle sie ein Fax schicken, seine Angaben seien etwas diffus gewesen, Lissabon sei doch ein wenig unübersichtlich, und ob die Maschine nicht von Terroristen nach Malta umgeleitet würde, sei natürlich auch nicht ganz auszuschließen, der Karl, ihr Mann, sei da ganz erfinderisch, um Absencen zu erklären, und sie, das kleine Naivchen, der hält mich für eine Kreuzung aus Marylin Monroe und Hannelore Kohl, sagt sie, glaube ihm natürlich aufs Wort, sie habe ihm sogar die jährlichen Klosteraufenthalte in Clairvaux abgenommen, obwohl ihr Mann, der Karl, eher aufgeschwemmt als erleuchtet zurückgekommen sei, aber damit sei jetzt Schluss, mit diesem innerfamiliären Autoklau beginne ihr Rachefeldzug, aber das sei wirklich erst der Anfang, sie sei überhaupt nicht naiv, aber vielleicht könne ich ihr erklären, wie man das Verdeck dieses doofen Angeberautos öffnen könne, zunächst anhalten, rate ich, weil es durch den Fahrtwind womöglich abgerissen würde und davonflöge, sie fährt rechts ran, Standspur sei schließlich Standspur und ein Cabriolet mit geschlossenem Verdeck bei diesem Wetter Indiz für eine Panne, so jedenfalls würde Karl, ihr Mann, argumentieren, und ihr Mann sei in seinen Argumentationen unbestechlich, bereits der dritte Knopf faltet das Verdeck zusammen, sie drapiert sich ein seidenes Tuch um den Kopf und wir fahren auf die A23 Richtung Elmshorn.

Ihre Unsicherheit ist verflogen, jetzt, wenn sie den neuen Gang einlegt, gelingt ihr die Bewegung sehr fließend, der Wind zeichnet die Konturen ihres Oberkörpers randscharf nach, mit hochsteigenden Schultern und sich dehnendem Brustkorb inhaliert sie den heißen Fahrtwind und ich verliere die Konzentration auf den Straßenverkehr, fühle mich entlastet als urlaubender Beifahrer, jetzt, da der Wind unter ihren Wickelrock fährt und einen Blick auf die Strumpfbänder freigibt, und jetzt, da nach einer Kurve die Sonne das Spitzenmuster ihres BHs durch das graue Seidentop hindurchschimmern lässt wie durch

Pauspapier. (Wenn Leah diese Inszenierung geplant hat, dann dürfte sie ihrem Mann Karl kaum an Raffinesse nachstehen!)

Ihr Mann, der Karl, der halte nichts davon, wenn sie in der Firma mitarbeite, das gäbe nur Konflikte, und denen müsse man doch aus dem Wege gehen, das habe ihr immer eingeleuchtet und deshalb sei sie in ihrem alten Beruf geblieben, spiele weiterhin die Zahnarzthelferin, zweimal die Woche vormittags, obwohl sie den Job beim Einkommen ihres Mannes nicht ausüben müsse, aber der Karl, ihr Mann, habe ihr zugeraten, damit sie das Gefühl bekäme auch etwas zum Haushalt beizutragen, zahle sie die laufenden Kosten wie Gas, Wasser, Licht, Schornsteinfeger, Poolreinigung. Da bleibe von ihrem Lohn oft nicht viel übrig, sie habe bereits die Kirchensteuer gestrichen, um sich dafür eine Putzfrau leisten zu können, aber weil sie arbeite, sei sie ja versichert, und schließlich habe sie Zugriff auf ein Konto von ihrem Karl, das zwar immer grundsätzlich überzogen sei, aber Karl, ihr Mann, sage nur, diese Schulden seien doch Peanuts, Schuldenzinsen rechneten sich immer, wer keine Schulden habe, sei ein ziemlicher Dummkopf, wegen der Steuer, verstehen Sie, wegen der Steuer, er könne mit seiner Firma ja schließlich nicht nach Monaco auswandern, aber denen alles in den Rachen werfen, nein, das wolle er natürlich auch nicht und das könne auch keiner von ihm verlangen, geben Sie mir bitte die Sonnenbrille aus dem Handschuhfach, danke. Mach dir nur keine Sorgen, sagt Karl, mein Mann, immer, Zahlen belasten doch nur, er wäre froh, wenn er ohne Zahlen leben dürfte, aber diese Sätze glaube sie ihm nicht mehr, der wolle sie nicht schonen, sondern für dumm verkaufen, sie solle gar nicht wissen, wie es finanziell um sie stünde, lieber das liebe Dummchen im Ungewissen lassen, hat er Lebensversicherungen?, ich weiß es nicht, mach dir doch nicht immer so viele Gedanken, wenn mir etwas passiert, bleibt für dich genug zum Leben, so Karl, und dann hätte ich ja auch noch meinen Job, ob sie reich seien oder bis über beide Ohren verschuldet, sie wisse es nicht, sie wisse auch nicht, ob dieses Auto, das sie jetzt nach Nordstrand bringe, gekauft und bezahlt oder nur gekauft oder nur geleast sei, selbstredend hätten sie eine Gütergemeinschaft und sie habe somit ein Recht zu erfahren, wie es denn um sie stünde, aber mit Karl, ihrem Mann könne man darüber nicht reden, der komme immer mit der Vertrauensmasche, hast du, Liebes, der sagt tatsächlich immer Liebes, und meint liebes Dummchen, hast du kein Vertrauen zu mir, habe ich jemals dein Vertrauen missbraucht, und ob er das habe, und ob.

Freundinnen seien es gewesen, Freundinnen, die mit einem nebenbei eingestreuten Satz ihre Gutgläubigkeit zerstört hätten, findest du nicht, dass Karl auffallend viel auch am Wochenende arbeitet, dann rufe man immer häufiger in der Firma an, stelle kleine Fangfragen, dann beginne das Spiel der Lügen, dann fallen erste Namen, Dementis, neue Lügen und größere Blumensträuße, es sei doch alles schon vorbei, Schnee von gestern, reiner Sex, nichts Ernstes, ich sei doch unersetzbar, der Trieb beim Mann sei eben etwas stärker ausgebildet, da werde man gelegentlich Opfer seiner eigenen Hormone, Sex sei seine Religion, das habe aber nichts, aber auch rein gar nichts mit ihr zu tun. Sie habe wirklich alle Dramen durch, es sei der reinste Horror gewesen, und dann seien da ja auch noch die Kinder, ach ja, in solchen Augenblicken erinnern sich die Herren gerne an den Nachwuchs, und da habe man als Frau nun wirklich eine offene Stelle am Herzen, aber wann, bitteschön, kümmerten sich denn diese Väter um ihre eigenen Kinder, ihr Karl, ihr Mann, stehe immer erst auf, wenn die zwei Kinder, übrigens vierzehn und sechzehn, mitten in der Pubertät, ich kann Ihnen sagen, das Haus verlassen hätten, der Herr arbeite schließlich abends bis in die Puppen, und dann die Schulaufgaben, wann habe denn Karl, ihr Mann, jemals die Schulaufgaben kontrolliert und die Lücken ausgebügelt, wer besorge denn die Nachhilfelehrer, wer gehe denn zum Elternsprechtag, wer kaufe die Schulsachen, weder der Herr Gatte noch die Kinder, die seien auch nur Wohlstandsmonster, für die sei ihre eigene Mutter auch nur eine bessere Putze, sie müsse immer powern, der Karl sei keine Stütze, wirklich nicht, sie müsse die immer fitte Frau geben. Aber als der Älteste Kreismeister im Tischtennis wurde, da sei der Herr Karl natürlich erschienen, und als Tochter Kirstin einen Soloklarinettenvortrag in der Musikschule hielt, saß Herr Karl in der ersten Reihe, aber das halbe Jahr vor dem Auftritt sei sie es gewesen, die sie zweimal, oft dreimal die Woche zur Musikschule kutschiert habe, nicht der Herr Karl, aber die Kinder, natürlich, die Kinder, das sei der Kitt gewesen über die Jahre, denn seinen Trieb habe der Herr Karl einfach nicht in den Griff bekommen, und ich, sagt sie, ich, ich bin oft zu müde, vielleicht auch zu bequem gewesen, um ihm Paroli zu bieten, sie habe die Scheidung verschoben, weil sie einfach zu müde gewesen sei um wegzugehen, denn der Herr Karl, der ginge einfach nicht, sie habe ihn ausgesperrt, den Koffer vor die Tür gesetzt, aber der sei einfach nicht gegangen, habe sie vielmehr schnell nach Irland oder Mexiko entführt, die übliche Urlaubsgefühlsdusche, der Herr Karl müsse sie wirklich für eine unheimlich dumme Kuh halten, aber so dumm sei sie nicht mehr, so dumm nicht, und müde auch nicht mehr, Rache sei wie ein Aufputschmittel und ich, ich würde ihr dabei helfen.

An dieser Stelle gerät der Monolog ins Stocken wie der Verkehr vor Husum. Leah muss häufig umschalten und ihre Suada verliert an rhythmischer Eleganz. Ihre Atmung wird flacher und meine Konzentration nimmt wieder zu. Zehn Kilometer hinter Husum biegen wir nach Nordstrand ab, passieren die schmale Landzunge, die Nordstrand mit dem Festland verbindet, und halten am Sophienkoog.

65

Ein renoviertes Bauernhaus.

Ein Garten mit Obstbäumen.

Korbmöbel unter einer Weide.

Wir trinken Kaffee.

Dann eine Flasche Rotwein.

Leah wirkt ungeduldig.

Das Gespräch plätschert oberflächlich dahin.

Sie klagt über erste Mückenstiche.

Wir gehen ins Haus.

Ich habe ein zwiespältiges Gefühl.

»Was soll das? Was soll denn die Videokamera auf dem Stativ? Die Zeit der Videofilme ist doch längst vorbei. Und ich bin völlig untalentiert. Ein Totalausfall. Möchtest du vielleicht mein Passfoto sehen? Das überzeugt dich bestimmt. Der reinste Horror.«

Sie ist offensichtlich beschwipst und berührt mich mit ihren Hüften.

»Wir machen einen Clip, einen süßen kleinen Clip. Eine theatralische Sendung.«

Sie kurvt um mich herum, drückt das Kreuz durch.

»Morgen kommen noch zwei Freundinnen und mit denen drehen wir dann auch noch einen schönen kleinen Clip. Wo bleibt deine Stimmung? Schalte endlich dein blödes Hirn ab und lächle nicht so gequält in die Kamera. Die Kamera sieht alles. Komm, komm, beweg dich ein bisschen. Steh nicht so dumm rum wie ein begossener Pudel.«

Schon wieder dieser Vorwurf, denke ich.

»Kreisen, immer schön kreisen.«

Und dann kreist sie wieder. Siebenmal. Dann fallen ihre Hüllen: Mit wirklich albernen Verrenkungen streift sie ihr Top ab, die Bewegung, mit der sie es in Richtung Kamera schleudert, gelingt ihr schon viel besser, viel profihafter.

»Gefall ich dir, sag, gefall ich dir? Mach ich dich an? Los, sag was, ich mag, wenn du was sagst, wenn du mich anstarrst. Hab ich nicht eine tolle Figur?«

Ich nicke. So wie ich früher in der Gegenwart des Großen K genickt habe.

»Kein Gramm zu viel.«

Ich nicke noch einmal. Das hätte ich nicht tun sollen, denn als sei es ein Kommando gewesen, öffnet sie den Reißverschluss ihres Rocks, schiebt beide Daumen unter den Bund und steigt aus dem Rock aus. Ich will auch aussteigen.

»Du solltest von mir nicht allzu viel erwarten. Ich bin eigentlich mehr ein Kopfarbeiter. Wahrscheinlich bist du hinterher tief enttäuscht.« Ich versuche Zeit zu gewinnen.

»Unsinn. Zier dich nicht so. Deine Augen verraten mir, wie scharf du auf mich bist. Total scharf. Hah! Ich mach dich richtig scharf, stimmts?«

»Hast du schon den neuen Walser gelesen, ›Der springende Brunnen‹?«, frage ich, und für Augenblicke verschleiert sich ihr Blick, wird zum himmelschreienden Kummerblick.

»Darüber sollten wir hinterher reden. Zunächst spielen wir miteinander. Komm, setz dich vor den Kühlschrank. Fütter mich. Los, fütter mich. Ich habe Hunger.«

»Warum hast du denn mich ausgesucht«, versuche ich verzweifelt, Herr der Situation zu bleiben. »Ich habe doch eine Glatze.«

»Ich liebe Männer mit Glatze«, flüstert sie. »Die schwitzen so schön. Fütter mich, los. Mach schon.«

Lachsschinken, Mailänder Salami, Bündner Fleisch, Gurken. Sie frisst mir gierig aus der Hand, beißt mir gespielt wild auf den Finger als ich mit Honig nachlege, aber diese Szene erinnert mich nur an die Sache mit dem Hund.

»Gut machst du das. Wenn du mich so fütterst, bekomme ich nur noch mehr Hunger. Und mir ist heiß. Hörst du? Mir ist heiß. Hol mir die Eiswürfel aus dem Gefrierfrach. Los kühl mich, kühl mich, sonst verbrenne ich, bitte, bitte, Eis!«, keucht sie.

»Ja«, antworte ich heiser und fahre die Formen ihres Körpers nach, verhake mich kurz an ihrem BH, dann endlich rastet ein Gedanke ein.

»Deine Haut ist viel weicher als bei den anderen Frauen der letzten Wochen, viel lebendiger, viel aufregender«, flüstere ich.

»Ich hoffe nur, du ekelst dich nicht vor einer nässenden Stelle hier unten. Mein Hautarzt sagt, die sei ganz ungefährlich. Ich schwöre.«

»Nein«, schreit Leah, schiebt mich ruckartig von sich weg und weicht zurück. »Nein. Ich dachte, ich meine, ich dachte, du seist ein ganz ungefährlicher Eremit!«

»Du verwechselst da etwas. Den Zölibat gibt es bei Protestanten nicht.«

Sie schaut mich mit offenem Mund an wie ein Kind, das von einer Katze gekratzt wurde und noch nach den Tränen sucht, dann bricht es aus ihr hervor.

»Ich bin wirklich eine dumme Kuh. Mir misslingt einfach alles, dabei hatte ich doch alles so schön geplant. Mir einen ganz raffinierten Wonderbra zugelegt. Der war sündhaft teuer. Und jetzt das.«

Ich versuche ein enttäuschtes aber verständnisvolles Gesicht zu machen, setze mich schnell (sehr schnell) auf den Fußboden, ziehe die Beine an und stütze mein Kinn auf die Knie.

»Eigentlich hatte ich mich schon abgefunden mit seinen schlechten Geschichten und den billigen Weibern. Mir bedeutet der Sex auch nicht so viel. Vielleicht ist das beim Mann wirklich anders. Vielleicht muss der das Gefühl haben, dauernd von tausend Weibern angebetet zu werden. Aber ich habe schreckliche Angst krank zu werden, einfach schreckliche Angst. Das Schwein nimmt doch kein Kondom. Der doch nicht. Der hält sich für unverwundbar. Und wenn dann doch einmal etwas passiert? Ich habe Angst davor, angesteckt zu werden in einer der vielen Versöhnungsnächte. Mein Hausarzt schaut mich schon immer ganz entgeistert an, wenn ich zweimal im Jahr einen Test machen lasse. Deshalb habe ich auch jemanden gesucht, der sauber ist und dem ich halbwegs vertrauen konnte. So kamen meine Freundinnen und ich auf dich. Ein lückenloser Plan war das, so dachten wir zumindest. Wir inszenieren zusammen 9½ Wochen, einen Film, den mein lieber Mann bestimmt fünfmal gesehen hat, und verschicken Kopien an seine besten

Freunde und Geschäftspartner. So müsstest du sein, hat er immer gesagt, so scharf wie die Basinger, nicht immer so zickig.«

Sie lacht bitter.

»Wir leiden alle unter dem Kim-Basinger-Syndrom. Frisuren und Klamotten haben wir verzweifelt in diese Richtung getrimmt. Deshalb sehen wir beinahe alle gleich aus. Süße kleine Basingers. Wahrscheinlich haben wir das Vorbild nie erreicht, zumindest dem Herrn Karl fiel die neue Frisur nicht auf. Aber nach diesem Video bliebe kein Zweifel. So doof kann auch Herr Karl nicht sein. Es wäre die perfekte Rache gewesen, aber jetzt ist alles sinnlos.« Sie wischt sich wie ein kleines Mädchen die Tränen weg. »Das Video sollte mein Schutzschild sein, verstehst du, mein Schutzschild. Vielleicht hätte ich ihm auch nur mit den Kopien gedroht. Ich mag ihn doch. Ich mag ihn immer noch, aber so will ich das nicht weitertreiben. Das ist mir zu erniedrigend. Und so handeln wie er, das will ich auch nicht.«

Sie macht eine Pause. Ich reiche ihr ein Tempo.

»Außerdem würdest du dich wahrscheinlich beim Sex mit mir wie ein Pathologe fühlen, so abgestorben, wie ich inzwischen bin.«

66

Nebelschleier, die aus den Wiesen aufsteigen.

Bäume mit Neurodermitis. Pferde drüben am Gatter.

Leah zwei Schritte vor mir. Will mich nicht ansehen.

»Ich habe nicht die Kraft«, sagt sie leise, »einen Neuanfang zu machen. Das Leben ist so kompliziert. Nichts, worauf man sich verlassen könnte. Aber man müsste mal etwas machen. Nicht immer nur die beleidigte Verliererin spielen. Den Arsch hochkriegen.«

»Machen«, wiederhole ich langsam, und der Atem meiner Worte vermischt sich mit dem aufsteigenden Nebel. »Man müsste mal was machen.«

67

Wir haben dann doch einen Film gedreht, aber erst am späten Samstagnachmittag, nachdem die Freundinnen eingetroffen waren. Lachsalven schreckten zuerst die neuen Gäste, bis dann die Stimmung auch auf die anderen überschwappte.

Wir einigten uns zunächst auf das Drehbuch. Ich habe dann hinter der Kamera gestanden und die drei Frauen sind grell geschminkt und lärmend durch Nordstrand marschiert, skandierend: Der Karl, der ist ein Hurenbock (die anderen Herren hießen Gerold und Matthias). Spontan schlossen sich viele Frauen an. Kein Polizist fragte, ob die Demonstration genehmigt sei. Wahrscheinlich war es der erste Protestmarsch auf Nordstrand. Wir tauften das Video: *Katzenmusik am Sophienkoog, Charivari auf Nordstrand.* Als Kameraführer habe ich wirklich nur ein sehr begrenztes Talent. Aber die Inszenierung und die dramatische Leistung der Frauen war ganz außerordentlich.

(Und die soziologische Wirkung ist kaum hoch genug einzuschätzen.)

68

Ich hatte zwar einen leisen Verdacht, Frau Birus, hatte aber zunächst nicht begriffen, was hier gespielt wurde, bis dann das Stichwort »Kühlschrank« fiel, da endlich dämmerte mir, in welch billiger Inszenierung ich auftreten sollte, wusste aber nicht, wie aussteigen und deshalb blieb ich im Spiel, zögerlich zwar, als müsste mir der Regisseur die Gesten jeweils kurz vorspielen, aber ich blieb im Spiel, STANDHAFT VERHARRT AN ORT UND STELLE, und mir wurde speiübel, als ich zwei Scheiben Bündner-Fleisch auf einmal in Leahs Mund hineinstopfte und sie zu würgen anfing, mich beinahe flehentlich anschaute, Schweiß trat ihr auf die Oberlippe und machte die ersten Falten sichtbar, dann schüttelte sie sich kurz und schluckte tapfer alles hinunter. Ich habe sie in diesem Augenblick, als sich der Essensklumpen durch ihren Hals quälte, wirklich geliebt, DEN HUNGER NENNEN WIR LIEBE, mich erinnert an die Tortur, wenn ich den Strammen Max hinunterwürgte, um zum Handballtraining enteilen zu dürfen, ich musste mich zügeln, nicht die Arme um sie zu legen, aber ich hatte Angst, sie würde diese Geste missverstehen, Schweiß brach mir aus, ich habe krampfhaft überlegt, wie ich die Situation retten könnte ohne ihr weh zu tun, und habe Sie, Frau Birus, leise verflucht. Jetzt, da ich hier für Augenblicke allein im Garten spazieren gehe, kann ich schon wieder lachen, die ersten Pik-As-Blätter sind auf den Kiesweg gefallen, der Abendschatten lässt das Haus größer erscheinen, auf dem Tisch liegen noch die leeren Pizza-Pappschachteln und eine von der Sonne ausgeblichene *Brigitte*, am Gatter stehen die drei Frauen und schauen rauchend und schweigend der tief stehenden Sonne zu, nur feine Wolkenschlieren sind sichtbar, als sei soeben ein Schriftzug von einem feuchten Schwamm weggewischt worden, TABULA RASA, jetzt, in dieser norddeutschen Idylle, fällt es mir schwer zu beschreiben, wie ich mich gestern gefühlt habe, ich kam mir einfach lächerlich vor als drittklassiger Charge im Remake von »9½ Wochen«, bis ich mich dann zum geilen Lüstling stilisierte, natürlich stilisierte, ich bin wirklich vollständig gesund, meine Haut ist samtweich, vielleicht zu weich für eine echte Männerhaut (ich habe immer die kräftigen Männer um ihr festes Fleisch beneidet, besonders dann, wenn sich an den Armen die Adern bei einer Anstrengung wie knorrige Äste abzeichneten), und auch an Stellen, die man allenfalls in der Sauna preisgibt, verberge ich keine nässenden Stellen, die Sie ekeln lassen müssten, meine Haut ist durch Behandlung gesund, wie es früher bei den Reihenuntersuchungen der Schulzahnärzte hieß. DIE HAUT AN MIR IST NICHT ZERSCHLAGEN, nach der ausgesprochenen kurz nur erblühten Pubertätsakne habe ich meine Haut allenfalls noch einmal bei einem Sonnenbrand gespürt, sie ist unauffällig und ich liebe vorsichtig, es war eine

Notlüge, und wenn es dank dieser Notlüge künftig in Norddeutschland drei Kim-Basinger-Imitate weniger gibt, dann hat sich die Reise bereits gelohnt, vielleicht interessiert es Sie, wie glücklich mich jetzt ein einziger schief stehender Zahn machen kann, abgesplitterter Nagellack, eine versteckte kleine Laufmasche, schräg abgelaufene Absätze, ein dunkler Haaransatz im gebleichten Haar und gelblicher Zahnstein.

Ich übertreibe vielleicht ein wenig! Aber nehmen Sie es mir bitte ab, Frau Birus: Ich könnte beim Anblick einer Laufmasche vor Glück auf die Knie sinken.

Ich habe den Eindruck, als wäre es eine Ewigkeit her, dass ich aus dem Schneewittchensarg der Universität geklettert bin. (Nur gelegentlich schicke ich noch eine E-Mail an Frank.) Ich fühle mich wie beim ersten Kater in der Pubertät, als schwappe reichlich Cola mit Cognac in meiner Gehirnkammer. Das Apollinische in mir ist ganz betäubt. Ich spüre wieder mein Fleisch.

Ist es das, was Sie wollten, Frau Birus?

Ikonen in Rüdersdorf und 501 in Bad Vilbel

69

Ich hätte es wissen müssen! Ich hätte es eigentlich wissen müssen! Man kennt doch schließlich die Bilder amerikanischer Regisseure, die am Set arbeiten: Immer tragen die Spielbergs eine Baseball-Mütze. Aber nein! Ich musste natürlich vor Leah und ihren Freundinnen den eitlen Pfau spielen und oben ohne rumlaufen. Und dabei ist die Sonne an Deutschlands Westküste auch am letzten Altweibersommertag bekanntermaßen hinterhältig, und in diesen Hinterhalt bin ich prompt geraten. Bereits am Samstagnachmittag glühte ich und spürte ein starkes Verlangen nach kühlendem Quark, das von den drei Frauen sofort befriedigt wurde, drei Frauen, die gleichzeitig an meiner verbrannten Glatze arbeiteten und die Hitze linderten. *Unser kleiner verkohlter Apoll! Das müssen ja Höllenqualen sein! Kommt alles vom Ozonloch!* Eine, ich hielt die Augen die ganze Zeit geschlossen, glaube aber Leahs Ringfinger ertastet zu haben, tätschelte mir die Hand, die zweite strich mir den kühlenden Quark auf die hohe Stirn, die dritte wischte ihn wieder weg, wenn er warm geworden war und Bläschen warf. (Woher kam plötzlich der ganze Quark? Im Kühlschrank hatte ich gestern keinen entdeckt!) *Stört es dich, wenn wir kurz in »Mona-Lisa« reinschauen? Möchtest du nicht vielleicht doch ein wenig das »Aktuelle Sportstudio« genießen?*

Dann war die Hitze abgezogen, nur die Röte blieb.

70

Sonne. Sonne. Licht und Wonne. Die Sonne zählte bisher nicht zu meinen Feinden. Ich gehöre zur Generation der Höhensonnenbenutzer. Zur ersten. Ab Neujahr versammelte sich unsere Familie wöchentlich Mittwochabends nach der Tagesschau vor dem Heimplaneten. Wir saßen dann in käsiger Hautfarbe, nur mit Badehosen und Badeanzügen bekleidet, in einem Halbkreis um das Tischgerät, jeder setzte die eingeschwärzte Brille auf, alle lachten wie auf Kommando über das froschäugige Aussehen seines Nachbarn, dann sagte meine Mutter ›Achtung‹, schaltete den Automaten ein und prompt erschien alles in einem grünen Licht – wie beim Blick durch Nachtsichtgeräte. Wir verwandelten uns in Marsmännchen, die andächtig vor einem Lichtgott hockten. Bereits nach wenigen Minuten roch das Zimmer nach verbranntem Staub und übertönte den Lux-Seifengeruch meiner Schwester neben mir. Hatten sich alle beruhigt, musterte ich ausführlich die nackten Füße meiner Mutter, die ich sonst niemals zu Gesicht bekam.

71

Den Sonntagnachmittag verbrachten wir unter einer großen Eiche. Man behandelte mich wie einen Rekonvaleszenten – einigermaßen übertrieben, wie ich fand, aber ich wollte nicht widersprechen. Die Frauen erlaubten mir nur einen kurzen Spaziergang am Strand mit einer ästhetisch gewagten Kopfbedeckung. Wir spielten Boccia im Garten. Wir schauten uns beinahe stündlich das Video an. Wir tranken uns durch den Rotweinvorrat. Am heutigen Montag wurde ich im Autokorso mit geschlossenem Verdeck nach Hamburg eskortiert.

72

Der Sommer schwelt allenfalls noch.

Das Blau des Himmels bereits magersüchtig.

Der Himmel teilweise vor Wehmut verhangen.

Allerdings blieb der gemeldete Regen aus, ebenso Sie, Frau Birus. Bereits am frühen Samstagabend rief ich Sie an und wurde vertröstet:

»Leider, leider, leider, ich bin nicht ganz so flexibel, wie ich es gerne wäre«, aber das Konkurrenzblatt hole auf, sei bereits beängstigend nahe herangekommen, man sinne auf eine neue Strategie, vielleicht eine Sonntagsausgabe, ich sähe also sicherlich ein, dass es ihr völlig unmöglich sei, am Montag nicht in München präsent zu sein, aber sie würde es wieder gut machen, das verspräche sie, leider müsse sie sich jetzt ein wenig kurz fassen, sie wolle sich noch ein wenig anhübschen (im Originalton sagte sie: aufbrezn), weil sie in einer Stunde mit dem Chefredakteur der *Augsburger Allgemeinen* verabredet sei, »irre wichtiger Termin, also bis bald und schöne Tage auf Nordstrand, in Bayern regnet es übrigens«, sagte sie, »in Bayern regnet es.« »Hier nicht«, sagte ich, »hier nicht.«

73

Ich nehme den nächsten ICE nach München. Wenn ich in Kassel-Wilhelmshöhe umsteige, bin ich nachmittags in Frankfurt. Von dort muss ich weiter nach Bad Vilbel.

Der ICE-Chef heißt die Fahrgäste im Intercity-Express *Tilmann Riemenschneider* von Hamburg-Altona nach München ganz herzlich willkommen und wünscht eine angenehme Fahrt.

Eine Stimme wie aus der Mikrowelle.

Im Raucherabteil finde ich einen Sitzplatz mit Monitor, schiebe den Sitz weit zurück und setze mich gerade hin, ein automatisiertes Verhalten, geh nicht so nah an den Bildschirm, rief meine Mutter immer, denk an die giftigen Strahlen, und ich gehorchte, robbte zwei Polängen zurück, verhielt mich unauffällig, bis ich einen Fehler beging und am fünften Tag der Olympischen Winterspiele von Grenoble, ich glaube, es war der zweite Durchgang im Rennrodeln der Vor-Schorsch-Hackelschen-Zeit, über Kopfschmerzen klagte, woraufhin meine fürsorgliche Mutter die Apothekerzeitschrift konsultierte, sofort fündig wurde und mir nur noch Fernsehen hinter Glas erlaubte, so dass ich, dick eingemummt von draußen, durch Terrassentürglasscheiben geschützt, den alles entscheidenden vierten Lauf im Rennrodeln erleben durfte.

Kino war dagegen leider lange tabu, obwohl ich meiner Mutter sehr eindringlich erklärte, im Kino würden die Strahlen auf eine Leinwand geworfen, man sei gewissermaßen außer Gefahr, aber meine Mutter hatte ihre eigenen Apothekerzeitschriften-Theorien, sprach von Dunkelheit und schlechtem Einfluß, hatte schließlich die rettende Idee, als sie im Sommer eine für Seele und Körper gleichermaßen ungefährliche Hollywood-Schaukel kaufte.

Auf der wurde mir leider regelmäßig schlecht.

74

Meine Hände liegen kraftlos im Schoß.

Fühlen sich dumpf an, als habe mich ein Schlaganfall ereilt.

Mein Körper schlottrig.

Die Gedanken vertrocknet.

Stockfleckige Gefühle.

Eine Frau setzt sich neben mich. Teures Kostüm. Schweres Parfum. Ihre Bewegungen so natürlich wie die einer Operettenbaronin. Leahs Wahlverwandte. Wie lange würde es dauern, bis sie ganz nach sich röche, ihre winterweiße Haut von einem leichten Schweißfilm überzogen, der Körper erlöst von der antrainierten Ausdrucksprotzerei, ihre Brüste entlastet vom ewigen Schatten junger Mädchenblüte? Wie viele Nächte würde es dauern? Zwei, drei? Vielleicht sieben?

Als sie bereits an der nächsten Station wieder aussteigt, glaube ich sie besser zu kennen, als sie sich selbst kennt. Draußen auf dem Bahnsteig sehe ich, wie sie ihren Gang im verspiegelten Glas kontrolliert. Makellos.

Auf mich aber wartet Susan.

75

Lieber Mr. X.

Ich bin der 501-Typ (siehe Foto). Bei mir muss die ganze Zeit was abgehen. Das stelle ich mir irre hip vor: Lässige Szenetussi trifft Pu-Bär-weichen Stubenhocker. Vielleicht ist ja mit dir was los! Die letzten Typen waren ziemlich langweilig und abgefuckt. Ich will was erleben und irgendetwas aufziehen. Aber bitte nicht zutexten! Okay? Also: Wir treffen uns am Eingang der alten Wasserburg in der Nähe des Stadtparks. Dort es ist brutal romantisch.

Also mach hin.

Susan

Statt eines Porträtbildes liegt dem Brief das Foto einer in Jeans gekleideten Frau bei, hingestreckt auf einem Bett wie eine im Wasser treibende Tote. Vielleicht ein Wasserbett. Kann man in einem Wasserbett ertrinken? (»501, mit Verlaub, das scheint eine apokryphe Ausgabe des Kamasutra zu sein«, witzelte Frank.) Als ich sie am Sonntag anrief, schien es mir, als habe sie zunächst ihren Text vergessen. Erst auf ein Stichwort hin – Gottesgelehrter – erinnerte sie sich leicht unwillig:

»Montag, brutal spontan bist du ja irgendwie, also okay, Montag, 17 Uhr, bis dann.«

76

Ich lese in der *Süddeutschen Zeitung* zuerst das *Streiflicht* und dann im montäglichen Jugendmagazin *Jetzt* die Rubrik *Lebenswert*, eine Hitliste jener Gründe, warum es sich zu leben lohnt, gesammelt aus eingeschickten Statements von Lesern. Hier die Hitliste von diesem Montag:

1. Spätsommerliche Herbststürme
2. den Montag überleben
3. Stimmbruch
4. Äpfel aus Nachbars Garten
5. Busfreunde
6. wiedergefundene Schlüssel
7. Eier von glücklichen Hühnern
8. Janis Joplin
9. mit der Grammatik auf Kriegsfuß stehen
10. Kontaktlinsen, um die Brille finden zu können
11. Sigis Schneidezähne
12. »Endless Summer«
13. bierabweisende Dirndl
14. öffentliche Büchereien
15. wenn etwas Sterbenswertes plötzlich lebenswert wird
16. Bonanzarad
17. Mädchen mit Gänsehaut
18 chinesische Schrift von japanischer unterscheiden können
19. sonnengelbe Tapeten
20. unser Kunstlehrer Herr Röthig
21. auf einem Auge blöd sein
22. Tüsch
23. Elefanten im Marsriegel
24. Christine mit Zöpfen
25. beten, dass man Mathe in diesem Jahr kapiert

Der beste Spruch kommt von Ole Johannsen aus Hamburg:

> »Vielleicht komme ich diese Woche ja in den Stimmbruch. Das wäre super, da bekommt man endlich die besseren Mädchen.«

77

Bei uns bekamen die besseren Mädchen die, die die Haare länger tragen durften, denke ich, bei uns (bei allen meinen Freunden) stand aber immer eine Drohung im Raum, die da lautete »Facon!«, ich darf sogar sagen, dass meine faconbesessene Mutter offensichtlich das Richtschwert des Hemdkragens, das in jeder erdenklichen Haltung von keinem Nackenhaar gestreift werden durfte, stets im Auge behielt, so dass ich, argwöhnte ich den kontrollierenden Blick meiner Mutter im Nacken, so weit wie möglich den Hals ausfuhr und spürte, wenn sich der Hemdkragen entlastend nach unten schob und somit das Maß aller Dinge gut sichtbar Entwarnung gab (vielleicht die heimliche Ursache für den makellosen Gang aller Vorpubertären jener Jahre), bis, ja bis der Hals die orthopädische Streckung nicht weiter vorantreiben konnte und meine Mutter, mit dieser langen Mähne, so meine Mutter, kannst du Sonntag unmöglich zur Kirche, mich zum Frisör schleppte und »Facon!« befahl. Der Frisör, was für ein Glück, wenn man nicht mehr auf den Kinderbarbiersitz musste!, mit dem immer gleichen Uwe-Seeler-Hattrick-Geruch, machte die knisternde weiße Papiermanschette fest, verknotete den blauen Kittel, der mich sofort in einen Tölzer Sängerknaben, wie sie zu Dutzenden auf meines Vaters Langspielplatte abgebildet waren, verwandelte und mich mit den Worten beschnitt, nun wollen wir mal einen richtigen Mann aus dir machen. Und wenn ich meinen Hals auch noch so verzweifelt streckte, die Arbeit, die der schwarze Nackenrasierer leistete, war ganze Arbeit, denn wenn ich, abgebürstet und abkassiert, ins Freie trat, spürte ich am Luftzug im Nacken den Kahlschlag, der mich morgen wieder in die Reihe der Facongemeinde eingliedern würde. Abends, wenn ich vom Unterhemd die letzten Härchen, die unablässig juckten, abgesammelt hatte, schaute ich missmutig und neidisch auf die Mähne der Jesusfigur meiner Kinderbibel, die aus alter Gewohnheit immer noch auf meinem Nachttisch lag.

Erst vier Jahre später, mit fünfzehn, habe ich zum Gegenschlag ausgeholt. Meine Großmutter, in unserer Familie mit übermäßig viel Autorität und Energie ausgestattet, Inbild einer strengen Calvinistin, pflegte konsequent das, was ihr missfiel, mit dem Prädikat sündig zu versehen, vom abendlichen Kartenspielen über den Besuch des Freibads am Sonntag bis zu den langen Haaren. Zumindest hinsichtlich der sündig langen Haare konnte ich einen Teilerfolg verbuchen, weil ich, als meine Haarlänge erneut Gegenstand einer Debatte zu werden drohte, vom Abendessen aufstand, meine alte Kinderbibel hervorkramte und einen schlagenden Gegenbeweis lieferte. Meine Großmutter hat mich nie wieder aufgefordert, zum Frisör zu gehen, sondern beließ es künftig bei sehr allgemeinen Exkursen über das gepflegte Äußere. Unappetitlich, lautete ihr neues Prädikat. Ich habe sie immer verschont und niemals nachgefragt, ob ihr Jesulein denn eine unappetitliche Erscheinung gewesen sei. Vielleicht hat sie nur darauf gewartet und hätte mir entgegnet, Jesu Haare seien wahrhaftig niemals fettig gewesen.

78

Möglich, möglich, dass es an meinem Beruf liegt, aber wenn mich eine Autorin oder ein Autor wirklich überzeugt hat, bleibe ich treu. (Vielleicht sollte ich mich in eine Schriftstellerin verlieben, Frau Birus. Was halten Sie von dem Vorschlag?) Kurz vor der Abfahrt des Zuges – ich habe darauf bestanden, von den drei Hamburger Grazien nicht am Bahnsteig verabschiedet zu werden – kaufte ich mir von besagtem Autor endlich auch den anderen Klassiker, ein Kauf auf Vorrat, denn die sentimentale Reise will weiter buchstabiert werden. Auf Seite 23 werde ich zur Rede gestellt. Ich glaubte schon länger zu spüren, wie der Blick meines Gegenübers sich an meinem Buch verhakte. Als ich kurz aufschaue, fühlt er sich ermutigt, mich anzusprechen.

»Was lesen Sie denn da so Spannendes?«

Ich gebe bereitwillig Auskunft. Endlich will sich jemand mit mir unterhalten. Ich wittere förmlich eine Geschichte.

»Sie lieben also alte Schmöker! Wer's mag! Ich lese eigentlich nicht sehr viel, aber den Loest, Nikolaikirche, den habe ich mir dann doch besorgt, nachdem die Verfilmung im Fernsehen lief. Kennen Sie den wilden Osten? Ihrer Brille nach zu urteilen sind Sie eher von hier.«

»Stimmt, ich bin von hier. Aber ich habe eine ganz intime Kenntnis von Greifswald. Wussten Sie, dass es dort die einzige holländische Zugbrücke in Deutschland gibt?«

Er wusste es nicht. »Greifswald. Schön dort. Ich komme von der Grünheider Seenplatte. Wissen Sie, wo die liegt? Bei Berlin liegt die. Bei Berlin. Wenn Sie in Berlin in die S3 steigen, gelangen Sie über Friedrichshagen, Rahnsdorf, Wilhelmshagen nach Erkner, ganz idyllisch zwischen Dämeritzsee und Flakensee gelegen. Und nun raten Sie mal, wer dort gewohnt hat? Der Gerhard Hauptmann hat dort jahrelang gewohnt. Das ist unser Dorfheiliger. Bei uns hat er den ›Bahnwärter Thiel‹ geschrieben und ›Vor Sonnenaufgang‹, ›Biberpelz‹ und ›Die Weber‹ kamen dann später.«

»Hauptmann?« überlege ich laut und kneife die Augen in gespielter Konzentration zusammen. »Hauptmann.«

Er hebt unmerklich die linke Augenbraue und beugt sich vor, wie um mir ein Geheimnis anzuvertrauen.

»Ich komme nicht direkt aus Erkner, sondern den Flakensee und den Kalksee hoch aus Rüdersdorf. Halb Berlin kommt aus Rüdersdorf, denn der ganze Kalksandstein kommt von uns.

Mönche sollen den vor tausend Jahren bei uns entdeckt haben, als ihnen bei einem Schweinetransport ein Wagenrad brach. Durch die vom Regen aufgewühlte und aufgeweichte Erde blinzelte dann so ein irgendwie golden glänzender Stein hervor. Wenn Sie oben durch Rüdersdorf gehen, sehen Sie schon von weitem die Schachtofenbatterie des Branntkalks. Heute ist dort ein mächtiger Museumspark.«

Mit beiden Händen fährt er sich durch den abstehenden Haarkranz. Nur für Sekunden werden die großen Ohren auffällig. Sie erinnern mich an einen Schauspieler, dessen Name wie Horrowitz klingt. Sein schmallippiger Mund zerfließt an den Winkeln in ein feines Netz von Falten und Fältchen. Freundliche, wassergraue Augen. Während ich ihn mustere, rechne ich mir kurz die Fahrzeit aus.

»Ich bin auf dem Weg zurück nach Rüdersdorf. Zurück in den Osten. Endlich. Ich habe mich ein paar Jahre hier durchgeschlagen. Aber jetzt geht's zurück. Rüdersdorf. Tja. In Rüdersdorf hatten wir den größten Adler-Club der DDR. Haben Sie schon einmal in einem Adler gesessen?«

Ich verneine. Ich höre von dieser Automarke zum ersten Mal. Ich habe immer Schwierigkeiten mit Automarken gehabt. Wenn meine Freunde und ich »Autoraten« spielten, verlor ich todsicher. Mir wollte es nie gelingen, am Geräusch einen DKW vom Fiat zu unterscheiden. Ich stütze meinen Ellbogen auf die Armlehne und lege meinen Kopf schräg auf die Handfläche.

»Dreimal die Woche haben wir an unseren alten Adlern geschraubt. Es waren vier Stück und beinahe alle Baujahr 1932. Und alle waren weinrot lackiert. Ersatzteile gab es natürlich nicht, Ersatzteile gab es doch auch nicht für den Borgward. Ersatzteillieferungen funktionierten nur alle hundert Jahre. Und so lange haben wir ja nicht durchgehalten. Was also machen Sie, wenn Sie einen alten Adler in einem erbärmlichen Zustand auftreiben und zum Beispiel zwei Felgen durchgerostet sind?«

»Gute Frage. Ich weiß es wirklich nicht«, antworte ich und mache eine fragendes Gesicht.

»Sie müssen so lange aus alten Borgward-Felgen neue schweißen, schleifen, schmirgeln, polieren, bis die eigene Ehefrau den Unterschied nicht mehr erkennen kann. Erst dann haben Sie gewonnen. Aber das dauert. Das dauert vielleicht.«

Ein trockener, bellender Lacher erschreckt die Umsitzenden.

»Wissen Sie: Die beste Täuschung ist uns mit einem Armaturenbrett gelungen. An einem Adler fehlte, fragen Sie mich nicht warum, das Armarturenbrett mit dem Adleremblem. Wir haben zunächst eins aus einem alten EMW – so eine Art Russen-BMW – ausgebaut und angepasst. Es sieht beschissen aus, sagte Ernst, und er hatte Recht. Zwei Tage später brachte Ernst dann einen Russen mit, einen echten Russen! Eigentlich mochten wir die nicht. Aber wissen Sie, was der war? Ikonenmaler war der. Ikonenmaler! Mit viel Detailbesessenheit hat der uns den Tacho aufgemalt und den Adler hingezaubert. Den Unterschied konnte man nicht sehen. Man konnte den Unterschied wirklich nicht sehen. Wo habt ihr bloß das Teil aufgetrieben, fragte Georgs Frau ganz ungläubig. So gut war das. Und dann haben wir natürlich ein paar Braune getrunken und später in der Kneipe ’ne Stubenlage geschmissen. So einen Augenblick vergisst man nie, dieses Gefühl, wenn du dann hinter dem Steuer sitzt und die Nadel langsam den gemalten Tacho umkreist. Das war wie Weihnachten.«

Wenn er lächelt, scheint das wässrige Rot der Lippen vom angrenzenden Faltenraum der Mundwinkel aufgenommen zu werden, wie Hochwasser von den toten Armen eines Flusses.

»Ihr seid eine Ersatzteilbande, sagte meine Frau dann, echte Täuschungskünstler. Echte Täuschungskünstler. Ihr könntet im Zirkus auftreten.« Weil er sich wiederholt, merke ich, wie unsicher er ist, ob er weiter erzählen soll.

»Und warum ist aus einem Adler-Besessenen ein Zugreisender geworden?«

Er lässt seinen Rücken gegen die Lehnen plumpsen. Er vergrößert den Abstand zwischen uns. Er schaut kurz an mir vorbei nach draußen.

»Tja. Das mit den Adlern ist schon eine Weile her. Uns haben sie die Flügel gestutzt nach der Wende. Vorher haben wir das Leben aushalten können. Man plante seine eigenen Feiertage. Zehn, zwanzig, dreißig, vierzig Jahre DDR? Nee, mein Bester, unsere Feiertage hießen ›Landpartie‹. An warmen Sommertagen packten wir einen Korb mit Hausgemachtem voll, und dann ging es ab ins Märkische. Autowanderungen durch die Mark Brandenburg. Die Wochentage drauf haben wir dann wieder poliert und geschraubt, Dichtungen gewechselt, einmal sogar nach einem Kolbenfresser einen Adler-Kolben durch einen Trabi-Kolben ausgewechselt. Funktionierte auch. Wenn es Probleme gab, wussten wir immer Rat. So ging das.«

Er wird gemütlich. Beinahe wehmütig.

»Aber dann kam der Ausverkauf in den Neunzigern. Der Georg war der erste. Ahnen Sie, wie viel für einen Adler im Westen gezahlt wurde? 34 000 DM. Das ist eine Menge Holz. Vierunddreißigtausend Westmark. Tja. Nach Georg fiel Fritz um, dann ich. Nur Ernst hielt seinem Adler die Treue. Aber eisern! Georg war ziemlich neidisch, weil wir 5000 DM mehr herausgeholt haben. Er kaufte sich einen Passat, wir einen Baby-Benz. Den fährt jetzt meine Frau.«

Ich nicke. Aber er schaut mich nicht an. Starke Hände mit kräftigen Fingern. Kurz geschnittene Fingernägel. Seine Linke umfasst jetzt das Knie als wollte er einen Schraubverschluss öffnen.

»Und was haben Sie gemacht? Was hat Sie in den Westen verschlagen?«, frage ich.

»Mich hat das Leben mächtig geschüttelt während der letzten Jahre. Nichts ging mehr. Es brach alles über mich zusammen. Wo ich früher gesetzt habe, stehen längst computergesteuerte Maschinen, mich setzte man vor die Tür. Keine Kröten mehr. Und wir hatten doch alles auf Pump gekauft und uns dabei natürlich über den Tisch ziehen lassen. Und neue Stellen gabs auch nicht. Die waren immer weg. Und dann war da noch die Sache mit Edith. Ich kanns ihr nicht verdenken: Achtundvierzigerin, noch gut in Schuss, festes Fleisch, Kind aus dem Haus, Mann ohne Arbeit, trifft auf Vereinigungsgewinnler. Da hat sie eben zugegriffen. Bei uns stand schon länger eine Rechnung offen. Privat, meine ich. Kam also alles zusammen. Ich bin dann westwärts gezogen, immer westwärts. Ich wollte aus dem ganzen Schlamassel raus. Einfach raus. Erst ging nichts voran. Ich habe tausend Anzeigen abgeklappert, dachte schon, es nimmt kein Ende, aber ich habe dann sogar einen Job gefunden: Ich war Hausmeister in Wedel. Kennen Sie Wedel?«

Ich nicke. »Ja, kenne ich, oder genauer gesagt, ich kenne einige Frauen aus Wedel.«

»Gleich einige. Sie sind mir ja ein ganz Schlimmer, was?«

Endlich erwidert er meinen Blick. Er macht kurz ein Komplizengesicht. Ich richte die Armbanduhr.

»Aber lassen Sie mal gut sein. Wedel ist gar nicht übel. Und der Hausmeisterjob in der Schule war auch gar nicht so übel. Da durfte ich machen, was ich konnte: improvisieren. Aber ich habe mich immer davor gefürchtet, wenn die Kinder Ferien bekamen. Nichts ist trostloser als ein leerer Schulhof. Das können Sie mir glauben. Nichts ist trostloser. Während des Schuljahres hat mir die Arbeit Spaß gemacht. Da war immer etwas los. Und in einer Grundschule gibts auch wenig Probleme mit den Kindern. Wenn man nicht so verbissen auftritt, kommt man mit denen ganz gut aus. Aber auch die besten verlassen einen nach vier Jahren. Und gegen Einsamkeit hilft auch keine Luxus-Bleibe. Meine Wohnung schien den Ex-DDR-Träumen nachgebaut zu sein: Drei Zimmer neben der Turnhalle, moderne Sanitäranlagen, Grohe-Armarturen!, alles, was das alte Herz begehrt, kleine Einbauküche, im Flur Fliesen und natürlich eine Zentralheizung. Alles so nobel. Aber wenn man dann so alleine dort in den Wintermonaten hockt, vermisst man beinahe den alten Kohleofen, die warmen Hände und den kalten Rücken. Alles hat seinen Preis. Alles hat seinen Preis. Ich weiß.«

Er hebt wie zur Entschuldigung die Hände.

»Hatten Sie gar keinen Besuch von früher?«

»Doch. Doch. Zweimal im Jahr kam meine Tochter nach Wedel hoch, die versteht sich nur noch schlecht mit ihrer Mutter und den zwei Töchtern, die der Neue mitgebracht hat. Dabei lebt sie ganz in der Nähe, in Frankenwalde. Schön hast du es hier, sagte sie beim ersten Besuch. Bei den nächsten Besuchen sagte sie es schon nicht mehr. Beim dritten Besuch kam es dann raus: Nimm es mir nicht übel, sagte sie, aber mir fehlt es hier am märkischen Zauber. Stimmt, sagte ich, der fehlt mir auch. Ob ich denn keine Freunde habe, wollte sie natürlich auch wissen. Aber Freundschaften schließt man nicht mehr so leicht um die fünfzig. Fußball interessiert mich nicht so brennend und im Tanzsportverein für Singles traf ich dann auch nur auf Ehegeschädigte. Das war ein riesiger Behinderten-Club. Da regierte oft die pure Boshaftigkeit. Nach einem Wochenende war ich immer bedient. Und wenn Sie Hausmeister in einer Schule sind, können Sie auch nicht mir nichts dir nichts Nachbarschaften schließen. Sie können nicht einmal schnell auf einen Kaffee nach nebenan, ein halbes Stündchen schwätzen und dann wieder in den eigenen Garten graben gehen. Das geht nicht. Die vom Gesangsverein waren nett, aber im Grunde auch eine geschlossene Gesellschaft. Ich habe das verstanden. Mit fünfzig hat jeder einen festen Freundeskreis! Dann nimmt man nicht mehr Neue auf. Und mit der Kirche hatte ich nie was am Hut. Und dann klingelte es vor drei Monaten.«

Ich würde jetzt gerne eine Zigarette rauchen, sitze aber in einem Nichtraucherabteil. Er beugt sich wieder vor, als würden wir uns schon lange kennen.

»Wenn ich draußen arbeite, dann lasse ich immer die Wohnungstür offen stehen, um notfalls die Klingel zu hören. Ich reparierte und reinigte gerade den Springbrunnen des Schulhofs – ob der Bau dieses Springbrunnens nicht vom Architekten eine dumme Entscheidung war, lasse ich hier mal offen. Die lieben Kleinen falten dauernd aus dem Papier ihrer Schokoriegel – Butterbrotpapier, wissen Sie, gibts auf deutschen Schulhöfen schon lange nicht mehr – Schiffchen, und die verstopfen dann regelmäßig den Abfluss. Tja. Und dann klingelte es, wie gesagt. Gehen Sie durch das Foyer, rief ich, ich bin auf dem Pausenhof. Und wer kommt?«

»Lassen Sie mich raten«, unterbreche ich ihn. »Ihre Frau?«

»Nee, nee. Nun machen Sie mal langsam. Es war Erich. Erich! Der Springbrunnen röchelte und schnappte genauso nach Luft wie ich. Mensch, es war Erich.«

Seine schweren Lider weiten sich. Er streicht sich über die Wange. Er pustet kurz die Wangen auf, als wollte er einen Luftballon aufblasen. Oder Trompete spielen.

»Es war Erich! Wir sind dann in die Wohnung gegangen. Schön hast du es hier, sagte er. Lass man Erich, sagte ich, lass man. Biste einfach weggelaufen, sagte er. Und das stimmte schon. Ich hatte es nicht mehr ausgehalten. Musste weg. Einfach weg. Dann kommste eben wieder, sagte Erich. Ich würde in Rüdersdorf einfach fehlen. Und es habe sich einiges geändert. Georg und Heinz seien auch wieder die Alten. Dann holte er eine Flasche Braunen aus dem Auto und den Tankdeckel von einem alten Adler. Er habe noch ein altes Schätzchen aufgetrieben für ein paar Mark, sagte Erich. Würde aber ein paar tausend Stunden dauern. Und den Ikonenmaler kenne er auch noch. Der male jetzt alles. Der mache die ganze DDR neu. Mensch Erich, sagte ich, das wäre schön. Aber ohne Arbeit bin ich doch aufgeschmissen. Kriegen wir hin, meinte Erich. Im Kalkmuseum würden die einen Fummler suchen, der die ganzen Anlagen in Schuss hielte, und da habe er mich vorgeschlagen. Auf der Verwaltung sitze der dicke Zwanziger, bei dem alten Parteibonzen und Faulpelz hätte er noch was gut wegen damals, kapiert? Mensch Erich, sagte ich, du bist ein Engel. Wenn da man nur nicht die Sache mit Thea wäre. Ja, stimmt, deine Thea, sagte Erich. Die konnte nie warten. Aber er glaube, die habe den Kaffee längst auf mit dem Neuen. Der wollte nur seine zwei Gören irgendwo ablagern. Aber der ist nie da, Fehlanzeige, sagte Erich. Wer weiß, wer weiß. Thea ist längst ernüchtert.«

Er verschränkt die Arme und schaut kurz aus dem Waggonfenster.

»Ja, richtig. Dann bin ich mit Erich im Adler zur Nordsee hochgefahren. Aber nur kurz. Salzwasser ist Gift für so einen Schlitten. Der Erich. Ja, ja, der Erich.«

»Und jetzt«, frage ich, »und jetzt?«

»Wie gesagt. Ich bin auf dem Weg über München zurück. Wegen Ersatzteile für den Adler, wissen Sie. Die ersten vier Wochen wohne ich bei Erich, wir bauen dann an unserem Haus etwas um. Da fällt ne Menge an. Und einfach wird das auch nicht. Wir können die zwei Gören doch nicht in die Wüste schicken. Das geht nicht. Wird schon schief gehen mit Thea. Nach zwei Jahren muss man sich erst langsam wieder aneinander gewöhnen. Davor weglaufen werde ich nicht noch einmal. So eine Wiedervereinigung dauert eben. Und im Gegensatz zu früher bin ich auch geduldiger.«

Er jedenfalls blühe sofort auf, wenn er nur daran denke, wieder mit seinen Freunden schweißen zu dürfen. Funkenschlag, wenn das kein Glück sei. Und sie müssten viel an dem alten Adler schweißen.

Verehrte Reisende. In wenigen Minuten
erreichen wir Hannover Hauptbahnhof.
Sie haben Anschluss...

»Der ist vielleicht in einem Zustand. Junge, Junge. Aber spätestens bei der ersten Landpartie ist auch Thea wieder dabei. Da bin ich mir ganz sicher. Aber nun mal zu Ihnen. Es geht mich ja nichts an, aber was machen Sie denn eigentlich so den lieben langen Tag?«

»Ich? Ich bin Theologe«, antworte ich bereits stehend.

»Au weia. Das hätte ich wissen müssen. Da hätte ich eigentlich ja mal ne Frage, nach dem Tod und wie das dann so weitergeht. Aber besuchen Sie uns doch einfach. Wie gesagt: Rüdersdorf. Meine Tante hat da jetzt eine Pension. Zur alten

Eule. Zimmer mit WC. Fragen Sie nach Otto. Nach Otto Pleschinski.«

»Viel Glück«, wünsche ich ihm und haste hinaus.

Rempeleien beim Ausstieg. Eine ganze Wochenzeitschrift zerfleddert auf dem Bahnsteig. Einzelne Seiten verheddern sich zwischen den Füßen. Ich hebe die Hand. Mache Gesten wie ein Taubstummer. Kann aber Erich nirgends mehr hinter den verspiegelten Scheiben des ICE ausmachen.

79

Im Zug nach Frankfurt. Im Speisewagen des ICE wähle ich pedantisch das immer gleiche Gericht: Putenschnitzel mit Bratkartoffeln, denn Putenschnitzel, Steak und Bratkartoffel werden im ICE frisch zubereitet, kommen also nicht aus der Mikrowelle. Ich bin mikrowellenmüde. Leider vertrage ich kaum Fleisch. Ich bin nicht Vegetarier aus Überzeugung, sondern aus Not, denn auf Schweine- und Rindfleisch reagiert meine Speiseröhre, die durchaus keine Kanalröhre ist, sondern, wie ich bei meiner Gastroskopie auf dem Bildschirm verfolgen konnte, eine hochkomplizierte Transportmaschinerie, die mir der reizende Mediziner sehr gründlich während der Vorführung erklärte, zunehmend allergisch, streikt, lässt mich röcheln, blutrot anlaufen (dabei auf Gastgeber und Kellner zuweilen verstörend wirkend), als ob es gelte, des Paulus Schmährede gegen alles Fleischliche am eigenen Leibe bestätigt zu finden. Dabei bin ich mir unsicher, ob Paulus Vegetarier war.

80

Was der Reisende aus Rüdersdorf über die Freundschaft gesagt hatte, erinnerte mich beim Essen an das zehnte Buch der nikomachischen Ethik von Aristoteles, und das Buch über die

Freundschaft erinnerte mich an Frank, und Frank erinnerte mich an meinen Auftrag. Also ging ich vor in den Wagen neun zum Telefon und wählte die Nummer von Ihnen, Frau Birus. (Mein Handy! Funktioniert schon wieder nicht!) Und waren Sie da? Nein, Sie waren natürlich nicht da. Also ging ich zu meinem Platz zurück. Was der Reisende über die Autos erzählt hatte, erinnerte mich an die Bequemlichkeit meines ICE-Sitzes, die Bequemlichkeit meines ICE-Sitzes erinnerte mich an den ungepolsterten Fahrradgepäckträger aus Greifswald, und die Druckstellen an meinen Händen erinnerten mich an die Druckstellen an den Fingern in Kindertagen, nachdem ich stundenlang mit meinem Stabilbaukasten gespielt hatte. Das braune *Märklin*-Heft. Abgefingert. Mit den zwei Jungen auf dem Deckblatt, die an einem Kran arbeiten. Der eine kontrolliert das Seil mit dem Haken. Der andere schaut konzentriert in den Bauplan. In der Rechten den Schraubenzieher. Ich war *Märklin*-begeistert, und entlastete dadurch meine Mutter die sich jahrelang keine Gedanken machten musste, was sie mir schenken könnte, der »Aufbaukästen« wegen, ein psychologisch gewiefter Name, der bei allen bildungswütigen Müttern mächtig Eindruck machte und auch meine Mutter unterschwellig (aber nur unterschwellig?) semantisch faszinierte, weil das Spielzeug, genannt »Stabilbaukasten« und »Aufbaukasten«, das gleiche Ziel verfolgte wie die Aufbaupülverchen und -säfte (Rovase, Mobilat, Frubiase Calcium, »Mobilat macht Milchbubis hart, fallen sie dann noch um, nehmen sie Frubiase Calcium«, ärgerte mich jahrelang meine ältere Schwester), die sie mir morgens und abends verabreichte, um aus mir, so meine Mutter, einen großen und starken Jungen zu machen, du bist doch so zart, so meine Mutter. Religion, Ernährung und Spiel verfuhren bei meiner Mutter nach dem gleichen Schema. Stabilbaukasten. Aufbaukasten: das Speichenrad, der Zahnkranz, die Kupplungsmuffe, das Bogenband, das Schnurlaufrad, der Lagerbügel. Und alles begann ganz einfach. Zunächst die Sackkarre, dann das Hauptsignal, dann die Hobelmaschine, die Mischtrommel, die Kleine Ramme, der Bagger, und schließlich mein ganz persönlicher Favorit des Grundbaukastens plus Aufbaukasten, der Lastenstapler (gelegentlich ölen, stand im Prospekt). Noch abends hatte man den Geruch der blauen Metallplatten und der goldenen Schrauben in der Nase.

Abgelöst wurde mein liebstes Spielzeug mit dem Wechsel auf die Höhere Schule durch ein System der spaßmäßigen Einübung in das später in meine Hände zu überführende Familienunternehmen: Der magische Namen lautete *Faller*, jene flachen gelben Kartons, die Bausätze von Häusern, Bahnhöfen, Sägewerken oder Postfilialen enthielten, sogar eine Mühle mit Wasserpumpe (die allerdings selten funktionierte), und ich baute und baute, stets eingenebelt von einem inspirierenden Uhu-Dampf, dessen Reste man noch abends unter der Bettdecke von den Fingerkuppen abknibbeln musste, baute ganze Dörfer. Und weil ich eine untherapierbare Vorliebe für Postfilialen besaß, war ich mitschuldig am Defizit der Deutschen Bundespost. Von meinem Vater erntete ich dafür nur Lob, öffentliche Bauten rechnen sich immer, sagte er.

Leider wurde ich später zu einem Umfaller und studierte etwas ganz anderes. Die *Faller*-Häuser stehen noch heute wie eine Mahnung auf einem Regal meines elterlichen Zimmers.

81

Um rechtzeitig in Bad Vilbel zu sein, nehme ich ein Taxi, einige mich mit dem Fahrer auf dreißig Mark. (Prompt beklagt sich der Fahrer während der Reise über die schlechte Trinkgeldmoral. Ich hasse Appelle an das schlechte Gewissen. Zahle aber vierzig Mark.) Das Taxi setzt mich vor der alten Sparkasse in Bad Vilbel ab, von dort sind es nach Auskunft des Taxifahrers nur noch wenige Meter bis zur Burgruine. Offensichtlich bin ich zu früh, denn niemand wartet auf mich. Ich lehne meinen Rucksack an einen Baum. Ich lutsche ein Ricola-Bonbon. An der Eingangstür zum Burghof klebt ein Zettel. Meine Augen wollen ihn partout nicht sehen und schauen desinteressiert zur Seite. Aber meine Beine schlagen die Richtung ein, bis auch die Augen nicht anders können als ihn zu lesen: Für den SZ-Leser.

Ich falte den Notizzettel auseinander. Ihre Handschrift, denke ich.

Dear Mr. X.

Habe mich für eine andere abgefuckte Geschichte entschieden. Bin auf einem Konzert von Type O Negative.

Don't worry, be happy.

82

»Und in diesem Augenblick«, versetzte ich, »möchte ich Ihnen gar zu gern für alle Ihre Gefälligkeiten etwas sehr Freundliches sagen. Alle Menschen können gelegentlich eine gute Tat verrichten; eine Häufung von solchen Handlungen aber zeigt, daß das Temperament teil daran hat. Und gewiss«, fügte ich hinzu, »wenn es dasselbe Blut ist, das von Herzen kommt und zu den äußeren Teilen fließt« (hier berührte ich ihr Handgelenk), »so bin ich sicher, Sie müssen den besten Puls von allen Frauen der Welt haben.« – »Fühlen Sie ihn«, sagte sie und streckte den Arm aus. Ich legte also meinen Hut hin, nahm ihre Finger in die eine Hand und legte die beiden Vorderfinger der anderen an die Arterie.

Wollte der Himmel, mein lieber Eugenius, du wärest vorbeigegangen und hättest mich in meinem schwarzen Rock und mit meinem schmachtenden Gesicht sitzen sehen, wie ich alle Pulsschläge, einen nach dem andern, mit ebenso großer Hingabe zählte, als ob ich die kritische Ebbe und Flut ihres Fiebers untersucht hätte! Wie hättest du über meine neue Tätigkeit gelacht und moralisiert! Und ich hätte dich lachen und morali-

sieren lassen. Glaube mir, mein lieber Eugenius, ich würde gesagt haben: Es gibt schlimmere Beschäftigungen in der Welt, als einer Frau den Puls zu fühlen. *Aber einer Grisette, würdest du gesagt haben, und in einem offenen Laden, Yorick!*

Desto besser: denn wenn meine Absichten ehrlich sind, Eugenius, so mag meinetwegen die ganze Welt sehen, dass ich ihn fühle.«

83

Ich gebe Ihnen mein Ehrenwort, Frau Birus, hier, in diesem einladenden ICE-Sessel, der noch das billige Parfüm der Vorgängerin ausschwitzt, unter mir das monotone Rattern der Räder auf den Schienen, ein elektrischer Singsang, eine technische Messe zu Ehren des Homo faber, ICH HABE DIE GESCHICHTE NIRGENDS GELESEN, zumindest erinnere ich mich namentlich an keinen Autor und an keine Autorin, ich werfe einen Blick aus dem Fenster und ich sehe verrußte Mauern, diese verrußten Mauern sind die einzigen Hinweise auf Slums, den die ICE-Strecken im Westen geben, dahinter dann blassrosa Neonlichter, FLEISCH, FLEISCH, FLEISCH, tanzendes Fleisch, mit Perlenimitationen behängt, Gott sei Dank allergie- weil nickelfrei, davor nervöse Freier mit handgenähten Schuhen, die noch immer drücken, ich entdecke in einer Häuserflucht eine Frau, die einem Taxi entsteigt und ihren Rock glatt streicht, einen Leder-Mann, der gelangweilt an seinem glänzend polierten Chopper lehnt, dann kommen die grabstellengroßen Kleingärten mit den sauber eingefassten Zäunen, ich gebe Ihnen also mein Ehrenwort: ICH HABE DIE GESCHICHTE NIRGENDS GELESEN, und trotzdem kommt sie mir so bekannt vor, VOM HÖRENSAGEN HATTE ICH DAVON GEHÖRT, ich sehe diese zugige Garage mit den Altölflecken auf dem Betonboden, in denen sich die späte Abendsonne irisierend bricht, vor mir, ich höre wie die Männer in fleckigen Arbeitskitteln und den schweren Arbeitsschuhen lachend auf den verbeulten Kanistern sitzen und feilen und schleifen und schmirgeln und schrauben und schwitzen (ich dachte bisher, solche Idyllen gäbe es nur in der Levis-Werbung, Frau Birus!), wie die Ikone des Armaturenbretts von Hand zu Hand geht, das ungläubige Staunen unter Freunden, das neide ich ihnen, Frau Birus, denn ich bin freundelos aufgewachsen, die ersten Schuljahre musste ich wegen meines Asthmas häufig fehlen und wurde von meiner Mutter unterrichtet, zwar kam nachmittags ein Freund vorbei, brachte mir die Aufgaben und blieb ein bisschen, DU BLEIBST DOCH NOCH EIN BISSCHEN?, sagte meine Mutter und ich sah, wie eine Tafel Schokolade heimlich in seinen Schulranzen wanderte, in der Schule beteiligte ich mich nur mäßig am Raufen und Rennen und blieb ein Außenseiter. Auf dem Gymnasium dann, als die Kuren langsam griffen, entdeckte ich ziemlich schnell das andere Geschlecht und sah künftig in anderen Schulkameraden und später in Studienfreunden und Kollegen immer nur Konkurrenten, aber ich ahne zumindest, was mir entgangen ist und kann in etwa ermessen, was geschah, als die Katastrophe einsetzte und die Idylle plötzlich platzte, wie sie auseinander gingen, und wie dann ein Engel auf Adlers Fittichen den Freund aus der Wüste zurückruft, ohne Bekehrungseifer, Erich mit dem Adler, THE MEDIUM IS THE MESSAGE, das sagen Sie doch immer so treffend, dieses Bild reicht, ist die ganze Botschaft, ich gebe Ihnen mein Ehrenwort, Frau Birus, ICH HABE DIE GESCHICHTE NIRGENDS GELESEN und doch kommt sie mir verdächtig bekannt vor, als habe ein anderer sie bereits geschrieben, denn ich bin FÜR ENGEL NICHT ZUSTÄNDIG, das ist Sache von Wim Wenders. Ich habe zu lange Theologie studiert, um jetzt Hosianna zu schreien.

Sie können nicht alles von mir verlangen, Frau Birus. Nicht alles!

Himmelfahrt in Meißen

84

Bahnfahrt nach Meißen. Die Sitze mit den Fernsehbildschirmen sind besetzt. (Außerdem kenne ich bereits alle angebotenen Filme auswendig.) Ich drücke mich auf dem Gang herum. Schaue unentschlossen im Speisewagen vorbei. Mache dreimal den Anlauf, eine Zigarette zu schnorren. Baue mein Notebook auf und übertrage lustlos eine handgeschriebene Seite. Kippe einen halben Becher Kaffee über die Tastatur. Jetzt ist mein letztes Handtuch schmutzig. Mein Notebook hat den Anschlag offensichtlich überlebt.

Ich wollte, ich wäre am Ziel.

Ich erstehe meinen dritten Kopfhörer. (Der erste liegt im ICE Richtung Berlin. Der zweite mutmaßlich im ICE Richtung Bremen.) Die Zugbegleiterin zog eine Schnute, weil sie quer durch den überfüllten Zug laufen musste, um mir einen Kopfhörer vom Kollegen zu besorgen. Sie hätte sich die Mühe sparen können. Ich hetze mehrfach durch die Programme. Bleibe nirgendwo hängen. Nur bei einer Sparkassenwerbung. Mein Haus. Mein Auto. Mein Pferd.

85

Ein Taxifahrer empfiehlt mir ein Hotel mit Blick auf die Albrechtsburg. Bringe mein Gepäck aufs Zimmer. Lüfte. Lümmel mich aufs Bett. Suche im Fernsehen *Viva*. *'74-'75* von den

Connells spielt mit den Veränderungen der Gesichter, die ein Collegejahrgang in 20 Jahren durchgemacht hat. Begreifen plötzlich, dass ihr Leben schon halb um ist. So wie meines.

Ein alter Clip von Kurt Corbain:

Like most babies smell like butter
His smell smelled like no other
He was born scentless and senseless
He was born a scentless apparentice
Go away – get away, get away, get a-way.

Patrick Süskinds »Parfüm« für Viva-Kids, denke ich, rieche an mir hinunter und gehe ins Bad. Als ich uriniere, höre ich Sting:

You will say I lost my faith
in science and progress
You will say I lost my belief
in the holy church
You will say I lost my sense of direction
Yes you will say all of this and worse but
If I ever lose my faith in you....

Dann ziehe ich die Spülung. Als das Rauschen nachlässt, verstehe ich:

but every time I close my eyes
I see your face...

So simpel ist die frohe Botschaft. Sense of direction? Das Gesicht der Geliebten.

Ich mache die Probe. Schließe die Augen. Zähle bis drei. Ich sehe das strenge und disziplinierte Gesicht von Astrid. Astrid. Seltsam. Die Lauge meiner Erinnerung entwickelt die Konturen ihres Gesichts immer randschärfer. Ihre kleinen, unauffälligen Ohren mit den angewachsenen Ohrläppchen. In der linken Ohrmuschel habe ich zum ersten Mal das Rauschen des Meeres vernommen. Die die Symmetrie ihres Gesichts pointierende gerade Nase mit den Abdruckstellen der Brille. Der schmallippige Mund, wie die Silhouette einer segelnden Möwe. Die blaue Ader auf dem linken Augenlid. Die beweglichen Augen. Das Alphabet der Blicke, kokett und unbeschwert und spitzbübisch und unsicher und verhalten und abblockend.

Ich versuchte in jener Nacht das Alphabet auswendig zu lernen. In Sekundenschnelle versteinerte plötzlich ihr Gesicht, als wollte sie mir entfliehen. Nach einer langen, mich sprachlos machenden Verhärtung ihrer Züge, hauchte ich sie hilflos an, zunächst reagierte nur ihre Nase, wie bei einem schlafenden Hund, dem man eine Scheibe Wurst hinhält, dann belebte sie ihre Gesichtszüge, schlug die Augen auf, ein Blick, dessen kalkweißes Licht mich blendete, und ihre Arme setzten mich gefangen.

Ich habe vergessen, mir die Hände zu waschen.

86

Draußen wartet die Albrechtsburg, nörgelt die bildungsbeflissene Stimme in mir (die heimlichen Reste meines Gewissens), das erste Schloss im deutschsprachigen Raum überhaupt, schönste Spätgotik mit Treppentürmen, Vorhangbogenfenstern und Zellengewölben, plus Dom, stilreine Gotik mit einem Altarbild aus Cranachs Werkstatt, auf keinen Fall darfst du die Nikolaikirche vergessen, Romanik, mit den größten, nämlich 2,50 Meter hohen Porzellanfiguren der Welt, dafür könntest du dir vielleicht die älteste Porzellanmanufaktur Europas schenken, als Ersatz solltest du aber die Frauenkirche mit dem Porzellanglockenspiel mitnehmen, den Markt mit Hirschhaus, Bennohaus und Rathaus queren, einmal in die Elbe spucken, zurück zur Hafenstraße ins Hotel eilen – das ergibt ein höchstens zweistündiges Programm. Das schaffst du.

Ich kann meine innere Stimme mit folgender Passage meines neuen Lieblingsautors besänftigen. (Warum lesen? Lesen entlastet, Frau Birus.)

»Verzeihen Sie, Monsieur le Comte«, sagte ich, »was die Blößen Ihres Landes betrifft, so würde ich meine Augen niederschlagen und weinen, wenn ich sie sähe; und was diejenigen Ihrer Frauen betrifft« – ich errötete bei der Vorstellung, die er in mir erregt hatte –, »so bin ich in diesem Punkt so vom Geist des Evangeliums erfüllt und habe ein so großes Mitgefühl mit allem, was schwach an ihnen ist, dass ich sie gerne mit einem Gewand bedecken würde, wenn ich nur wüßte, wie ich es überwerfen sollte. Aber ich möchte gern«, fuhr ich fort, »die Blößen ihrer Herzen ausspähen und unter den verschiedenen Hüllen der Bräuche, des Klimas und der Religion herausfinden, was sie Gutes an sich haben, um mein eigenes Herz danach zu bilden – und deswegen bin ich gekommen.«

»Aus diesem Grund, Monsieur le Comte«, fuhr ich fort, »habe ich mir weder das Palais Royal noch den Luxembourg noch die Fassade des Louvre angesehen und habe auch nicht versucht, die Verzeichnisse, die wir von Gemälden, Statuen und Kirchen haben, anschwellen zu lassen. Ich stelle mir jedes schöne Wesen als einen Tempel vor, in den ich lieber gehe und wo ich die darin hängenden Originalszeichnungen und flüchtigen Skizzen lieber betrachte als selbst die Verklärung von Raffael.«

Meine innere Stimme schweigt sofort.

87

Ich liege mental (Boris Becker) völlig erschöpft auf dem Bett und zappe durch das Fernsehprogramm: *Marienhof, Zwei Münchner in Hamburg,* (noch eine knappe Stunde bis *Forsthaus Falkenau*), *Explosiv, Täglich ran, MDR Aktuell, Magic*

Sports, Eurosport News, Wiederholungen von *Monaco,* und natürlich MTV plus Viva. Ich bin platt, einfach platt, richtiggehend platt, deshalb schalte ich auch sofort MTV und Viva aus, *Forsthaus Falkenau* ist jetzt genau das, was ich brauche, unterlegt mit einigen Sequenzen aus *Gute Zeiten schlechte Zeiten,* ich stehe auch dem anschließenden Krimi *Ein Fall für Zwei* sehr interessiert gegenüber, darf aber vorher nicht das Wetter mit Jörg Kachelmann verpassen, ah, das ist er, ein Gesicht wie eine Offenbarung, und richtig: das Wetter bleibt stabil, ideale Fernsicht, sagt Kachelmann, und der Mann freut sich aufrichtig, wackelt vor lauter Begeisterung mit dem Oberkörper, bis sich seine Krawatte unter dem roten Wollsakko verheddert und wie eine Schlinge wirkt, die der Chefredakteur oder der Kameramann oder sein Stellvertreter unsichtbar in Händen hält, ich kann mich gar nicht satt sehen an diesem Gesicht, das mir die nachfolgenden politischen Nachrichten erträglich macht, ach Kachelmann, jetzt aber noch ein bisschen *Kojak,* ich muss ihn einfach lieben, diesen *Kojak,* weil ich ihm in wenigen Jahren täuschend ähnlich sehen werde, wunderbar, diese kompromisslose Reinheit des Kopfes, diese Erotik der Glatze, und nach jeder Sendung wünsche ich mir sehnlich, meine Resthaare würden mit weniger Melancholie an mir kleben bleiben, weniger sehnlich wünsche ich mir allerdings eine Mimesis an die Gestalt von Dr. Frank aus *Ein Fall für Zwei,* alte Folgen, gut und gerne essen, jawoll, aber doch lieber die Figur von Matula halten, ich muss ja nicht unbedingt seine Stiefelmode übernehmen!, ich freue mich auf: *Der Blaufuchs,* mit Zarah Leander, Willy Birgel und Paul Hörbiger, aber erst um 23.25 Uhr, und natürlich Aspekte plus Wiederholungen von *Willemsens Woche,* der gnadenlos jede verflossene Geliebte auffährt, dieser Beau, dieser göttliche Beau, Willemsen sollte es einfach online geben: das wäre schön, das wäre wirklich schön, bitte, bitte Willemsen online.

88

Morgen früh muss ich auffahren in die Lüfte. Ballonfahrer fliegen nicht, sie fahren. Auf diese semantische Spitzfindigkeit legt jedes Mitglied eines Montgolfiere-Clubs entschieden Nachdruck. Warum fahren Ballons und fliegen nicht? Etwa wegen der sprachlichen Nähe zum Luftschiff? Liegt es am fehlenden motorisierten Schub? (Aber Drachenflieger fliegen doch auch und fahren nicht.) Mit dieser unverdächtigen Frage könnte ich vermutlich mit Maren ins Gespräch kommen, denn mit ihr muss ich nach oben.

> …Momentan hat der Himmel seine Schleusen geöffnet und peitscht gewaltige Mengen Wasser an die Fensterscheibe. Hätte ich nicht ein so robustes Naturell, wäre das Wetter ein Spiegelbild meiner Seele. Aber ich gebe nicht auf, fange noch einmal von vorne an, streife den Mantel der Wehmut, in den ich mich kurzzeitig gehüllt habe, ab und hänge ihn in das reinigende Gewitter. Momentan koste ich den Reiz(?) des Neuanfangs aus, manchmal ein etwas bitterer Geschmack, dann sitze ich resigniert vor einem Papierstapel und finde nicht die Kraft, meine Hände zu rühren, von Kopfgeburten ganz zu schweigen, gelähmt von den Intrigen meiner alten Fakultät, bisweilen aber auch koste ich, vom Außendruck befreit, eine herbe Süße, dann, wenn mir ein Schriftstück, ein Aperçu vielleicht, gelingt. Und während der Stunden, in denen ich mit zwei Gefährtinnen durch die Lüfte fahre, gewinnt auch eine neue Zukunft erste Konturen.
>
> Ich möchte Sie zu einer solchen Fahrt einladen, denn offensichtlich gibt es – oder deute ich den verzweifelt komischen Ausdruck Ihrer Anzeige falsch – auch in Ihrer Gegenwart Nebelbänke, die die Sicht versperren. Ich zeigen Ihnen die Welt von oben. Wenn Sie noch nie in einem Ballon gefahren sind, sondern die Lüfte immer per Flugzeug durcheilen, kann ich Ihnen hier oben einen echten Kontakt mit den Elementen

versprechen. Als Südstaatler kennen Sie bestimmt den Unterschied zwischen einer langweiligen geschlossenen Kabine und einem offenen Sessellift, noch viel gewaltiger ist das Erlebnis der Luftpiraterie. Streifen Sie also Ihre Flügelschuhe über und eilen Sie nach Meißen. Günstige Winde könnten uns Richtung Thüringen oder die Elbe rauf gen Sachsen-Anhalt treiben. Und vielleicht entdecken Sie von oben auch blühende Landschaften. Vom Ballon aus erscheint Ihnen die Ex-DDR kategorisch und imperativ.

Grüße

Maren

89

Gelähmt von Intrigen? Tausendfach erlebt, deshalb blieb ich loyal. Ergo blieb mein Chef loyal. Er hat meine Habilitation durchgeboxt. Er hat mir eine Vertretungsprofessur besorgt. Er hat meine Bewerbungen unterstützt. Meine Antrittsvorlesung in Augsburg wirkte wie eine Rede zu seinem sechzigsten Geburtstag.

Ich trage auch weiterhin Halstücher. (Ich werde einfach nicht erwachsen.)

90

Maren.

Sage ich: Ihr Foto – übrigens das technisch perfekteste von allen Fotos – lässt eine wunderbar transparente, leicht marmorierte helle Haut erahnen, dann könnten Sie, Frau Birus, diese Beschreibung als Metapher missverstehen: dünne Haut gleich dünnhäutig. Denken Sie an eine Gestalt, die zu Beginn dieses Jahrhunderts als höhere Tochter bezeichnet worden wäre: behütet, zart, ein bisschen edel, ein bisschen verwöhnt (sprich:

teuer). Konterkariert wird dieses Höhere-Tochter-Syndrom durch einen fransigen Kurzhaarschnitt. Legt Maren jetzt noch einen kräftigen Lippenstift auf, dann *ist* sie ein Gesicht, um davor niederzuknien. Ich aber muss mit ihr in die Lüfte.

(Leider besitze ich keine graphologischen Kenntnisse, aber Sie, Frau Birus, sollten wissen: Ihre Handschrift hat einen ungewöhnlichen Linksdrall. Sämtliche Buchstaben drohen nach links zu kippen und ich muss den Kopf leicht neigen, um unangestrengt lesen zu können.

Hoffentlich kann sie beim Ballonfahren die Richtung halten, wenn wir morgen um 6 Uhr von Golk aus starten.)

91

Ist Ihnen, Frau Birus, schon jemals ein Mensch als Verfolger oder als Verfolgerin vorgestellt worden? Als Schwester, ja, als Bruder, Onkel, Tante, ja, als Zimmerer, Klempner oder Jurist, ja, als Schriftsteller, ja, aber als Verfolger? Und doch:

»Das ist Carola, unsere Verfolgerin«, sagt Maren und deutet mit einem knappen Nicken zu einer Frau hinüber, deren langer Pferdeschwanz wie ein Pendel ausschlägt, als sie mir zuwinkt. Carola ist Marens Bodenpersonal (höhere Tochter!), das sie per Funk dirigieren kann, wenn wir zur Landung ansetzen.

Wir fahren nach Golk, finden zielsicher eine Wiese ohne Strommasten und Zäune und breiten die schlaffe Nylonhaut des Ballons aus. Maren verankert den Weidenkorb mit der Brennanlage und den Gasflaschen. Ich stehe hilflos und dumm und fröstelnd, die Hand postkartengerecht am Weidekorb, daneben. Beide Frauen tragen nur dünne Pullover, ich dagegen sehe in meiner gewachsten Jacke aus, als wollte ich auf Treibjagd. Meine Handschuhe habe ich in einer der Jackentaschen begraben. (Sie sind mir deutlich zu groß, ein Umstand, der eine frühere Liebschaft atmosphärisch ruinierte. Wie unaufmerksam, mir Handschuhe zu schenken, die ich in diesem Leben niemals würde ausfüllen können! Ich habe mich dieser Freundin dann auch nie wieder in die Hände gegeben.)

Ein Ventilator pumpt kalte Luft in die Ballonhaut, die sich erstaunlich schnell ausfaltet. NORD/LB lese ich auf strahlend blauem Untergrund. Ich wäre auch gerne für Kaffeewerbung geflogen, oder für Benetton, oder für Krombacher, aber nein: Gott und Geld. »Vorsicht«, ruft Maren, und wirft den Brenner an. Der Ballon richtet sich auf. »Glück ab«, höre ich die Verfolgerin sagen, aber da fehlt uns bereits der Bodenkontakt. Ich steige, nein fahre auf im Fesselballon. Ziemlich senkrecht nach oben.

»Ist gar nicht kalt«, sage ich, meine Kleidung entschuldigend.

»Stimmt. Fahrtwind gibt es nicht, weil wir mit dem Wind treiben. Deshalb können wir den Ballon auch nicht steuern. Wir werden vom Winde verweht.«

Ein kurzer Gluckser.

»Aber wir haben Glück, glaube ich. Dort hinten siehst du bereits den Meißener Dom auf der Albrechtsburg. Davor steht die Nikolaikirche. Und wenn du mit den Augen die Brücke überquerst und dann gleich in die Hafenstraßte abbiegst, erahnst du vielleicht dein Hotel.«

Die dunkelblaue Elbe und die beiden spitzen Türme des Doms bilden das Gesicht der Stadt. Der Anblick erinnert an eine Geburtstagstorte, die mit zittriger Hand verziert wurde. Im Osten wird das Stadtbild eingerahmt vom Saargebirge, das sich in leichten Treppen Höhe verschafft. Morgensonne verfängt sich im Laub der Rebstöcke und der Duft, der auf den Flächen sichtbar ruht, ruft eine Atmosphäre herauf, die die schon lange nicht mehr berührten Saiten meiner Italiensehnsucht anschlägt.

»Wenn wir jetzt höher steigen, siehst du im Osten Coswig, Radebeul und dann Dresden«, erklärt Maren, die sich hingehockt hat und in einer Reisetasche kramt.

Elbaufwärts herrscht eine dunstige Klarheit, die die entfernt liegenden Städte transparent verhüllt. Ich zähle ab: Coswig, Radebeul und dann endlich Dresden. Das alte Tabakkontor. Der Zwinger. Kräne wirken wie Kulissenhalter, die in dieser Höhe unfreiwillig den Blick auf die Plattenbausiedlung im Westen erlauben. Und die Tafelberge ostwärts deute ich als Ausläufer der sächsischen Schweiz, sind aber nur, wie Maren mich ernüchtert, ordinäre Müllhalden.

Als ich einen leisen Knall registriere und mich erschrocken umdrehe, werde ich augenblicklich mit Sekt bespritzt.

»Ich taufe dich Marquis Neerlandaise«, ruft Maren in gespielt feierlichem Tonfall. Und so werde ich um 7.05 Uhr nordwestlich von Meißen erneut getauft und in den ballonistischen Adelsstand erhoben.

»Ballonfahrer sind Wiedertäufer«, nuschelt Maren und leckt sich die Finger. »Nach der Wende habt ihr uns mit der neuen Religion ja gleich geduscht.«

»Offensichtlich nicht ganz erfolglos, wie die Aufschrift deines Ballons zeigt. NORD/LB. Du bist eine first-class Gläubige.«

Wir stoßen an.

»Stimmt. Wenn schon, denn schon. Aber diese läppischen 1200 Quadratmeter Nylon kosten an die 80000 Mark. Wir schwimmen nicht gerade im Geld. Und einen Pilotenschein brauchst du auch noch. Eine kleine Geldspritze kam unserem Montgolfiere-Club nicht ungelegen. Und Ballonfahren gehört seit Strelzyk zu unseren Träumen.«

»Strelzyk?«, frage ich.

»Strelzyk und Wetzek haben Ende der Siebziger in einem selbstgebastelten Ballon rübergemacht. Seitdem war eine alte Schnulze bei uns in Mode: Ich kauf mir einen bunten Luftballon.«

»Stimmt. Ich erinnere mich«, bestätige ich prustend, weil der Schaumwein in der Nase prickelt.

Hinter Dresden tauchen jetzt die Kuppen der wahren Sächsischen Schweiz aus dem Nebel auf.

Wir plaudern eine ganze Zeit. Dann die Frage:

»Du arbeitest also an der Uni?«

Ich versuche es mit einem Witz: »Theologie. Fakultät 01. Das erinnert an 00.«

Sie lacht nur tonlos. Ich versuche es anders. »Es herrscht Weltuntergangsstimmung. Sinkende Mitgliederzahlen in den Kirchen, ein Überangebot an Pfarrern, Stellenstreichungen an den Unis, Gedrängel um die Stellen.«

»Dann bot doch unser Niedergang für euch ganz neue Chancen! Oder?«

Die Frage kommt noch immer im Plauderton daher, aber ich ahne den Abgrund.

»Hab ich zuerst auch gedacht, aber die Theologen in der ehemaligen DDR hatten ja kaum Altlasten, sondern machten eher eine positive Figur.«

»Altlasten«, wiederholt sie. »Wie nett. Hört sich an wie Sondermüll. Warte mal kurz.«

Maren spricht mit der Verfolgerin, ob wir weiter aufsteigen können. Maren befeuert den Ballon.

»Altlasten. So. So. Glaubst du also auch, dass alle Konvikte und Universitäten Außenstellen der Stasi waren?«

Maren sächselt vor Aufregung zum ersten Mal. Ich halte mich krampfhaft an meinem Sektglas fest, als wäre ich auf einem trostlosen Empfang.

»Natürlich gab es auch Beziehungen zwischen Universität und Staat. Vor allem die Technischen Universitäten bekamen oft diktiert, was sie erforschen sollten. Aber solche Verfilzungen trafen nicht pauschal auf alle Fächer zu. Nicht einmal auf die Philosophie. Marxismus-Leninismus-Forschung wurde zwar ganz groß geschrieben, aber erstens studierten diesen Mist nur Parteistreber, und zweitens ließ sich unterhalb der Oberfläche, ihr würdet wohl sagen: unter diesem Label ganz bequem forschen. Das größte Problem war gar nicht die Partei, sondern die Büchernot. Strukturalismus, Poststrukturalismus, Diskurstheorie, Systemtheorie, Dekonstruktivismus, diese Moden waren schwierig zu verfolgen. Wir mussten uns wirklich absurde Begründungen einfallen lassen und aberwitzige Vorschläge machen, um an die Bücher zu kommen. Und dann beherrschte man oft die Sprache nicht. Wer konnte schon Französisch? Romanistik-Studenten waren damals heiß begehrt. Zwischen ihnen und uns gabs richtige Joint-Venture. Ein Austausch von Wissen und Körpersäften ging Hand in Hand.«

Sie mustert mich kurz aus den Augenwinkeln, die Hände in den Hosentaschen. Ich konzentriere mich auf mein Glas. »Gib mal ein Beispiel. Wie sahen solche Begründungen aus?«

»Eine dieser Begründungen hieß: ›Der Begriff des Archivs bei Karl Marx und Michel Foucault.‹ Diese semantischen Turnübungen haben uns viel Spaß gemacht. Und große, große Überraschung: Foucault wurde uns genehmigt. Die Bücher gab es allerdings auf Französisch, obwohl bei Suhrkamp bereits Übersetzungen vorlagen.«

Maren putzt sich etwas umständlich die Nase.

»Wir kommen übrigens schnell voran. Über vierzig Kilometer die Stunde.«

»Und was hast du mit den Büchern gemacht?«

»Mich zunächst gewundert. Ich habe mich über die Beschaffung der Bücher gewundert, weil Foucault doch derjenige war, der sehr hellsichtig den strukturellen Zusammenhang von Geschichte und Macht durchleuchtet hat! Gut, nicht? Einen unmittelbaren Einfluß auf meine Arbeit besaß Foucault nicht. Wenn du das meinst. Am bequemsten war es bei uns, historisch zu arbeiten. Ich bin Humboldt-Spezialistin und habe über sein Werk ›Kosmos‹ promoviert, speziell über die These, die Landschaftsmalerei habe das Naturstudium belebt und beeinflusst. Da hinten siehst du ein tolles Beispiel«, sagt Maren und deutet mit dem Finger nach Nordosten. Was ich sehe, will sie wissen.

»Ein Erdlebenbild«, doziere ich gespielt, meine Arme ausbreitend. »Linker Hand dunkelbraune Erdtöne in riesigen Parzellen, eine weiträumige, offene Landschaft, rechter Hand unterbrochen von helleren Sandstreifen, terrassenförmig geschichtet, leicht gewellt. Eine Sommerfrische für die Götter. Dahinter muss sich unmittelbar Arkadien anschließen.«

Das kratzende Lachen einer Raucherin.

»So weit daneben hat noch keiner gelegen, aber von hier oben sieht eben wirklich alles kategorisch und imperativ aus. Sag ich ja immer. Sogar das Braunkohlenrevier der DDR. Heutzutage ist der Himmel über Spremberg leider nicht mehr so gelb wie früher, sonst hätte deine Entzückung wahrscheinlich gar kein Ende gefunden. Dort am Horizont steht das alte Kombinat ›Schwarze Pumpe‹, die größte Braunkohlenvergasung der DDR. Als Geopsychologe taugst du nur begrenzt, denn nirgends ist die Welt so runtergemacht wie in Spremberg.«

»›Nur die Scham wird mich überleben‹«, zitiere ich und klappe die noch immer ausgebreiteten Arme zusammen.

»Scham? Wo hast du denn die Vokabel aufgegabelt? Mein reizender Kollege aus dem Westen kennt die Vokabel nicht.«

Der Tonfall kippt in diesem einen Satz. Wird schnippisch. Latent aggressiv.

»Du hast also einen neuen Kollegen aus dem Westen?«, frage ich vorsichtig.

»Aber klar. Bei den Philosophen war man ganz, ganz streng. Alle ›bösen Onkelz‹ hat man verjagt. Einen nach dem anderen ließen die über die Klinge springen. Zuletzt meinen Lehrer. Die Pensionsansprüche würde man ihm lassen, wenn er ginge, haben die ihm gesagt. Man kriegt *die* ja nie richtig zu fassen. Das ist so wie früher. Und er ist gegangen. Eine Schande. Berufen hat man dann einen ziemlich fischigen Streber, der auch noch seinen kleinen Nachwuchs mitbrachte. Wir hatten in Berlin eine eigene Forschungsstelle für Humboldt. Konnte man durchaus stolz drauf sein. Aber der Neue ist Fichte-Kenner und sein Assi hat es mit Schelling. Auch schön, nur eben nicht Humboldt. Mich hats natürlich erwischt. Meine Stelle wurde zuerst auf eine halbe zurückgeschnitten. Ich habe versucht, dagegen anzugehen. Habe dabei aber nur meine Kraft verpulvert.«

Sie stockt und deutet in eine nordwestliche Richtung.

»Das sind die Vorboten von Leipzig. Etwas weiter westlich

kommt zunächst Weißenfels, dann die vier Türmchen dort drüben gehören zum Naumburger Dom. Mit ganz viel Phantasie erahnt man am Horizont Weimar und Erfurt. Nördlich davon erscheint dann irgendwann der Kyffhäuser. Wenn man von Leipzig aus startet, kann man ihn bei guten Winden relativ leicht erreichen.«

Sie schaut nicht richtig hin, sondern starrt ins Leere.

»Und der Neue ruinierte also die Stimmung?«

»Der Neue war ein richtiges Monster. ›Sie kennen sich damit vielleicht nicht so richtig aus…‹ Das war so eine Lieblingswendung von ihm. Ganz vernarrt war er in den Satz. ›Wir brauchen einfach internationalen Standard.‹ Irre. Einfach irre. Internationaler Standard! Haha. Mit Internationalismus kennen wir uns weiß Gott aus. Zuerst hat er mir ja schwer imponiert, aber inzwischen halte ich ihn für einen Aufschneider. Der kennt nämlich auch seinen Schelling nur ganz oberflächlich. Weißt du, wie das geht? Der liest in Schelling immer nur die neueste Mode hinein. La dernier cri. Eigentlich ist er eine Niete. Nicht mal Mittelmaß. Dafür sehr flexibel. Denn nun rate mal, wer auf der letzten Humboldt-Tagung einen großen Abendvortrag hielt? Mein aufgeblasener Kollege höchstpersönlich. *Humboldt und die Systemtheorie.* Lachhaft. Das ist doch Zuhälterei. Ein glatter Irrsinn. Aber natürlich irgendwie auch großartig.«

Sie zündet sich eine Zigarette an.

»Ich habe über Humboldt und Carus referiert. Wochenlang geackert. Den Applaus eingeheimst hat er. Toller Bericht im *Tagesspiegel.* Einfach super. Das stößt einem dann schon auf, wenn man das liest. Und bei der nächsten Stellenplanrevision wurde mein Vertrag nicht verlängert. Zack. Eine ungeheure Ungerechtigkeit. Humboldt sei durch den Herren Oberassistenten kompetent besetzt, hieß es. Ich war wie erschlagen. Der Typ hatte mir tatsächlich die Stelle geklaut. Ich bin dann zwei Wochen wie eine lebendige Anklage durch die Gegend gelaufen. Pläne machen war unmöglich. Du verlierst jedes Gefühl für die Zeit. Die Zukunft ist tot, immer nur noch triste Gegenwart. Und dann der Gnadenakt. Und das war beinahe noch demütigender. Wer meinst du wohl schrieb den Antrag für ein Postdoktorandenstipendium bei der DFG? Dreimal darfst du raten. Genau, der Herr Oberassistent und sein sympathischer Chef. Toll, oder? Ich bin beiden so dankbar, so aufrichtig dankbar! Und wer besorgte mir schließlich eine halbe Stelle an der TU in Dresden? Genau. Übrigens: Unter uns liegt soeben Grimma, und linker Hand, diese süßen Schornsteine mit den Watterauchfähnchen gehören zum Chemiekombinat bei Böhlen…«

»Wo genau?«, unterbreche ich sie.

Sie tritt hinter mich, deutet mit dem Finger in eine Richtung. Ich beuge mich nach vorne. Ich merke, wie sich meine Füße vom Weidenkorbboden entfernen. Wie meine Arme nach oben fahren und gegen den Brenner schlagen. Wie der linke Arm meiner Wachsjacke plötzlich qualmt. Dann sehe ich die Jacke bereits fallen, beide Ärmel vom Winde gebläht, ein Ärmel mit sympathischer Rauchfahne, wahrscheinlich landend in der Mulde, die an Bitterfeld vorbei hinter Dessau in die Elbe fließt und bei Hamburg bekanntlich in die Nordsee mündet.

»Bist du wahnsinnig!«, schreit Maren.

Ich brauche eine ganze Weile, um den Sinn dieser Frage zu begreifen.

»Als ich dir kurz unter die Arme gegriffen habe, bist du wie elektrisiert hochgesprungen und hast die Arme nach oben gerissen. Wäre der Brenner voll in Betrieb gewesen, hättest du lichterloh gebrannt.«

»Um Gottes Willen«, stöhne ich, »um Gottes Willen. Vor Verbrennungen habe ich schreckliche Angst. Ich dachte schon…«

»Na hör mal! Meinst du, ich wollte dich umbringen? Dann hätte ich meinen Kollegen eingeladen.«

Sie macht eine kurze Pause und ihre aufgeschreckten Gesichtszüge entspannen sich.

»Die Jacke, die ich dir vom Leibe gerissen habe, war übrigens ziemlich hässlich.«

»Ja«, stimme ich zu und umarme sie lachend.

»Wir müssen langsam runter«, sagt sie und entwindet sich meiner Umarmung, »sonst fahren wir zu dicht an Leipzig ran.«

Langsam verlieren wir an Höhe. Viele Bäume. Sehr viel Stacheldraht.

»Dort?«, frage ich und deute auf eine Wiese.

»Nein. In der Nähe ist ein Maisfeld. Wenn wir dort aufsetzen, kostet uns das 500 Mark.«

Wir schweben über das Maisfeld hinweg und setzen auf einer angrenzenden Weide relativ sanft auf. Im Top des Ballons öffnet Maren ein Stofffenster und lässt den Wind aus dem Ballon. Wir haben bereits das Nylon zusammengefaltet, als die Verfolgerin eintrifft.

Die Verfolgerin fragt: »Wo ist deine Jacke?«

Ich: »Das ist eine etwas längere Geschichte.«

92

Strahlende Sonne. Im Auto nur Stille. Auf Schloss Wackerbarth in Radebeul Sektprobe. Gequälte Stimmung. Essen im Falkenberger Hof in Coswig. Wir alle hielten nur den Atem an.

Ich sitze allein im Hotel.

93

Es gab dann doch noch einen versöhnlichen Tagesabschluss, denn die nur leise in einer die Enttäuschung vorwegnehmenden Stimmlage vorgetragene Bitte an die Zimmerkellnerin um Buttermilch wurde mit einem paradiesischen Angebot an Geschmacksnoten beantwortet: Möchten Sie Buttermilch pur, mit Erdbeer-, Zitronen-, Schokoladen-, Pfirsich-, Apfelsinengeschmack, oder mit einem Schuss Gin, Jägermeister oder Whisky?, und ich, von dieser plötzlichen Fülle sprachlos geworden, sagte offensichtlich »Buttermilch pur«, weil das Getränk, das mir in jenem Augenblick wie ein kühler Wasserfall die Speiseröhre runterrauschte, keine geschmacklichen Beisätze verriet, keine Spur von Erdbeer, Zitrone, Schokolade, Pfirsich oder Apfelsine, keine Ablenkung durch Gin, Whisky oder Jägermeister, einfach Buttermilch pur, herrlich sonntägliche Buttermilch. Sonntagmorgens pflegte mein Vater um 8.15 Uhr eine Platte von Händel aufzulegen, und obwohl meine Schwestern ihm mit auffälliger Hartnäckigkeit zu Weihnachten andere Angebote machten, am Sonntag musste es Händel sein, Händel ist unschlagbar, so mein Vater stereotyp, bevor er zum Morgengebet die Musik leiser stellte. Zu diesem Zeitpunkt saß auch meine sechs Jahre ältere Schwester missgelaunt am Küchentisch und fächerte sich mit der Hand frische Luft zu, um den sauren Geruch geronnener Milch zu vertreiben, denn was für meinen Vater Händel war, das war für meine Mutter Buttermilch, allerdings erwärmte Buttermilch, um die Magennerven zu schonen. Mindestens einmal monatlich kochte die Milch über und der Gestank ließ meine Schwester würgend die Küche fliehen. Als ich mit zehn Jahren morgens mit ihr zum Schulbus musste, um auf die Höhere Schule zu gehen, wünschte ich mir zum Frühstück warme Buttermilch und hatte prompt vor meiner Schwester Ruhe und die Zuneigung meiner Mutter gratis. Meine Geschmacksknospen ließen sich augenscheinlich überreden und assoziieren noch heute mit Buttermilch Glück. Und wenn ich dann die Augen schließe und die letzten Tropfen Buttermilch schlürfe, dann stehen die Bilder meiner fliehenden Schwester und meiner kopfschüttelnden Mutter vor mir, Wilma wird im Leben noch ganz anderes zu ertragen lernen, so meine Mutter, die sich immer zu mir setzte und in die heiße Tasse blies, so dass der Geruch der warmen Buttermilch mich ganz einhüllte.

94

Über Buttermilch ging mir nur die Ahoi-Brause zur Skippy-Stunde, erstes Programm, diese kleinen weißen Tüten mit dem Seemann in Uniform, Waldmeistergeschmack oder Zitrone, Zitrone ist zu scharf für deinen empfindlichen Magen, so meine Mutter, und so bekam immer meine älteste Schwester, mit beneidenswertem Rossmagen gesegnet, besagte Tüte, und ich die mit der Aufschrift »Waldmeister«, fasste sie am äußersten Zipfel an und schüttelte sie, so wie ich heute noch Zuckertüten im Kaffeehaus schüttele, energisch, damit beim Aufreißen auch ja kein Krümel dieses kostbaren Pulvers verloren ging, ritsch, so machte die Tüte, ebenso die meiner Schwester, die mit dem Rossmagen, ich kippte die Brause in das Glas Wasser und sobald das Zischen einsetzte, herrschte Ruhe.

Erlaubt war, was meiner Mutter gefiel. Und weil sie Meerwasser wegen erwähnter Untiefen, des Wassers religiöse Bedeutung ging ihr ob ihrer Ängste wohl niemals auf, beargwöhnte, wurde *Flipper* bei uns im Wohnzimmer nur ungern geduldet, ebenso *Fury*, des Farmers schwarzer Gaul, weil ich mich bekanntlich auf des Pferdes Rücken einfach nicht halten konnte, *Rin Tin Tins* Chancen waren leider auch nur mäßig, weil meine Mutter Grundsatzdiskussionen über Hundeliebe gerne vermied, ihr könnt doch mit dem Hund des Nachbarn spielen, so meine Mutter, und dann setzte traditionell der heilige Chor der Nörgler ein, deshalb blieb nur noch *Skippy, das Buschkänguru*, den Trailer kann ich übrigens heute noch fehlerfrei, ein ideales Fernsehgeschöpf, keine Berührung mit besagten Untiefen, unreitbar, haustieruntauglich, Stichwort: Hundehaare, lebend im fernen Australien, ein moralisch hochstehendes Muttertier, weil es die Kinder bekanntlich im eigenen Bauchbeutel mit sich herumschleppt, und mir dämmert heute, wie neidisch meine Mutter auf diese Einrichtung war, wenn sie, was wirklich nur selten geschah, ganz versunken und träumerisch im Zimmer stehend auf dieses Tier und dessen Beutel starrte.

95

Ich spüre noch den herrlich sämigen Geschmack der Buttermilch auf der Zunge, als ich höre, wie ich den Namen Astrid in den Telefonhörer rufe.

»Astrid? Hallo, ich bins.«

»Ich komme gerade zurück. Ich war soeben mit meinem Hund spazieren, der dich übrigens grüßen lässt. Und was machst du?«

»Ich bin in Meißen auf einer internationalen Humboldt-Tagung.«

»Kennst du dich mit Humboldt aus?«

»Doch«, sage ich mit viel Nachdruck in der Stimme, »Humboldt und die Systemtheorie von Luhmann haben große Berührungsflächen.«

»Interessant. Davon solltest du mir unbedingt erzählen.«

96

Ich schwindle nicht, Frau Birus, ich erinnere mich sehr genau an die einzelnen Szenen, meine Augen digitalisieren jede Szene und im Kopf läuft eine Tonspur mit, ich bringe die vielen Bilder für Sie nur in eine schöne Ordnung (the final cut, Frau Birus!), weiß aber dann schon nicht mehr, ob es auch wirklich so passiert ist (ist es so passiert?), es ist jetzt vier Uhr, ich sehe mich vor dem Fernseher sitzen, verschwitzt und verängstigt und verwirrt, im Hotel herrscht eine beängstigende Stille, ich dachte zunächst, ich hätte mich durch das Telefonat entspannt, aber offensichtlich hat die Entspannung nicht angehalten, meine Hände sind feucht und ich muss ein Taschentuch zur Hilfe nehmen, um den wie zugeschweißten Verschluss eines Mineralwassers zu öffnen, das laute Knacken lässt mich zusammenfahren, vor mir die Mattscheibe ist dunkel, aber die Kamera in meinem Kopf spult die immergleichen Bilder ab: Füße, die keinen Kontakt mehr mit dem Boden haben; Hände, die hochfahren, als wollte ich rückenschwimmen; ein ausgestreckter, qualmender Arm wie die schlechte Kopie der Freiheitsstatue; ein fallender Mantel gleich einem Fallschirmspringer ohne Besatzung, nur Maren ist nirgends im Bild, denn sie steht wahrscheinlich hinter mir, verdeckt von meinem Rücken, aber wie hat sie mich berührt?, wollte sie nur ein bisschen knaufen, kitzeln oder mich sogar zärtlich berühren?, fiel sie zu Boden, als ich hochsprang?, wie riss sie mir die brennende Barbour-Jacke vom Leib?, – kennen Sie den Geruch eines verbrannten Wachstuches, Frau Birus?, es erinnert mich an Weihnachten, wirklich, es sind in diesem Augenblick die Bilder eines Weihnachtsfestes in mir aufgestiegen, in einem rasanten Tempo, ich muss etwa vier alt Jahre gewesen sein, als meine älteste Schwester beim Adventssingen ganz mutwillig die Wachsdecke, eine wirklich langweilige Wachsdecke, ansengte, die meine Mutter mit einem gezielten Griff durch die Terrassentür nach draußen warf, seitdem gab es bei uns auch am Adventskranz immer nur diese unvorstellbar hässlichen aber gänzlich ungefährlichen Glühbirnenkerzen, aber ich will nicht ablenken, Frau Birus, hat Maren mich am Kragen gefasst und gerettet?, oder bin ich auf die gleiche umständliche Art aus der brennenden Jacke ausgestiegen wie damals aus der Hose in der Frauentoilette Ihrer Zeitung, Frau Birus?, ich weiß es nicht, denn es gibt keine präzisen, sondern nur verwackelte Bilder, mein Bildergedächtnis ist unsauber, eine wenig oskarverdächtige Bildführung, Maren bleibt im Schatten, sie bleibt mir ein Geheimnis, dunkel und rätselhaft, eine Glasmauer materialisierte sich zwischen uns, und ich ärgere mich über meine Dummheit, ich habe alles vermasselt, denn es hätte ein herrlicher Tag werden können, eigentlich mag ich keine Bäume und Wälder, MICH INTERESSIEREN NUR DIE MENSCHEN IN DER STADT (Naturfrömmigkeit, Gott bewahre, Frau Birus!), aber der Zauber dieses Blicks von oben nahm mich anfänglich durchaus gefangen, die sanften Farben, die Reinheit dieses Anblicks, die Prächtigkeit von Ackerteppichen und Wäldern, die erhabene Schönheit wie der Schimmer des Göttlichen, geblendet vom GOLDENEN ÜBERFLUSS DER WELT.

Als religiöser Tölpel und Technokrat fuhr ich auf, als verzauberter und getaufter Angsthase kehrte ich zurück.

Ich bin und bleibe ein Himmelswrack, Frau Birus.

Junger Meister in Emden

97

Im Bord-Restaurant des ICE 596 »Blauer Engel« bediente mich heute Morgen Frau Junker. Sie bewegte sich sehr elegant. Tänzelte beinahe. Laut Rechnung saß ich auf Platz Nr. 6, ein Zweiertisch, mit Blick in Fahrtrichtung (Stichwort: Magen). Ich aß ein »Amerikanisches Frühstück«; zwei Weizen- und ein Vollkornbrötchen, Butter, Honig, Pflaumenmarmelade, zwei Rühreier mit Speck – wirklich großartige, dunkelgelbe Rühreier der Mitropa AG, 10117 Berlin, Universitätsstraße 2-3a –, ein Pott Kaffee, ein Tomatensaft und ein Glas Milch, um den Kaffee zu verdünnen. Ich zahlte zwanzig Mark, blieb aber noch bis Kassel im relativ leeren Speisewagen sitzen und las in Tessa de Loos Buch »De Tweeling«.

Freunde aus den Niederlanden hatten mir das Buch mit dem Kommentar »Ende des Kalten Krieges auch bei uns« geschickt. Ich war skeptisch. Das Cover gefiel mir nicht. Ich erinnerte dunkel, einen Verriss gelesen zu haben. Aber wider Erwarten las ich mich schnell fest.

Tessa de Loo porträtiert eine Deutsche der Tätergeneration als warmherziges Energiebündel: Sie war Mitglied beim BDM, Hausmädchen eines IG-Farben Chemikers, Wirtschafterin auf einem Gutshof mit polnischen Zwangsarbeitern, pflegte angeschossene Landser und war die Ehefrau eines Mitglieds der Waffen-SS. Und doch ist sie im Roman eigentlich Opfer, nicht Täterin. De Loo kontrastiert ihr Leben mit dem ihrer Zwillingsschwester. Die wird siebenjährig nach dem Tod ihrer Eltern

Tbc-krank in die Niederlande geschickt, wächst in einem sozialistischen Elternhaus auf, heiratet einen Geigenbauer und pflegt nach dem Zweiten Weltkrieg ihre Ressentiments gegen die Deutschen: ein bisschen arrogant, ein bisschen ironisch, ein bisschen spitzzüngig, so, wie die Verwandtschaft meines holländischen Vaters meiner deutschen Mutter immer begegnet ist.

Schwägerin: Warum spricht dein Sohn eigentlich kein Holländisch?

Mutter: Er spricht ganz gut Holländisch.
Schwägerin: Du kannst es doch selbst kaum und mein Bruder scheint es auch schon verlernt zu haben.

Ich: Ik praat ook nederlands.

Schwägerin: Oh, kijk is. Prima Klaas. Nur etwas mehr aus dem Hals heraus reden. Besuch uns doch nächste Ferien einfach. Dann können wir noch ein bisschen üben.

Mutter: Das raue Klima bei Euch in Friesland bekommt Klaas nicht so gut. Er ist doch so zart.
Schwägerin: Wir erinnern uns. Ihr seid alle so zart besaitet.

98

Zwei Tage blieb ich in Meißen. Habe nochmals eine Choreographie der Bilder versucht. Habe sie nachkoloriert, wenn sie blasser wurden. Habe mich erneut mit Maren getroffen. Kulissenbesuche in der Altstadt. Habe oft gelacht. (Aber es war das leicht hysterische Lachen nach einem Schock.) Ich versuchte sie erzählend mitzunehmen in meine Kindheit, aber unterwegs verhedderte ich mich im Gestrüpp meiner Erinnerungen. Sogar beim Abschied gaben wir uns nicht die Hand, erhoben sie nur kurz, so wie man einen flüchtigen Bekannten auf der Straße grüßt. Besuchen? Nein, sie sei noch niemals in München gewesen, auch die Staatsbibliothek interessiere sie natürlich, und vielleicht könne man eine Ballonfahrt über den Starnberger See veranstalten, mit Blick auf das Karwendelgebirge, sagte sie, und ich dürfe mich notfalls anschnallen. Gurte. Sie würde Sicherheitsgurte einbauen, sie sei, wie ich vielleicht bereits mitbekommen hätte, nicht nur eine Kopfarbeiterin, sondern sie besitze auch handwerkliche Grundkenntnisse, doch, antwortete ich, das sei mir natürlich nicht verborgen geblieben und dafür würde ich sie sehr bewundern, meine Begabung sei leider, leider etwas einseitig, ich neide dir deine Doppelbegabung, sagte ich, unbedingt müssten wir dann auch nach Garmisch und den Wank rauf oder Wamberg besuchen, das höchstgelegene Kirch-Dorf Deutschlands, ja, sie wandere gern, bisher allerdings nur in der Sächsischen Schweiz, die Alpen, das würde bestimmt Spaß machen. Dann können wir auch gleich einen Abstecher nach Innsbruck machen, so ich, oder noch besser gleich über die Alpen hüpfen nach Bozen, dort sei das Wetter für Touren noch bis in den November ideal, drei Stunden bis Bozen, das ist doch ein Klacks, übertrieb ich. Stimmt, antwortete sie, das sei nur ein Klacks, und warum nicht gleich Rom?

99

Postkartenansichten. Fallende Blätter. Striptease der Vegetation.

Trotz anhaltender Kopfschmerzen ein erneuter Versuch, mich zu konzentrieren. Nur ein kurzer Gedanke an Eschede, als ich einen dumpfen Schlag höre. Meine Schreibhand hat sich während der vielen ICE-Fahrten an den schaukelnden Rhythmus gewöhnt, und nur noch selten verunzieren kleine Haken den Text, als habe ein strenger Rechnungsprüfer Posten abgezeichnet.

Ich darf jetzt nicht an Astrid denken. Wenn ich mich konzentrieren will, muss ich zum Bilderstürmer werden, um meine Ruhe zu finden: Ich stelle mir vor, ihre Haut würde am Oberarm faltig, ihr Busen sei erschlafft und ihre Oberschenkel von Zellulitis befallen. Ganz plastisch male ich mir dieses Bild vor Augen, aber der Versuch misslingt, denn die Karikatur korrigiert sich selbst, das Profil eines sehnigen Körpers baut sich vor meinen Augen auf und ich schaue in ihr unerfindliches Gesicht, das den Blick verführt, Unmögliches zu glauben wie auf den Bildern von Escher, ein Trompe-l'oeil par excellence, ihre Pupille ist gleichzeitig ein Spiegel, in dem ich mich sehe, und ein Tunnel, in den ich hineingehe, ihr Mund scheint mich gleichzeitig anzusaugen und auszuspucken, ihre Stimme überschlägt sich wie bei einer missglückten Kolloratur und schmeichelt gleichzeitig wie eine Sirene, ihr Lachen klingt zynisch und wie ein übertriebenes Kompliment, ihre Gesten wirken hölzern und unglaublich graziös und ihr Schweigen ist eine Koinzidenz von Kälte und Geheimnis. Eine coincidentia oppositorum.

Phantomschmerzen.

Endlich Würzburg.

100

Die Strecke von Würzburg nach Hamburg: Das ist das Rückgrat der Republik, jede Fahrt eine Bandscheibenmassage, unterbrochen von klaustrophobischen Ängsten, als würde der ganze Zug in riesige Röhren geschoben, als würde ihm eine Computertomographie verordnet, eine Wirbelsäulenvermessung, um die Haltung zu begutachten. Ergebnis: leichte Skoliose, Rückgratverkrümmung infolge einer ewigen Balettnummer, die der Fahrplan auf einen Blick verrät: Die Linke ist das Ruhrgebiet (eine kräftige Linke), die (anschwellende) Rechte ist Berlin, Spreizschritt nach Stuttgart (wir können alles, außer Hochdeutsch), Zehenspitzen balancierend in München (nicht heimliche Hauptstadt, sondern Fußstadt), den Kopf bildet Kiel (hanseatisch nüchtern, etwas arrogant).

Übrigens: Fulda verschlafe ich immer, Kassel nie!

101

Nach Hannover lege ich meine Aufzeichnung weg und krame mein Buch hervor. Ich habe nicht geglaubt, nach diesem Autor wirklich süchtig zu werden, denn bisher mied ich ihn in einem weiten Bogen, weil ich, ein Anhänger der geraden Erzählung, bei einem ersten halbherzigen Leseversuch in seinen Sätzen ausgerutscht bin wie auf einer regennassen Wiese, ein Sonntagsspaziergänger war ich, getarnt mit einer Sonnenbrille, die die glitschigen Stellen schönfärbte, da blieb es nicht aus, in dieser Prosa den Halt zu verlieren und sich nach den asphaltierten Straßen der amerikanischen Literatur zu sehnen. Mich macht dieser überladene Anspielungsstil wahnsinnig, sagte ich zu meiner damaligen Freundin, man glaubt nicht voranzukommen und die Finger werden wund, weil man den Faden verliert und dauernd nachschlagen muss. Post studium Yorick animal triste, witzelte ich krampfhaft und schenkte ihr das Buch zum Abschied. Jetzt ist es anders. Sobald ich in den Sessel des ICE sinke und das Buch aufblättere, folge ich den verschachtelten Sätzen wie ein pathologischer Liebhaber, der die Knochen, die Sehnen und das Herz unter dem Fleisch der Wörter ertastet, und nur die Umsteigestationen oder die Kontakthöfe sind die Absätze, die mich zwingen, hochzuschauen.

Alle Nationen, fuhr er fort, hätten ihre Verfeinerungen und ihre grossièretés, in denen sie abwechselnd führend seien oder die Führung an andere abgeben müßten; er sei in verschiedenen Ländern gewesen, aber niemals in einem, wo er nicht gewisse Feinheiten gefunden habe, die anderen zu fehlen schienen. Le pour et le contre se trouvent en chaque nation. *Es finde sich überall, sagte er, ein Gleichgewicht von Gut und Böse, und nichts als das Wissen um diese Tatsache könne die eine Hälfte der Welt von den Vorurteilen befreien, die sie gegen die andere gefasst habe. Der Nutzen im Hinblick auf das sçavoir vivre bestehe darin, viele Menschen und Sitten kennen zu lernen; es lehre uns gegenseitige Toleranz, und gegenseitige Toleranz, schloß er, indem er sich vor mir verbeugte, lehre uns gegenseitige Liebe.*

102

Ihre Lippen. Oft spöttisch. Mit einem Hauch Melancholie. Warum hatte Maren mir geschrieben? Erinnerungsbruchstücke, Gesprächsfetzen, die kein echtes Mosaik ergeben. Mit einem Pastor befreundet. Lieb. Sagte sie lieb? Ehrlich. Ja. Sie sagte ehrlich. (Der Schaffner fragt, ob ich zugestiegen sei. Schaue ihn verdutzt an. Weiß es im Augenblick selbst nicht genau. Er lächelt nur, schließt die Tür des Abteils. Fühle mich wie in einer Kajüte geborgen.) Sei wegen ihr in die Brüche gegangen. Sie trauere ihm nach. Je länger je mehr. Wollte sie Gefühle recyclen? Sollte ich ihr stellvertretend verzeihen? Und sprach sie nicht verdächtig oft von ihrer biologischen Uhr?

Ich massiere mir mit den Handflächen die Schläfen. Wie Scheuklappen.

103

Neben mir hackt ein altersloser Jüngling einen Text in sein Notebook. Ein Compaq, Presario 1207, Intel Pentium Processor 150 MHz, 64 MB SDRAM, 11,3" STN Farbdisplay, 1,4 GB Festplatte, 14fach CD-ROM, Win98, MS-Works.

Frank war bis zum vorletzten Sommersemester Computer-Beauftragter der Fakultät, zuständig für die Vernetzung mit der Universitätsbibliothek, Erstellung von Home-Pages und die Einrichtung von Computer-Räumen.

»In CD-ROM we trust«, flötete Frank, wenn er seit Stunden im Internet unterwegs war, und ob ich nicht auch endlich Mitglied in dieser herrschaftsfreien CD-ROM-Kirche werden wolle, das sei geil postkonfessionell, »und haben nicht die CDs eine frappierend ähnliche Struktur wie die Hostien?«, fuhr er fort und hörte nimmer mehr auf. »Alter Schwärmer«, dachte ich in solchen Augenblicken, und er erriet meine bösen Gedanken und nahm per Mausklick, um mich abzustrafen, erneut Kontakt auf mit den Mitgliedern seiner Netzgemeinde, am liebsten mit Julie, einer körperbehinderten Frau, für die das Gerät das Fenster zur Welt schien, bis sich kürzlich herausstellte, dass Julie die (hinterhältige) Simulation eines Seelenklempners (männlich!) war und wir die leichtfertigen Gläubigen. Seitdem meiden Frank und ich das Thema.

Frank sucht die kleine und große Transzendenz jetzt wieder verstärkt in der Erotik. Nur noch selten zerstreut er sich im Netz.

104

Ich bin in Emden. (Woran denken Sie, Frau Birus, bei dem Stichwort Emden?) 76% der Deutschen denken bei dem Stichwort Emden an Otto Walkes, 15 % assoziieren den Hafen nach Borkum und 6% – 3% assoziieren gar nichts – denken beim Stichwort Emden an die neue Kunsthalle. Immerhin, wird man sagen dürfen, immerhin. Bundesweit sind 6% eine stolze Zahl. FDP-Politiker finden 6 % sogar eine ganz großartige Zahl. Mir fällt zu Emden spontan ein alter Vierzeiler ein:

Ein Pfarrer in Emden,
der stärkt seine Hemden,
mit eigenem Samen,
in Ewigkeit. Amen.

105

… Glauben Sie mir, ich kenne mich aus mit dieser Arbeit, der verschleißenden. Ich war Zeuge, bis mir Friedhelm letztes Jahr wegstarb, enttäuscht, verbittert und verwüstet war er zum Ende hin, mein ehemals feiner Mann. Gestorben ist er am theologischen Star, blind war er geworden für die Welt, unheilbar. Vielleicht sind wenigstens Sie noch zu retten, vielleicht lassen Sie sich noch den Schleier von den Augen wegreißen im Allerheiligsten der Kunst. Friedhelm verabscheute den Kunsttempel, so wie er die ganze Kultur verabscheute. Das war seine Krankheit zum Tode …

106

An dem Abend, an dem ich meine Jacke verlor, telefonierte ich zum zweiten Mal mit ihr. Wir haben riesiges Glück, sagte sie, denn in Emden zeige die Nannenstiftung den Freud, den Lucian, den Enkel vom Sigmund, das seien ganz starke Porträts, aufwühlende, da müsse sie auf jeden Fall hin, von Bremen aus ginge das schnell, für mich sei es sicherlich etwas unbequem, aber lohnen täte es sich, so sicher wie … da lachte sie und ich sagte zu: Dienstagmorgen in der Kunsthalle Emden, 10.30 Uhr, vor dem Bild *Large Interior* von Lucian Freud.

107

Kunsttempel.

Kunsttempel, so kommentierte meine Mutter abfällig eine Klassenfahrt in ein Kölner Museum zu den alten Meistern, und in diesem Wort fasste sie ihre latente Abneigung gegen die Kunst zusammen, denn meine Mutter beargwöhnte jeden künstlerischen Akt als Akt der Apotheose, weil doch, so meine

Mutter, jeder Künstler etwas aus dem Nichts erschaffe, deshalb auch sind Calvinisten genetisch gesteuerte Bilderstürmer, darum auch die Kirchen bilderfreie Zonen, hell, unbequem, ablenkungsfrei. Aber ich, obwohl ich die genetischen Codes immer in mir spürte, bestaunte trotzdem an den Sonntagnachmittagen neidisch die Heiligenbildchen meiner katholischen Freunde, die sie, sei vorsichtig, so meine Freunde, behutsamer behandelten als jedes Spielzeug, bis ich bei besagtem Krämer Hendricks Fußballbildchen entdeckte, die man in ein Buch einkleben und abends bestaunen konnte, und meine Mutter förderte als Akt der Gegengegenreformation mit einem erstaunlichen finanziellen Aufwand und ohne jedwede Vorhaltung diese Sammelleidenschaft. Meine liebsten Heiligenbildchen waren Sepp Maier von Bayern München und der längst vergessene Willi Rodekurth von Kickers Offenbach, der sich als einziger Spieler mit geballten Fäusten ablichten ließ. Noch heute kann ich die meisten Spieler von Gladbach aus der Saison 68/69 (als die Älteren Revolution machten, erträumte ich mir neue Heilige) aufzählen, weil deren Namen damals in jeder Bolzmannschaft besetzt waren, ich bin Netzer, nein ich, du bist Wimmer, du Winkler, du Launen, du Pöggeler, du Vogts, du Zimmermann, du Pittscheidt, du Milder, du Kremers, du Keeper Kleff, und den dicken Alfred, den sonst alle Porky nannten, tauften wir Weisweiler. Sogar die jüngere meiner Schwestern bemüßigte sich wiederholt einen Blick in des Bruders liebstes Buch zu werfen und äußerte sich, nach gründlicher Sondierung, sehr angetan vom 1. FC Köln, dessen Ersatztorwart Rolf Birkhölzer sie, heimlich *BRAVO*-geschult, als *süß* qualifizierte, dicht gefolgt von Wolfgang Overath und Heinz Flohe, den Rest aber könne man, so meine Schwester, vergessen, und zwar von vorne bis hinten. Ob dieser personenfixierten Wahrnehmung habe ich mit abstrakter Kunst immer meine liebe Mühe gehabt, dafür kann ich Fotos lesen, auch dieses schwierige.

108

Elisabeth erkennen kann ich nur, indem ich die Gesichtszüge des Porträts, das sie mitgeschickt hat, hochrechne und interpoliere, denn das Foto zeigt ein etwa zwölfjähriges Mädchen: lange braune Zöpfe, blass, mager (krank, Tbc-krank?), mit maroden Zähnen. Die maroden Zähne dürften längst gerichtet oder ersetzt, die Haare ergraut und gekürzt, das kränkliche Aussehen allenfalls einer Müdigkeit gewichen sein. Aber das Gesicht sieht verlässlich aus. Also wird sie kommen.

109

Vom zentral gelegenen Bahnhof aus erreicht man die Kunsthalle über einen Holzsteg, der einen (verdächtig geruchlosen) Kanal überbrückt, in wenigen Minuten. Klinker, denke ich, empirischer Sohn eines Baustoffhändlers, dunkle, violett gebrannte Klinkerziegel mit einer grauen Zementfuge, die mit den blau gestrichenen Fenstern und Türen jenes Gefühl von Heimat bei mir aufruft, das an den hellen Putzwänden der Häuser im Süden immer abrutscht. Pultdächer mit oben eingelassenen Oberlichtbändern überdachen einen mehrfach auseinander geschnittenen Baukörper.

Ein mit roten Tonziegeln versiegelter Fußboden empfängt mich. Noch vor den Kassen entdecke ich linker Hand die Cafeteria. Zuerst der Bauch, dann die Kunst. Ich schiele nur kurz hinein: ein Glasfenster (Tiffany?) mit Baum und Gebirgslandschaft, Drahtstühle, Trompetentische. Ich zahle den Eintritt. Mein Blick fällt auf weiß geschleimte Backsteinmauern und eine im Naturton belassene Dachkonstruktion aus Balken, Brettern und geleimten Bindern. Schlanke Betonsäulen mit einem stählernen Kapitell stützen die Lasten. Eine filigrane Wendeltreppe führt auf eine Empore. Leider überfüllt. Transpirierendes Gedränge.

Ich fliehe in das gedämpft beleuchtete grafische Kabinett im Erdgeschoss, werde aber vom Strom der Massen wie in einer Gegenflutanlage wieder nach oben gespült. Ein Schaukasten. Wenige biographische Daten nehme ich auf. Lucian Freud, 1922 in Berlin geboren. Sein Vater Ernst der jüngste Sohn des Sigmund. Ab 1933 in England. Ausbildung zum Maler an verschiedenen Kunstinstituten. Freund von Francis Bacon.

Als ich aufschaue, trifft mein Blick auf ein Frauenporträt und nimmt mich sofort gefangen. Ich taste, während ich mich langsam nähere, die ganze Leinwand mit meinen Augen ab, als könne ich einzelne Farbschichten abtragen, um einen Fehler zu entdecken.

»Setzen Sie sich zu mir. Von hier aus haben Sie einen beinahe idealen Blick. Ich beobachte Sie schon eine ganze Weile, wie Sie da vor dem Bild stehen, so versunken. Erkannt habe ich Sie sofort.«

Ich setze mich zu ihr auf die Bank und gebe ihr die Hand. Die Augen stimmen mit dem Bild aus Kindertagen überein. (Warum erkennt mich jede Frau sofort? Liegt das nur an meiner Brille?)

»Dieses Nachtporträt ist vollkommen. Es ist perfekt. Ich glaube, es ist wirklich perfekt,« sage ich mit sicherer Stimme.

Ich gebe mich fachmännisch. Meine Sensibilität ist aber höchstens angelesen.

»O ja. Das Porträt ist perfekt. Manchmal benötigt Freud über hundert Sitzungen für ein einziges Bild. Das gehört zu seiner Kunst, dieses Wartenkönnen, diese Ausdauer, warten, bis der Andere sich wirklich zeigt, bis die Masken, die vielen, fallen. Irgendwann macht keiner ein Gesicht, ein aufgesetztes, das hält man nicht ewig aus, irgendwann ist man sein Gesicht. Bei den schwierigsten Fällen, den hartnäckigen, gelingt dieses Kunststück vielleicht erst mit der hundertsten Sitzung.«

»Material ermüdet«, murmel ich. Auch ich fühle mich müde und verbraucht wie ein fünf Jahre alter Computer. Meine linke Hand ist eingeschlafen. Meine Augen tränen.

»Irgendwann klappt es. Man kann einen Charakter tatsächlich sehen. Aber diese maskenlose Ehrlichkeit der Gesichter erschlägt einen beinahe. Mich juckt es, einige Stellen nachzupudern.«

Sie lacht. Ein erdiges Lachen. Kurz, aber intensiv.

»Ich kann also auch in meinem Alter doch noch einen Mann bewegen, Hunderte von Kilometern zu reisen, um mich zu treffen. Das ist vielleicht ein Gefühl, ein schönes.«

Dieser Satz wirkt wie ein Aufputschmittel. Ich lächle kurz, schnüre mir dann die Schuhe, ein Ritual, das ich immer begehe, um nicht rot zu werden.

»Ihre Anzeige verriet mir sofort, wie verunsichert Sie sind, und das hat mich sehr berührt, sehr. Ich habe da so meine Erfahrungen.«

Sie hat eine helle Haut wie die Haut einer Rothaarigen. Ein Pointillismus aus verblichenen Sommersprossen.

»Ihr Mann war Pastor?«

Sie nickt. Ein langes, verträumtes Nachdenken. Aber ihre Stimme verrät Elan.

»Ich war die Frau Pastor, wie das hier im Norden, dem hohen, heißt. Mich hat der Krieg vor beinahe vierzig Jahren hierher verschlagen. Hier auch habe ich Mitte der Fünfziger meinen Mann kennen gelernt. Im Krankenhaus. Er betreute Patienten, und ich bin oft mit ihm von Zimmer zu Zimmer gegangen. Und irgendwann hat es dann gefunkt. Er hatte so schöne, gepflegte Hände. Die Hände eines Pianisten.«

Sie spielt eine imaginäre Melodie. In Restaurants finde ich selten einen leeren Haken für meinen Mantel. Jetzt finde ich keine Frage.

»Tja. Diese Hände wurden schnell rau auf der ersten großen Pfarrstelle. Auch ich hatte alle Hände voll zu tun, Kinder, Frauenverein. Sie wissen schon. Dann kamen die fetten Jahre. Bau eines Gemeindehauses. Dankbarkeit im Klingelbeutel. Wir dachten, es ginge immer so weiter und haben den neuen Wind viel zu spät gespürt. Die Jugend zog schleichend aus der Kirche aus. Viele kamen überhaupt nur auf Druck der Eltern. War eine weniger schöne Zeit. Mein Mann verbitterte immer mehr, weil er nichts unversucht ließ: Jugendkeller, Discos, Dritte-Welt-Läden, Segeltörns. Er war ständig überfordert. Aber irgendwas fehlte. Irgendetwas. Ein intelligenter Kopf, es war die Karla, hat den Friedhelm dann irgendwann angebrüllt, die Kirche lasse keine Gefühle zu, das sei ein partriarchaler, erzreaktionärer Haufen, sie wolle Religion erleben, erleben, erleben. Friedhelm ist dann frühzeitig in Pension gegangen.«

Sie macht eine kurze Pause. Ich suche immer noch einen Haken.

»Religiöse Gefühle hatte Friedhelm nicht im Angebot. Auf der Universität hatten sie ihm eingetrichtert, das Christentum sei keine Religion. Religiöse Gefühle seien Opium fürs Christentum. Dann sei doch der Religionskritik Tür und Tor geöffnet. Ach, mein Friedhelm! Die haben ihn dort kaputt gemacht. Ihn überfüttert mit diesem Schweizer Käse. Mein Friedhelm, mein guter, hätte auf die Couch gemusst beim Freud, um den Feuerbach-Komplex behandeln zu lassen. Am besten beim Enkel.«

Ich schaue kurz zur Seite: Feuerbach-Komplex. Scheint ein Generationen übergreifender Komplex zu sein.

»Mit Sinnlichkeit, mit Empfindsamkeit, nein, damit konnte mein Friedhelm nichts anfangen, allenfalls bei Bachs Musik hatte er große religiöse Gefühle. Paddelte sogar mit den Händen, den ehemals schönen. Sonst war immer Diät angesagt bei den Sinnesfreuden. Und das hat unsere Ehe doch sehr belastet, denn ich bin von Hause aus ein sinnenfroher Mensch, ein ganz sinnenfroher. Da konnte ich beim Friedhelm wenig erwarten. Wein? Immer nur ein Glas. Essen? In Maßen. Kultur? Ich bade dreimal die Woche, sagte er immer nur und kam sich komisch vor. Liebe? Nur bis vierzig regelmäßig. Er war ein guter Mensch aber entsetzlich langweilig. Es gab natürlich immer Fluchten, kleine. Ich habe mich einige Male davon gestohlen. Drei kurze Affären mit Vikaren. Ein bisschen Achterbahn fahren.

Die waren noch nicht vierzig. Und so ohne war ich auch nicht! Ich kann eine ziemliche Zicke sein. Ich habe Friedhelm aber damit nur wenig belastet. War vielleicht ein Fehler. Ich bin durch diese schweren Zeiten alleine durch. Habe die Wutanfälle, die innerlichen, abgekocht und eingeweckt. Vielleicht hätte ich ihn weniger schonen sollen. Vielleicht. Ich bin öfter allein losgezogen. Friedhelm musste es wie ein Verrat vorkommen. Aber vielleicht hätte Friedhelm ja vor diesen Bildern ein Kreaturgefühl bekommen, vielleicht. Vielleicht hätte Friedhelm aber auch nie begriffen, wie dicht religiöse Erfahrung und ästhetische Kontemplation beieinander liegen.«

»Kreaturgefühl«, höre ich mich wiederholen.

»Ich glaube, ich muss Sie auch zwingen, hinzuschauen. Schauen Sie endlich hin!«

Ruckartig wende ich meinen Kopf den Bildern zu.

»Freud stellt seine Modelle nirgends bloß. Sehen Sie? In jedem dieser Bilder spüren Sie den Respekt, den großen, seinen Modellen gegenüber. Ich habe niemals Bilder nackter Menschen gesehen, die soviel Menschenkenntnis und Menschenliebe befördern, befördern, sagt man das noch?, niemals. Welch ein Unterschied zu den Pin-ups, den lächerlichen. Nur wir Krankenschwestern kennen diese kreatürliche Fleischlichkeit, diese ungeschönte. Wissen Sie was? Wenn der Freud mich fragen würde, ich täte mich sofort vor ihm ausziehen und hinlegen. Ich stell mir das wie eine Befreiung vor, eine himmlische.«

Sie zeigt auf das Bild, das die ganze Seitenwand für sich beansprucht:

»Vor diesem Bild hatten wir uns übrigens verabredet: *Large interior nach Watteau*.«

Meine Augen wandern über die größte Leinwand im Raum. Vier Personen sitzen – wie für ein Familienfoto aufgereiht – auf einer Liege. Ein Mädchen, das ihre rechte Hand auf das Knie der Mandolinenspielerin neben sich legt. Ein zweites Mädchen mit einem bunten Fächer. Dazwischen eingezwängt ein junger Mann mit unsicher verschränkten Händen. Ihnen zu Füßen liegt ein Kind auf dem Rücken. Hinter dem Bett steht eine halb vertrocknete Zimmerstaude. Die grauen Wände sind fleckig. Die Wasserrohre auf dem Putz verlegt. An der linken Wand befindet sich ein eckiges Waschbecken. Ein Wasserhahn läuft. Drei der Fenster sind mit beigen Jalousien verhangen. Ein schmales Fenster gibt den Blick frei auf einen tristen Hinterhof.

Elisabeth zeigt mir den im Katalog abgebildeten Watteau, auf den Freud sich bezieht: Pierrot Content. Die Szene spielt im Garten. Die Personen sitzen auf einer Parkbank. Ein Mann, der die Mandolinenspielerin anhimmelt. Die verzückt spielende Frau. Der zufrieden dreinschauende Pierrot. Der auf dem Boden hockende junge Mann, der eifersüchtig die zweite Dame umwirbt.

Bei Freud schrumpft die Parkanlage zur ramponierten Begonie. Die Natur ist tot. Nur der Wasserhahn fließt. Trübe Erinnerung an den Springbrunnen. Keiner der Personen weiß genau wohin mit den Händen. Jeder schaut an jedem vorbei. Keine eingeübte Geste hilft. Nur nackte Gesichter. Fleisch pur.

»Dieses Gemälde lässt mich wirklich erschaudern«, sagt Elisabeth, »und ist doch viel ehrlicher als bei Watteau, beim Altmeister. Keine sozialen Rollen und keine Gesten, keine antrainierten, dienen den Fünfen als Schutz, als letzten. Und doch spürt man diese unglaubliche Präsenz der zusammengerückten Leiber. Spüren Sie das? Wie eine Mauer, eine fleischgewordene, verteidigen sie sich gegen die wüste Leere ringsum. Diese Personen sind ehrlicher, Sie würden vielleicht sagen: authentischer in ihrem Ausdruck als bei Watteau. Wie oft werden sie dort gesessen haben, bis schließlich jede Maske fiel, bis die Körper ernüchterten und ermüdeten und erschlafften zum reinen Ausdruck. Durch die Fleischlichkeit dieser Gesichter scheint anderes hindurch, oder? Sehen Sie es? Liegt in diesen Bildern nicht ein tiefer, erlebbarer Trost?«

Ich lasse mir Zeit mit der Antwort. Kunst könne trösten, hat mir bei einer Zwischenprüfung mein Philosophieprofessor gesagt, ein Spezialist der Ich-Du-Philosophie, der sich bis zur Überforderung den Studenten zuwandte. Dieser Satz, offenbar ein

Schwergewicht, kommt jetzt wieder an die Oberfläche. Trost. Ich hatte längst das Wort in Pension geschickt. Ich belasse es bei einem knappen Satz.

»Wie tröstlich können Falten und Runzeln sein.«

»Sagen Sie das nur nicht der Kosmetikindustrie, der mächtigen. Die mögen das gar nicht. Die hassen jedes Kreaturgefühl, auch das morgendliche, den ernüchternden Blick in den Spiegel. Die mögen lieber Watte und Eau de Cologne.«

110

Ich kaufe einen Kunstkatalog. Normalerweise hasse ich es, ein Museum mit einem Katalog unter dem Arm zu verlassen. Das riecht nach Thomas-Mann-Bildungsbürgertum. Diesmal ist es anders. Ich muss das Buch einfach besitzen.

Wir trinken in der Cafeteria noch einen Tee. Spazieren über den Holzsteg zurück durch die Innenstadt zum Bahnhof und nehmen den InterRegio Richtung Bremen. Ihr Angebot, noch eine Nacht in Bremen zu bleiben, akzeptiere ich gerne. Beinahe die ganze Nacht über wälzen wir Fotoalben und reden. Auf dem Weg zum Bahnhof verrät mir mein Blick in den Spiegel eines Schaufensters, wie ähnlich mein Gesicht den Gesichtern Freuds geworden ist.

Ich bin mir unsicher, ob ich mich darüber freuen soll.

111

Ich besteige den ICE *Veit Stoss* Richtung München über Hannover, Göttingen, Kassel-Wilhelmshöhe, Fulda, Hanau, Frankfurt, Mannheim, Stuttgart und Augsburg.

Ich kenne eine Frau, die mit erstaunlicher Konsequenz nur dicke Männer liebt. Mein Nachbar erinnert mich an ein Porträt Freuds: dicke Fleischwürste mit kurzen, roten Nackenhaaren und ein ausladendes Doppelkinn bedecken vollständig den Halskragen, und nur dann, wenn mein Nachbar Sachen aus dem Gepäcknetz fischt – jedes Mal muss ich dann auf den Gang hinaustreten – sehe ich den kleinen Knoten seiner Lederkrawatte. Er hustet nicht wirklich, sondern schlägt nur an und presst dabei mühsam die Luft aus sich heraus. Jede kleine Anstrengung lässt Schweiß auf seine Stirnglatze treten, als wäre er soeben unter einem Rasensprenger durchgelaufen. Er kommt mir seltsam vertraut vor. Zumindest ahne ich jetzt, was die Bekannte an dicken Männern begeistert.

Als der dicke Mann eine kleine Exkursion Richtung Speisewagen unternimmt, streiche ich das Stück einer Zeitung glatt, die er um ein in Silberpapier eingewickeltes Fleischpflanzerl (norddeutsch: Frikadelle, berlinerisch: Bulette) geschlagen hatte. Die Überschrift machte mich neugierig:

SHAKESPEARES IDENTITÄT GELÜFTET

Nun glaubt man lange alle Shakespeare-Sonetten vollständig zu besitzen – und nun diese Entdeckung. Ein junger Immobilienmakler findet auf dem Dachboden eines kleinen Hauses in der Grafschaft Kent einen kleinen Druck mit fünfundvierzig bisher unbekannten Shakespeare-Sonetten, darunter auch Urformen der Sonette: A woman´s face with Natur´s own hand painted; How can my Muse want subject to invent; So are you to my thoughts as food to life. Nach Auskunft der Experten besteht über die Echtheit der Schriften kein Zweifel. Aber nicht nur das, zugleich ist damit auch das Geheimnis gelüftet, wer denn Shakespeare nun wirklich gewesen...

An dieser Stelle hört die Notiz auf und ich kann nur hoffen, mein fetter Nachbar habe auch die andere Seite der Zeitung für die Alimentierung seiner Bedürfnisse verwendet. Leider kommt er bis Hannover nicht an seinen Platz zurück und in allen Zeitungen, die ich mir im Bahnhof kaufe, entdecke ich keine entsprechende Meldung.

112

Vielleicht haben Sie immer darauf gewartet, Frau Birus, auf dieses vernutzte Wort, KREATURGEFÜHL, nun ist es gefallen, in einem wohl temperierten Museumssaal vor einem jungen Meister aus dem Munde einer Alten, einer weisen und resoluten und drahtigen und runzeligen Frau, IHRE GESTALT IST ALTERND, SCHÖN IST SIE NICHT, ihre rechte Hand, von Altersflecken übersät wie Druckstellen auf Fallobst, ruhte lange auf meinem Arm, viel länger als damals bei Karin aus Geislingen, oft ließ sie, wenn sie sich über Besucher ärgerte, den Kopf vor- und zurückschlenkern. Vor uns promenierten Damen, die sich hinter vorgehaltener Hand zunächst mokierten, ihre teuren Handtaschen wie Schutzschilder von der Armbeuge hinunter vor ihre Scham baumeln ließen, als seien die ausgestellten Bilder Spiegel, die sie selbst auf die Leinwand projizierten, unentdeckte Falten an den Strumpfhosen wirkten wie hinterhältige Kommentare zur eigenen Körperspannung, dann aber trat bei fast allen eine seltsame Wandlung ein, die Verkrampfung wich aus ihren Gesten und die Handtaschen verwandelten sich zurück in Schmuckstücke, diese Porträts blieben ihnen nicht schnurz, sie schauten hin, verstört zunächst und verärgert, das Wort ›unappetitlich‹ fiel, wurde aber vom anhaltenden Schweigen korrigiert, sie waren fasziniert und erschrocken zugleich. TREMENDUM ET FASCINANS. Wir standen oder saßen vor echten Heiligen, und die, die sich beugten, um das Schild neben den Bildern lesen zu können, schienen sich wirklich vor

Heiligen zu verbeugen (eine göttliche Ironie, Frau Birus), WARUM VERNEIGEN WIR UNS VOREINANDER, wenn nicht der Heiligkeit wegen, eine ästhetische Andacht herrschte in diesem Raum, Freud schreibt mit dem Pinsel die ganze Lebensgeschichte dieser Menschen, ein seltsames Zwischen von Realität und Fiktion, jedes Gesicht bekommt in dieser Verdichtung (wie soll ich es nennen, Frau Birus, bitte, bitte entschuldigen Sie dieses Fremdwort!) einen Seinszuwachs, ist alles in einem Augenblick, man glaubt diese Personen, obwohl man ihnen nirgends begegnet ist, zu kennen, diese Porträts drängen auf eine Wiedererkennung, unzweideutig, und wahrscheinlich lernen diejenigen, die mit diesen porträtierten Menschen einen wirklich vertrauten Umgang pflegen, diese Personen auf den Bildern viel intensiver kennen als im bisherigen Alltag. Hier wird nichts beschönigt, Frau Birus, hier wird keine Falte und keine Runzel und kein Pickel und kein Fettpolster verschwiegen, das Altern wird gefeiert, diese Figuren sind nackt, ein FKK-STRAND an den Wänden, aber die Figuren werden nicht bloßgestellt, verzeihen Sie mir diese HERZENSERGIESSUNGEN EINES KUNSTLIEBENDEN KLOSTERBRUDERS, ich hasse den Sturm und Drang und die Romantik, aber diese Figuren werden in ihrer Verwundbarkeit und Nacktheit und Verletzlichkeit behütet gezeigt, ein ästhetischer, gewaltloser Widerstand, die Schutzlosigkeit dieser Leiber bietet eine Grenze für unser Ergreifenwollen, wir werden In-Frage-gestellt von diesen Gesichtern und zurückgebunden an diese Bedeutung, die aus den Bildern spricht, Frau Birus, hier erlebte ich die Urbedeutung des Begriffs Religion, RÜCKBINDUNG, wir fühlen uns rückgebunden, hier, in dieser Sinnlichkeit und Nacktheit und Verwundbarkeit zieht die Spur des Unendlichen. Vielleicht meinten Sie das damals in der Toilette, als ich beinahe nackt vor Ihnen stand, in der Tat, nicht im Denken, sondern in der Sinnlichkeit gibt es Zugänge zur Religion, und der Freud, der Maler, nicht der Meister der Triebe (ich habe nichts gegen den alten Freud, Frau Birus, aber ich habe mich vor ihm immer so gefürchtet wie vor Feuerbach,

Freud I ist eine Art Feuerbach II, verstehen Sie?) entdeckt das eigentlich Humane, er erzählt mit dem Pinsel eine wahre Geschichte über den LEIB, DER DAS ENDE ALLER WERKE GOTTES ist. Wenn es denn überhaupt einen Gottesbeweis gibt, dann diesen ästhetischen, vielleicht vielleicht vielleicht ist es der Augenblick, wenn das nackte, alternde – aber es kann auch blutjung sein – und ungeschönte und verwundete Fleisch das Kreaturgefühl der Zuneigung wachruft.

Entschuldigen Sie, Frau Birus, meinen himmlischen Überschwang. Ich bin offensichtlich leicht betrunken. UND ENTZÜNDET IN DIESEM AUGENBLICK.

Mag sein, dass mich die Reise krank macht.

Mag sein, dass ich bereits debil werde.

Mag sein, dass ich mich lächerlich mache.

Mag sein, dass ich ein Opfer Freuds (Freud II) geworden bin.

Aber auf diesem Altar opfere ich mich gerne.

Das gefleckte Band aus St. Ingbert

113

Unser Minibar-Angebot:

Mamortopfkuchen: 3,60 DM; Croissant: 2,00 DM; Vollkornschnitte mit Käse und Salami: 4,80 DM; Intercity Baguette: 5,50 DM; Sandwich: 5,40 DM; Bockwurst mit Brot: 4,40 DM; Pittjes Erdnüsse: 1,60 DM; BI-FI Jumbo: 2,30 DM; De Beukelaer Prinzenrolle: 2,00 DM; Schokoriegel, Balisto Schokoriegel je 1,60 DM; Kopfhörer: 7,00 DM; Kakao Nesquik: 2,60 DM; Kaffee löslich und HAG (entcoffeiniert): 4,40 DM; Apfel- und Orangensaft: 4,30 DM; Selters: 3,90 DM; Fanta & Coca-Cola: 3,90 DM; 1997er Gau-Köngernheimer Vogelsang: 9,50 DM; 1998er Ellerstadter Dornfelder Rotwein: 9,50 DM; Asbach Uralt: 6,70 DM; Fernet Branca: 4,10 DM; Bier Pils: 5,30 DM; Rotkäppchen Sekt: 11,30 DM. Ich wähle Pittjes Erdnüsse.

Regen wie eine Bleistiftschraffur.

114

Mein Lieblingsbuch! Das Gewebe des Textes ist zu meiner Netzhaut geworden, die alte hat sich abgelöst, war, ohne dass ich es gemerkt habe, längst verschlissen und verbraucht. (ICH BIN NICHT LÄNGER EIN BEWOHNER DES ELFENBEINTURMS, Frau Birus.)

Ich werde dieses Buch hüten, wie den eigenen Augapfel und niemals verleihen.

Ich hasse es, Bücher auszuleihen und zu verleihen. Einer traumatischen Erfahrung wegen.

Unweit des schwesterlichen Lieblingsbuches, dessen grünen Einband ich noch erinnere, als Autor allerdings vage Blyton vermute, lagen im Regal meine Lurchi-Hefte, die ich von dem blaubekittelten und immer Leder ausdünstenden Schuhmachermeister als Bestechungsgeschenk akzeptierte, wenn zur Herbst- und Frühjahrssaison, der Qualität wegen, so meine Mutter, Salamander-Schuhe gekauft wurden, willst du diese Saison nicht doch wieder Sandalen probieren, so meine Mutter, ich jedoch verweigerte nach einer Saison Erfahrung mit Steinchen im Schuh diesen Kauf, überließ ansonsten aber gelassen Modell- und Farbwahl meiner Mutter, weil ich um das neue Lurchi-Heftchen wusste. Nach müden Versuchen mit den Büchern meiner Schwestern stieg ich wieder auf Comics um, »Bessie« geheißen, ein Colli wie Lassie, ebenfalls Farmerhund, ein schon damals nahezu politisch korrekter Comic. Beinahe wäre ich dann doch noch frühzeitig zum hemmungslosen Bibliothekenbesucher mutiert, weil meine Mutter mich nach meinem neunten Geburtstag, offensichtlich meinend, es sei nun an der Zeit, zur Gemeindebücherei mitnahm, wo eine Bekannte meiner Mutter mich sah und sofort meinte, sie habe etwas für den Juniorchef, ein in der Tat wirklich faszinierendes Buch, »Onkel Toms Hütte«, in das ich mich zu Hause sofort vertiefte, begeistert, wirklich begeistert, bis ich nach etwa zwei Dritteln des Buches auf der Mitte der Seite einen unzweideutig als getrockneten Popel zu identifizierenden Flecken sah, der mich würgen lies und einen Ekel erzeugte, der es mir unmöglich machte, wieder in die Bücherei zu gehen. Dieser Ekel ist mir bis heute geblieben und Grund meiner manischen Bücherkaufwut. Ich lege Wert auf jungfräuliche Lektüren. (Und ich popele niemals wärend der Lektüre, Frau Birus. Übrigens: Ich habe eine Schwäche für Comics behalten.)

115

Nichts in der Welt ist mir peinlicher, als wenn ich jemandem sagen soll, wer ich bin; denn man wird schwerlich einen Menschen finden, den ich nicht besser beschreiben kann als mich selbst, und ich habe mir oft gewünscht, ich könnte es mit einem Wort tun und hätte es damit hinter mir. Dies war jedoch das einzige Mal und die einzige Gelegenheit in meinem Leben, da es mir einigermaßen gelang; denn da Shakespeare auf dem Tisch lag und ich mich erinnerte, dass ich in seinen Werken vorkam, nahm ich den Hamlet in die Hand, schlug die Totengräberszene im fünften Akt auf und wies mit dem Finger auf Yorick, *und indem ich dem Grafen das Buch vorhielt und den Finger auf dem Namen liegen ließ, sagte ich:* »Me voici!«

116

Bis vor drei Jahren hätte mich der Anblick noch emphatisch gestimmt. Ein DIN-A 4 großer brauner Umschlag, möglichst prall gefüllt, offenbar schützend wattiert, lukt aus meinem Briefkasten heraus. Kleinod, Geschenk, Manuskript, von Mutter, Freundin oder Kollegen auf den Weg gebracht? Der neugierige Blick auf den Absender, begleitet vom Sinken oder Ansteigen der Vorfreude: Eine neue Kaffeebeigabe der Mutter, ein recycletes Geschenk der aufgelösten Beziehung, ein Manuskript von Giovanni aus Vicenza; oder, das seltenere Szenario, ein Absender, der nicht sofort ein Gesicht aufruft. Student? Studentin? Who is who?, alles stehen und liegen lassen, sofort nachsehen. Diese himmlische Unbekümmertheit ist dahin, weil vor Jahren Briefe in Österreich pyrotechnische Nebenwirkungen transportierten. Von der Macht der Fernsehbilder noch immer überwältigt, habe ich neulich einen mir verdächtigen Umschlag in das Gefrierfach des Kühlschranks gelegt – das schien mir sehr intelligent – und dann am nächsten Tag eine tiefgefrorene Seminararbeit zum Thema »Das Absolute und das Endliche. Die Kehre im späten Denken Schellings« vorgefunden.

Auch heute bin ich skeptisch, denn ein Absender fehlt, und die Handschrift, die die Adresse der *Süddeutschen Zeitung* notiert hat, wirkt ungelenk. (Vielleicht mit Absicht verstellt oder nur Unsicherheit dokumentierend?) Erwartet mich die postalisch zugestellte Bombe einer militanten Atheistin?

Mein taktiles Know How reicht nicht aus, um den Gegenstand eindeutig zu identifizieren: Ein harter Widerstand, rechteckig, aber keine Schachtel oder Kiste oder Buch, denn ich erfingere zwei Ausbuchtungen oder Aushöhlungen, schüttele, klopfe, horche, reiße mit verbissener Spontaneität den Umschlag auf und halte eine Videokassette in der Hand (Stichwort: taktiler Analphabetismus).

Erstaunlich, dass bisher alle Frauen nur Briefe geschickt haben, denn die Selbstdarstellungen im fortlaufenden Bild durch stimmliche Modulation und gestischen Ausdruck bieten viel mehr Möglichkeiten als Brief und Standfoto. (Rückfrage an mich selbst: Hätte ich alle Frauen aufgesucht, wenn ich mir vorher ein Video angesehen hätte? Wahrscheinlich nur die 501!)

117

Ich überfliege die Post. Viel Werbung.

Ich sehe, wie meine Beine vor dem Kühlschrank Halt machen. Zwei Becher mit Buttermilch. Geblähte Deckel. Mumifiziertes Brot. Vertrockneter Schinken mit schwarzen Inseln wie Hautkrebs. Schwitzende Scheiben Käse.

Ich sortiere die Wäsche, überprüfe jede Hosentasche, ob vergessene Eintrittskarten die Wäsche hässlich verfärben könnten, und beginne mit der Kochwäsche. Erst nachdem ich den Startvorgang wiederholt habe, setzt sich die Maschine in Gang, widerwillig, als habe sie mich noch nicht erwartet.

Ich dusche ausgiebig, abwechselnd heiß und kalt. Ich drapiere mir ein Handtuch wie einen Turban um den Kopf, obwohl die Haare inzwischen den Erkältungsviren keine seriöse Landefläche bieten.

Ich gehe beinahe achtlos an den Zeitungen vorbei, die meine Nachbarin aufgeschichtet hat, schaue mich im Zimmer um, mein Blick bleibt am Fernseher hängen, ich lege die Kassette in den Videorecorder, schalte den Fernseher ein, nehme die Fernbedienung, setze mich, drücke auf den grünen Pfeil und warte. Der Bildschirm bleibt schwarz, ich höre zunächst nur eine Stimme, eine aufgeregte und zugleich erschöpfte Stimme aus dem Off:

»Ich hoffe, Sie sind kein Lügner. Wenn Sie wirklich ein Pastor oder ein Priester oder ähnliches sind, müssen Sie mir gefälligst zuhören. Dann ist es Ihre verdammte Pflicht. Sollten Sie sich mit Ihrer Anzeige aber nur einen Spaß erlaubt haben, um sich Vertrauen bei den Leserinnen zu erschleichen, warne ich Sie eindringlich, sich das Videoband anzuschauen. Es würde Sie überfordern und nicht schlafen lassen. Beides kann nicht in Ihrem Interesse sein. Ich möchte eine Beichte ablegen, denn ich muss mein Gewissen erleichtern, kenne aber niemanden, dem ich mich anvertrauen kann. Spulen Sie die Kassette auf Bandmeter 30 vor, dort beginnt meine Geschichte. Ich werde ganz unverschleiert reden. Wenn Sie allerdings ein kleiner perverser Betrüger sind, dann befehle ich Ihnen jetzt das Band sofort zu stoppen.«

Der harsche Tonfall des letzten Satzes lässt mich auf den Stop-Knopf drücken. Heute Nacht würde ich extrem gerne gut und ausgiebig schlafen. Die erste Nacht im eigenen Bett. Ich stehe auf und sehe mich die Nummer von Frau Birus wählen. Vielleicht findet sie Zeit, das Videoband zusammen mit mir anzusehen, doch dann unterbricht meine Hand den Kontakt, wahrscheinlich war ich nur mit dem Anrufbeantworter verbunden.

Astrid, denke ich, Astrid, und fingere ihre Nummer aus meinem Portemonnaie.

»Hallo Astrid«, sage ich, »ich bin… »

»Hallo«, unterbricht sie mich. »Ich hatte schon auf deinen Rückruf gewartet. Ich hatte dir auf Band gesprochen. Bist du gut angekommen?«

Ich bejahe, ja, ich würde mich auch freuen, sehr sogar, von ihr zu hören, und würde den Landschaften zürnen, die zwischen Greifswald und München lägen. Ob ich sie um einen Gefallen bitten könne, ja, das könne ich natürlich, also, ich hätte bei der Post ein mysteriöses Videoband vorgefunden, auf dem eine Frau offensichtlich eine aufregende Beichte ablegen wolle.

»Ich bin nicht in der Stimmung, mir das Band alleine anzuschauen«, bettle ich.

»Kein Problem! Lege den Telefonhörer neben den Lautsprecher. Dann höre ich mit.«

»Das ist lieb«, antworte ich, deponiere den Hörer neben dem Lautsprecher und spule das Band vor. Auf dem Bildschirm erscheint eine etwa fünfzigjährige (fünfundvierzigjährige?) Frau, halb verschattet, mit hochgesteckten Haaren und einer steinernen Müdigkeit im Gesicht.

»Mein Vater lebt nicht mehr. Ich habe ihn beerdigt. Viele Hände musste ich schütteln, aber niemand registrierte das Blut an meinen Fingern. Viele Reden hörte ich, aber niemand sah, wie ich innerlich laut lachte. Viele Beileidsbriefe las ich, niemand ahnte, wie ich sie mit Lust zerriss. *Herzliches Beileid? Wir wünschen Ihnen Kraft bei dem Verlust des lieben Heimgegangenen?* Unsinn. Mein Vater war ein Tyrann im Kleinen, ein Durchschnittsdespot. Das war er. Seine erste Masche, mit der er seine Macht zusammenstrickte, nahm er bereits vor der Hochzeit auf. Mein Vater kam als Spätheimkehrer aus russischer Gefangenschaft zurück. Vier Jahre hatte meine Mutter auf ihn gewartet. Er spürte wohl keine Lust mehr, sie zu heiraten. Es soll schreckliche Szenen gegeben haben. Weinkrämpfe, Schreikrämpfe, Selbstmorddrohungen, meine Tante erzählte mir, es sei auch Blut geflossen, wie gesagt, meine Tante, von meiner Mutter nie ein Wort. Er hat dann Mutter doch geheiratet, und sich damit ihre Dankbarkeit erkauft. Sie hatte dankbar zu sein, dankbar und nichts als dankbar. Und wehe, wenn sie nicht dankbar war, dann ließ er sie es spüren: Vielleicht gefällt dir das nicht, sagte er dann, aber ich habe mir auch einiges anders vorgestellt, das kannst du mir glauben. Meine Mutter schwieg immer mit zusammengekniffenem Mund. Ich glaube, ihr Mund wurde im Laufe der Jahre immer schmaler. So verbissen schaute sie. Als Handelsvertreter nahm er sich alle Freiheiten, die ihm der Beruf bot. Er nutzte sie rücksichtslos. Und seine ständige Abwesenheit missbrauchte er dann als Argument, um sich zu Hause zu entlasten. So blieb einfach alles an meiner Mutter hängen.«

Die Frau auf dem Bildschirm räuspert sich und nimmt einen Schluck aus der Kaffeetasse, die vor ihr auf dem Tisch steht.

»Kannst du alles verstehen?«, frage ich schnell Astrid.

»Ja, ich kann alles prima verstehen.«

»Achtung! Es geht schon weiter.«

»Mein Vater ließ nichts unversucht, um auch mich in die Dankbarkeitsmasche zu verstricken: Ein kleines Geschenk für die Puppenstube, ein Buch, ein paar Murmeln. Ist das etwa nicht nett?, fragen Sie vielleicht. Natürlich habe ich mich darüber gefreut. Aber es waren keine Geschenke, die von Herzen kamen, es waren Druckmittel, nichts anderes. Ob ich von meinem Vater ein Geschenk bekam, hing immer davon ab, ob ich auch artig gewesen war. Artig, fragte mein Vater, warst du auch artig? Welches Kind ist immer artig, hat nie Langeweile, nörgelt und quengelt nie? Hatte Mutter einen schlechten Tag, dann wurde die Artigfrage verneint. Nein, Monika war ganz unartig und ungezogen. Ich war dann plötzlich ein verdorbenes Kind. Natürlich wurde es nichts mit dem Geschenk. Dann wurde nicht groß diskutiert. Und Auflehnung war leider nicht mein Ding. Ich bin harmoniesüchtig. Rebellisch kann ich nicht sein. Bekam ich das Geschenk dann doch, dann wurde von mir erwartet, ich würde mich mit dem Geschenk in Luft auflösen. Und wehe die Verwandlung funktionierte nicht! Wehe ich blieb sichtbar und hörbar! Ich glaube, du verdienst kein Geschenk. Das muss ich mir merken. Ein Geschenk verdienen!«

Sie wiederholt noch einmal leise den Satz und schüttelt den Kopf.

»Ein Geschenk *verdienen*. Heute bin ich mir ganz sicher: Vater ließ die Geschenke von seinen Freundinnen besorgen, das waren die ihm schließlich schuldig, als Dankeschön für seine Heimsuchungen. Weil die Geschenke oft abgestoßen und verkratzt waren – hat mein Vater wirklich geglaubt, ein Kind entdeckt nicht die Benutzerspuren und den Schweiß von anderen Kinderhänden? Lächerlich! – also, diese Geschenke entstammten sicherlich den Kinderstuben seiner Geliebten. Tante Gerti, ich musste sie Tante nennen, mein Vater wollte das so, Tante Gerti also, eine schlanke, rothaarige Frau mit einem schrecklichen Sohnemann – ihr eigener Mann soll bei einem Autounfall ums Leben gekommen sein – kümmerte sich um Vater, beziehungsweise mein Vater kümmerte sich um Tante Gerti – reizend, oder? Mindestens einmal die Woche arbeiteten beide oben in Vaters Arbeitszimmer. Mutter brachte Tee und Kekse hoch und kochte abends Braten, den es sonst sehr selten gab. Und ich, ich durfte abends mit dem Sohnemann spielen, der alle meine Spielsachen einfach blöd fand. Einen Sommer lang ging Tante Gerti auch mit uns am Wochenende spazieren oder mit in ein Haus ins Elsass, das, wie ich erst jetzt dem Testament entnehme, meinem Vater gehörte. Irgendwann war Tante Gerti dann nicht mehr da. Plötzlich gab es sie nicht mehr. Mama, wo ist Tante Gerti? DIE ist weggegangen, sagte meine Mutter, und in diesem DIE lag der ganze Schmerz eines langen Sommers. DIE arbeitet jetzt woanders. Dann kam ganz unregelmäßig eine Karte ›und gib der Moni noch einen Kuss von mir‹, das tat natürlich niemand, nur mein Vater streichelte mir über den Kopf und sagte: Der Gerd fehlt dir sicherlich zum Spielen, oder?, ein ganz lieber ist das, so einen Sohnemann hätte ich auch gerne gehabt, und nach solch einem Satz schrumpfte meine Mutter wieder einige Zentimeter. Die klebrige Masse der Tanten löste sich erst auf, als ich auf dem Gymnasium die Oberstufe erreichte. Ich habe also mehr Tanten gehabt, als mir und meiner Mutter lieb war!«

Sie spielt kurz mit dem Anhänger ihrer Kette. Kein Fingerring, konstatiert mein durch die Reise geschärfter Blick. Auch kein Nagellack. Eine ganz unauffällige Frauenhand.

»Wie gerne hätte ich einen Hund gehabt, keinen großen, einen knuddeligen, aber mein Vater mochte keine Hunde. Wenn das Fell nass ist, stinkt die ganze Wohnung. Nein. Pfui. Überall Haare. Dann hat Mutter nur noch mehr Arbeit. Das wollte ich natürlich nicht, also blieb ich hundelos. Geweint habe ich nur kurz. Gefühle zeigen, das gab es bei uns nicht. Erst später begriff ich, wie sehr Vater die Hunde hasste. Ein einziges Mal in seinem Leben habe ich Ekel in seinem Gesicht gesehen. Zuerst registrierte ich im Garten nur seine gequälten Gesichtszüge, dann merkte ich, wie er humpelte, er setzte nur den Hacken seines rechten Schuhs auf, als habe er ein steifes Bein. Noch im Garten rief er: Gerda, du musst mir helfen, Gerda, du musst mir helfen! Meine Mutter eilte sofort herbei, sah die Bescherung und zog ihm beide Schuhe aus. Auf Strümpfen kam er zu mir auf den Rasen. Vater sagte: Ich könnte die Viecher abknallen. Alle. Weg damit. Und die Hundebesitzer gleich mit. Alle abknallen! Nicht schade drum. Sind auch bloß Dreck. Wie Dreck behandelte er auch meine Mutter, dachte ich in diesem Augenblick, sprach den Satz aber natürlich nicht aus. Seit dieser Szene habe ich meinen Vater gehasst, ohne es deutlich zu wissen. Ich musste ja funktionieren, und ich habe funktioniert. Und wie! Mein Vater erwartete von mir ein gutes Abitur, ich habe es ihm geliefert. Als ich ihm sagte: Ich möchte gerne Archäologie studieren, sagte er, das komme gar nicht in die Tüte. In die Tüte kam Medizin: Die erste Medizinerin in der Familie, posaunte er immer, wenn Freunde oder Verwandte kamen, alles andere interessierte ihn nicht. Ich habe also Medizin studiert, in den Semesterferien gearbeitet, und dann das Examen samt Promotion bestanden. So unauffällig wie ich gespielt habe, so unauffällig habe ich studiert. Ich hatte wenig Kontakt zu den Kommilitonen. In die meisten Cliquen passte ich nicht richtig rein. Nur so oberflächliche Bekanntschaften. Tja. Das gehört alles mit in meine Geschichte rein. Diese Bindungsschwäche. Ach so, richtig. Die Medizin. Ob mir die Medizin gefällt, weiß ich bis heute nicht zu sagen. Mich strengt die Arbeit sehr an, Spaß macht sie mir selten. Spaß empfinde ich nur, wenn ich durch ein archäologisches Museum streife und wenn ich nach Ägypten fliege, jedes Jahr mindestens ein Mal. Damit habe ich wirklich was am Hut. Das Tote macht mir mehr Spaß als das Lebendige. Zehn Jahre arbeitete ich in der Klinik, dann übernahm ich eine kleine Praxis in der Nähe von St. Ingbert. Jeden Morgen um acht Uhr empfange ich die ersten Patienten, auch jetzt noch, obwohl Blut an meinen Händen klebt.«

Sie steht auf und geht aus dem Bild. Als sie zurückkommt, raucht sie.

»Meine Mutter war immer sehr stolz auf mich. Deshalb spielte ich wenigstens ab und zu gerne Ärztin. Sie hat mich, so glaube ich, sehr gemocht und fand mich richtig toll. Vielleicht ist das nicht der richtige Ausdruck. Sie war einfach erleichtert, dass ihre Tochter auf eigenen Füßen stehen konnte und ihren Mann nicht mit vielen Tanten teilen musste. Deshalb hat sie mich auch niemals zum Heiraten gedrängt. Und meinem Vater missfielen alle meine Freunde grundsätzlich. Eine Ärztin und ein Klempner. Das harmoniert nicht. Und so bin ich nicht mehr mit dem gegangen, obwohl er kein Klempner war, sondern Elektrotechnik studierte. Für Vater waren alle Männer, die auf eine Heirat hinsteuerten, Klempner. Ich habe also niemals geheiratet, sondern immer nur lockere Verbindungen gepflegt, die mir meine Freiheit ließen. Mein Vater sagte: Du machst das ganz richtig. Nur nicht festlegen. Erst da merkte ich, wie er mein Leben als kluge Ratifizierung seiner Affären auslegte. Vielleicht bin ich meinem Vater auch viel ähnlicher als ich es wahrhaben will. Eben doch sein Herzepüppele, wie er früher gelegentlich sagte. Schon möglich.«

Sie massiert mit der rechten Hand ihren linken Oberarm und schaut kurz nach unten, als frage sie die Souffleuse.

»Woher Mutter nur diese innere Ruhe hatte! Wenn sie sich an den langen Abenden, an denen Vater seine Verwandtschaft besuchte, mit einem Buch in ihre Couch zurückzog, dann verschwand die nervöse Unruhe aus ihrem Gesicht. Schon nach wenigen Seiten verwandelten sich ihre Gesichtszüge, wurden weicher, gelassener, strahlender. Sie legte, wie soll ich sagen, eine innere Schminke auf, die auch noch vorhielt, wenn Vater plötzlich mit einer Tante im Zimmer stand. Ich habe ihre Verwandlung oft beobachtet, dann, wenn ich im gegenüberstehenden Sessel meine eigene Schminke auftrug. Literatur gab ihren Träumen die richtigen Worte. ›Die hässliche Herzogin Margarethe Maultasch‹, ›Goya‹, ›Die Jüdin von Toledo‹, beinahe den ganzen Feuchtwanger las Mutter. Und Fallada, ›Wolf unter Wölfen‹ und ›Jeder stirbt für sich allein‹. Thomas Mann mochte sie nicht, ihr war der Heinrich lieber. Also habe ich Mutter zu jedem Anlass Bücher geschenkt. Lebensfutter. Gesichtsschminke. Den ersten Böll, dem sie von da an treu blieb. Bis zu den Böll-Tagen war meine Mutter eine Gewohnheitschristin, wenig engagiert, kaum aktiv. Zwar schickte sie mich zur Sonntagsschule, vielleicht aber auch nur, um sonntags eine Stunde Ruhe zu haben. Mit Böll wurde das anders. Ich will nicht übertreiben, aber meine Mutter gehörte im Saarland zu den ersten aktiven Böll-Christen. Sie hat sogar einmal an einer Sitzblockade in Mutlangen teilgenommen – ohne dass Vater etwas davon erfuhr. Durch Böll legte sie die falsche Heuchelei ad acta. Man merkte es an kleinen Gesten. Es lag nicht in Mutters Art, laut zu revoltieren. Nein. Das konnte sie nicht. Aber sie weigerte sich von einem auf den anderen Tag, Vater ein sauber gebügeltes Taschentuch einzustecken. Wozu brauchst du jeden Tag ein frisches Taschentuch! Oder bist du etwa verschnupft? Es war wohl der Tonfall, in dem diese häusliche Änderung vorgetragen wurde, die meinen Vater verstummen ließ. Wahrscheinlich hat eine der Tanten diesen Liebesdienst übernommen. Bei ihren Freundinnen sagte sie nicht mehr: Dieter ist auf Geschäftsreise, sondern: Dieter legt mit Tante Gerti eine Sonderschicht ein. Ich will nicht übertreiben, aber Böll schenkte ihr immerhin soviel Entlastung, dass sie nicht restlos verbitterte. Ohne Böll wäre sie vielleicht zehn Jahre früher gestorben. Dann aber hätte sie nicht miterlebt, wie ich meine eigene Praxis übernahm. An jenem Abend, als wir die Gläser für den kleinen Empfang putzten, sagte sie mir, wie glücklich es sie mache, dass ich mich durchgeboxt habe. Sie sagte: durchgeboxt. Wahrscheinlich wusste sie an diesem Abend schon von ihrer Krankheit. In meiner Aufregung habe ich es nicht gemerkt. Erst viel später. Diese scheinbar beiläufigen Fragen, ob die Medizin denn bei diesem Krankheitsbild schon weiter gekommen sei, ob es denn Therapiemöglichkeiten gäbe, ob es ein langes Leiden bedeute. Es wurde kein langes Leiden. Meine Mutter starb bei einem Verkehrsunfall. In einer Linkskurve fuhr sie gegen einen Lastwagen. Sie war nicht angeschnallt. Und mein Vater? Mein Vater erschien auf der Beerdigung mit Tante Gerti. Seit diesem Auftritt hasste ich ihn von ganzem Herzen.«

Sie steckt sich eine neue Zigarette an und saugt den Rauch tief in sich ein.

»Ja, wie ging es dann weiter? Vater hat nicht wieder geheiratet. Er ist bei der Tanterei geblieben. Wir pflegten kaum Kontakte, bis vor drei Jahren, als mich das Krankenhaus anrief und mir mitteilte, mein Vater sei mit einem Apoplex eingeliefert worden – Schlaganfall, verstehen Sie? Wo waren nur seine Tanten, diese Heerscharen von Tanten? Die zogen sich zurück. Ein geordneter Rückzug mit Briefen und Telefonaten. Nur ich blieb übrig. Mein Verwandtschaftsgrad war der härteste. Zunächst habe ich ihn in einem Pflegeheim untergebracht. Aber die Kosten sind enorm und ich hatte natürlich keinen wirklichen Grund, ihn nicht aufzunehmen. Also habe ich den Mietern des Elternhauses gekündigt und bin mit meinem Vater dort wieder eingezogen. Er lebte richtig auf. Trotz seiner halbseitigen Lähmung konnte er sich im Garten bewegen. Allerdings wollte er nicht mehr allein sein. Ich musste abends immer in Sichtweite bleiben. Ich mag keine fremden Kindermädchen, sagte er. Also habe ich das Kindermädchen gespielt. Deshalb ging mein Privatleben den Bach runter. Langsam aber sicher. Vielleicht hätte ich es ertragen, wenn er nicht mit Tante Gerti angefangen hätte. Während der letzten Monate sprach er nur noch von Tante Gerti, niemals von Mutter. Und das war einfach unerträglich. Tante Gerti war seine Sekretärin in einer Dependance der Münchner Firma geworden. So hatte er sicherlich auch einen Sohnemann, der übrigens nicht zu seiner Beerdigung gekommen ist. Er lebte also zwei Leben, die auch noch Raum für andere Tantengeschichten ließen. Offensichtlich ist Tante Gerti nur ein Jahr nach Vaters Schlaganfall gestorben. Ich weiß nicht, woran Tante Gerti genau gestorben ist. Ich weiß nur sehr genau, woran Vater gestorben ist, an dem Racheengel, den er selbst gezeugt hat. Ja. Ja. Mir kam dabei eine Verschlechterung seines Gesundheitszustandes zugute. Vater bekam einen zweiten Schlag und wurde bettlägerig. Sein Sprachzentrum blieb durch den Apoplex stark geschädigt. Verstehen konnte er alles, sich aber nur mit Mühe mit mir verständigen. Er war ganz in meinen Händen. Wie hätten Sie es gemacht?«

Sie schaut mich an. Ein leicht frivoler Blick.

»Ein medizinischer Anschlag wäre zu gefährlich gewesen. Ich liebe meinen Beruf nur wenig, aber ich wollte ihn auch nicht missbrauchen. Da sperrte sich bei mir etwas. Der hippokratische Eid war mir irgendwie heilig. Zunächst kaufte ich mir einen Hund. Einen riesengroßen Hund, vor dem mein Vater sich von der ersten Minute an gefürchtet hat. Immer wenn der Hund hochsprang und mit den Pfoten die Klinke seines Zimmers hinunterdrückte, zuckte er zusammen. So hatte er sich sein Alter sicherlich nicht vorgestellt. So nicht! Ihm blieb aber keine Wahl. An manchen

Abenden stellte ich den Hundekorb vor sein Bett. Und dabei lächelte ich. Daniel passt gut auf dich auf, Vater. Es kann dir gar nichts passieren. Du bist wohl behütet. Ich spielte die liebe Tochter.«

Sie stößt ein trockenes, zynisches Lachen aus.

»Im Frühsommer habe ich ihm dann Briefe vorgelesen, Briefe eines fiktiven Liebhabers meiner Mutter. Aber das musst du doch gemerkt haben, Vater! So eine Geschichte kann einfach nicht unbemerkt bleiben. Hast du denn gar keine Veränderung an Mutter wahrgenommen? Es haben doch alle gewusst und dich sehr bedauert. Der Mann immer auswärts, und seine Frau treibt es mit einem anderen. So ging das. Vater kannte sich mit der Literatur nicht aus. Ich glaube für ihn standen die Literaten auf einer Stufe mit Hundebesitzern. Aber ich kenne mich aus und las ihm zuerst romantisch verspielte, dann aber immer schärfere Liebesbriefe vor. Vater hat mich zum Schluss nur noch ungläubig angestarrt.«

Sie drückt die Zigarette aus.

»Vielleicht fraßen die Briefe stärker an ihm, als ich erwartete. Er verfiel zusehends. Ich hätte die Zeit einfach absitzen können, aber er ließ mir keine Wahl. Ende Juli hörte ich während einer Montagnacht Geräusche aus seinem Schlafzimmer. Daniel bellte und kratzte an der Tür. Als ich hinging, lag er vor seinem Bett. Seine Linke tastete nach dem Portemonnaie. Gerti, stammelte er verwirrt, Gerti, hilf mir. Ich habe ihm geholfen und packte ihn wieder ins Bett, gab ihm das Portemonnaie, mit dem er allerdings nichts anfangen konnte. Gerti, sagte er wieder zu mir, Gerti, und das hätte er nicht tun dürfen. Ich nahm seinen Pantoffel, ging damit in den Garten und bestrich ihn mit

Hundekot. Die Sache war ganz einfach: Ich musste ihm nur den Pantoffel unter die Nase halten. Er krümmte sich vor Ekel wie ein Wurm. Eine Minute habe ich diesen vor Ekel brechenden Blick ausgehalten, dann bin ich aus dem Zimmer geflüchtet. Zwanzig Minuten später jaulte Daniel, aber erst gegen acht Uhr bin ich ins Zimmer.«

Sie schaut müde in die Kamera.

»Natürlich. Ich weiß schon, was Sie denken. Nicht ich habe ihn getötet, sondern Tante Gerti, aber ich finde keine Ruhe mehr. Juristische und psychologische Spitzfindigkeiten helfen mir nicht. Als habe mein Schlafzentrum einen Schlag bekommen. Ich bin im Begriff das Haus zu verkaufen. Vielleicht schließe ich auch die Praxis.

So, jetzt wissen Sie alles. Und? Können Sie mir vielleicht helfen? Oder sind Sie über alle Maßen schockiert? Wenn Sie mir etwas zu sagen haben, dann schicken Sie mir ein Band oder einen Brief an das Postamt St. Ingbert, postlagernd, Stichwort: Böll. Wenn Sie aber nur ein mieser kleiner Betrüger sind, dann wissen Sie, was Sie erwartet.«

Sehr langsam steht sie auf und geht ohne noch einmal in die Kamera zu schauen aus dem Bild. Augenblicke später flimmert mein Fernseher.

»Astrid, hast du alles mitgehört?«

»Hab ich. Bist du dir eigentlich sicher, dass die Beichte kein schlechter Witz war? Ich konnte die Frau nicht sehen. Wirkte die Gestik echt? Schließlich könnte sie dir eine Kassette für ein Casting geschickt haben, einfach so, als Test.«

»Auf diese Idee bin ich noch gar nicht gekommen«, antworte ich nachdenklich. »Ja, doch, auf mich wirkte sie echt.«

»Juristisch ist das Geständnis sicherlich wertlos. Sie hat nicht direkt Hand angelegt, ihm keine Pillen verabreicht oder ihn totgespritzt.«

»Stimmt.«

»Ich mach dir einen Vorschlag. Schick mir die Kassette und ich schau sie mir noch einmal an. Wenn ich den gleichen Eindruck habe wie du, nehme ich vielleicht Kontakt mit ihr auf. Ich bin schließlich vom Fach. Hast du übrigens bereits deinen Anrufbeantworter abgehört?«

»Nein. Ich bin gerade erst zurück.«

»Also. Folgendes…«

118

Ich lege mich aufs Bett und lese, um auf andere Gedanken zu kommen, eine Passage aus dem Buch (denke ich wirklich: *das Buch*?), die mir im Zug besonders gut gefallen hat.

Als der Barbier kam, weigerte er sich glattweg, das geringste mit meiner Perücke zu schaffen zu haben; es war entweder unter oder über seiner Kunst. Mir blieb nichts übrig, als eine bereits fertige auf seine Empfehlung zu nehmen.

»Aber ich fürchte, mein Freund,« sagte ich, »diese Locke wird nicht stehen.«- »Sie können Sie«, versetzte er, »in den Ozean tauchen, und sie wird doch stehen.« Wie großzügig doch in dieser Stadt alles zugeht, dachte ich. Der höchste Ideenflug eines englischen Perückenmachers hätte nicht weiter gereicht, als sie in einen Eimer Wasser zu stecken. Was für ein Unterschied! Er verhält sich wie die Zeit zur Ewigkeit.

Vielleicht sollte ich doch, überlege ich…

Wenn der Wassereimer neben das tiefe Meer gestellt wird, macht er unstreitig in der Rede eine armselige Figur, doch kann man einwenden, dass er einen Vorzug hat: Er steht gleich im Zimmer nebenan, und die Güte der Locke kann ohne Umstände in einem Augenblick geprüft werden.

Um nach einer unparteiischen Untersuchung der Sache ganz einfach die Wahrheit zu sagen: Der französische Ausdruck verspricht mehr, als er hält.

Ich meine, dass ich die wahren und unterscheidenden Merkmale der Nationalcharaktere besser in diesen albernen Kleinigkeiten sehen kann als in den wichtigsten Staatsgeschäften, bei denen die großen Männer aller Nationen so ähnlich handeln und wandeln, dass ich nicht neun Pence dafür geben möchte, unter ihnen wählen zu können.

Vielleicht sollte ich doch nach St. Ingbert fahren, überlege ich erneut. Aber was soll ich dort? Wie kann ich die Frau finden? Vielleicht ist es doch ein Casting-Band? Das würde die Sache vereinfachen.

Ich spule die Videokassette vor und zurück, schaue mir erneut einige Szenen an, vergleiche frühe mit späten Sequenzen. Passt diese Art von Blick zu ihrem Fall? Wie blickt eine Vatermörderin, die beichten will? Starrend auf einen toten Punkt, weil vor dem inneren Auge immer die eine tödliche Sequenz abläuft? Oder schwenkt der Blick ziellos umher, weil man nicht die Ruhe findet, in das alles sehende Auge der Kamera zu schauen? Ich treffe auf den immer gleichen müden Blick. Wie eine Stechmücke, die Nahrung (Blut!) sucht, schwirrt der Verdacht in meinem Hirn herum, hier würde ich vorgeführt, und mehrere Male, als sie zustechen will, weil mir ein Wort zu angelernt erscheint, wehrt ihr Blick den Stich ab, immer wieder, bis der Verdacht in meinem Kopf zur Ruhe kommt. Nichts. Das Gesicht ist völlig authentisch. Kein künstliches Stottern. Kein unterdrückter Lacher. Nichts.

Nur die letzte Szene mit dem Hund schalte ich ab. Mein Verhältnis zu Hunden ist bekanntlich nicht ohne Probleme.

Schlafversuche.

Die Stechmücke steht erneut auf. Mir geht das anschließende Gespräch mit Astrid durch den Kopf. Ob denn ihr Buch, das sie mir ans Herz gelegt habe, mir Spaß mache. Ob ich jetzt klarer sähe. Ob ich meine Empfindsamkeitslücke endlich geschlossen hätte. Und ob ich noch immer zweitklassige Salatgarnituren anrichten würde.

Ich erwache durch meine eigene laute Stimme aus einem Traum mit Hunden.

Ich sehe, wie meine Füße wieder sicheren Halt suchen. Sehe, wie meine Linke in meiner Bibliothek lange nach einer Bibel fandet, kann sie aber nirgends entdecken, deshalb fahre ich meinen Computer hoch, schiebe die auf einer CD-ROM gespeicherte Bibel in das Laufwerk ein, rufe das Buch Könige auf und lese laut vor:

Guten Abend meine Damen und Herren…

119

Ich habe eine gewaltige Entdeckung gemacht, Frau Birus, und wie gerne würde ich Ihnen diese Entdeckung mitteilen, ich spüre eine unbändige Fröhlichkeit in mir aufsteigen, die aber nicht richtig zum Durchbruch kommen kann, weil Fröhlichkeit auf Mitteilung dringt, ich bin müde, Frau Birus, meine Schultern sind verdreht und mein Po wund vom vielen Sitzen, ich habe zu oft Fast Food gegessen und meine Verdauung streikt, ich bin innerlich blockiert, habe Mühlsteine im Bauch und Angst, ich könnte vornüberfallen, mein Zimmer erscheint mir fremd, obwohl ich doch nur wenige Tage verreist war. Ich bin ein herumziehender Aramäer und Gast im eigenen Zimmer, meine Sessel behandeln mich wie einen Fremdling, stöhnen beleidigt, wenn ich mich setze, ja, Frau Birus, ich bin müde und heimatlos, mein Zimmer erscheint mir wie eine grenzenlose Wüste und die Pyramiden der Bücher wie Wahrzeichen einer versunkenen Epoche, ich bin ein Heimkehrer, der wie ein Tourist die Stätten seiner Kindheit aufsucht und verzweifelt nach Punkten Ausschau hält, an die er sich erinnert: einen Hollunderstrauch im windzerzausten Garten des Nachbarn, einen schwarzen Ahornbaum oder zumindest den blauzüngigen Hund des Nachbarn, aber selbst die Bücher, meine Lieblingsbücher, erkenne ich nicht wieder, auch die, die ich mehrfach gelesen habe, sind in einer offensichtlich ausgestorbenen Sprache verfasst, BABYLON DU GROSSE HURE, ich müsste betrübt und verstört und verängstigt sein, Frau Birus, aber nein, ich bin es nicht. Warum war der Böll die Bibel einer ganzen Generation, das fragte ich mich, als das verschattete Leben der Frau aus St. Ingbert im Fernseher lief und sie den MORD, DEN JEDER BEGEHT, gestand, ihr leerer Blick, der mich nicht traf und doch meine Intimität verletzte, beherrschte mein Zimmer. Warum hat ihr, anders als der Mutter, Böll nicht helfen können, oder ist diese Frau die revolutionäre Version des Spaßmachers Hans Schlier, eine Revolutionärin der zweiten Generation, die den Marsch durch die Institutionen abkürzt?, eine, die ernst macht und zündelt?, und ich fand keine Antwort und keine Ruhe und keinen Schlaf, bis ich eine kleine Epiphanie erlebte, Frau Birus, keine große, nur eine kleine, kein Engel stand im Zimmer: DU BIST GEBENEDEIT, nur eine kleine Epiphanie am Bildschirm, eine Lexikonepiphanie. Sie wissen, was ich sagen will, ein kleines spirituelles Heureka, denn als ich durch den griechischen Text des Lukasbuches surfte, klickte ich zum Spaß ein Wort an und ließ mir Übersetzungen anbieten, obwohl ich das Lutherdeutsch im Kopf hatte, aber da stand es dann schwarz auf weiß, halten Sie sich fest, im biblischen Griechisch heißt wiedererkennen auch lesen, lesen gleich wiedererkennen, das ist es, wozu lesen?, um wiederzuerkennen. Nein, nein, halten Sie Ihre voreilige Kritik zurück, kein Wiedererkennen, damit man sich schunkelnd und schenkelklopfend amüsiert (»Clearasil! Erinnerst du dich?«, haben Sie auch Clearasil benutzt, ja?), das muss ich Ihnen doch nicht sagen. Gemeint ist ein Wiedererkennen des Vergessenen und Verdrängten. Warum erzählen?, um wiederzuerkennen, was es heißt, empfindsam zu sein, sensibel zu werden für den Schmerz und die Demütigungen, können Sie mir folgen?, eine Wiedererkenntnis, die erschreckt und fasziniert, ein Wiedererkennen unserer eigenen Verwundbarkeit und Sterblichkeit, sollten Sie das gemeint haben?, statt Seelen-Kir-Royal und Life-Style-Esperanto dieser Bocksgesang gegen die Gefühlskälte?, hören Sie, Frau Birus, jetzt erst verstehe ich, warum der Böll die Bibel für eine ganze Generation sein konnte, und meine Augen brennen von dieser Erkenntnis. Wie gerne hätte ich Sie jetzt hier bei mir und wie ruhig wäre ich, wenn Ihre wunderbar manikürten Hände mir einen feuchten Lappen auf die schmerzenden Lider legten, Sie könnten mir zuhören, wenn ich Ihnen von meiner Reise erzähle, von Erfahrungen, die mich tätowiert haben, Sie könnten mir zuhören und ein wenig Kraft spenden, und Sie könnten mir sagen, ob Sie sich wiedererkennen, in welcher Person, in welchem Leben, ich, der Distanzierungskünstler mit dem verluderten Körper (die vielen Bahnreisen haben das Problem sichtbar verschärft), die Bäume vor dem Fenster werden magersüchtig, aber ich werde fett vor Geschichten, schreibe, damit sich andere wieder erkennen, übersetze Gesichter und Gesten in Worte, und Sie, Frau Birus, sind die Autorin meiner neuen Lebensgeschichte, Sie haben mich angestiftet zum *Täter des Wortes* (wie Luther blass übersetzt), zum *Poeten des Logos*, wie der griechische Text hintersinnig sagt.

Ich habe jetzt den Punkt erreicht, wo mir vieles nicht mehr wichtig ist. Ich könnte noch einmal von vorne beginnen. ICH WEISS, DASS ICH NICHTS WEISS. Es gibt keine letzten Gründe. Keine Wahrheit. Nur Geschichten.

Wer ist Feuerbach?

Die leeren Rahmen in meiner Gehirnkammer sind jetzt gefüllt mit einer Galerie von Gesichtern: Romy, Karin, Astrid, Leah, Maren, Elisabeth, die Mörderin.

Ich habe mit zäher Energie das Falsche verfolgt.

Ich pfeife.

120

Lebt wohl, meine lieben Bücher! Ihr Bücher habt meine Wohnung gemütlich wattiert! Ich habe an den Bücherregalen das Klettern gelernt. Ich habe in den Papierlachen die ersten intellektuellen Schwimmzüge gemacht. Lebt wohl. Ich will die Berge abtragen und die Pfützen trocknen. Lebt wohl, ihr Feuerbach-Giganten, ihr Letztbegründungsfanatiker, ihr Fudamentengräber. Morgen verbanne ich euch in Kisten und verfrachte euch in den mütterlichen Keller. Dort liegt ihr warm und trocken.

121

Themenkatalog

Religion -> Leiblichkeit -> Sinnlichkeit -> Wahrnehmung -> Rituale
Das Heilige -> in der Lebenswelt, Zeichen von Transzendenz: Lachen etc.
Kunst/Ästhetik -> erzählte Biographien, Wiedererkenntnis des Verdrängten
Verhältnis von ästhetischer und religiöser Erfahrung
Sünde -> Empfindsamkeitsschwäche, Gefühlskälte
Gott ->?

122

Setze mich an meinen Küchentisch. Sondiere endlich die Post. Zwischen der Werbung entdecke ich eine Einladungskarte von Karin mit dem Motiv der Butterfly-Maschine, die in dieser Belichtung an einen elektrischen Stuhl erinnert.

Lieber Klaas,

das Fitness-Center hat Pleite gemacht. Kurzerhand haben mein Freund und ich die Firma übernommen, einige neue Geräte gekauft und die Mannschaft ausgewechselt. Vielleicht spürst Du Lust, zur Eröffnungs-»Gala« am 14. Oktober zu kommen? Eine Stunde Butterfly-Maschine gratis. Versprochen! Du hast doch nicht etwa schon wieder deinen Astralleib verludern lassen? Sei ehrlich!

Bis bald

Deine

Karin

P.S. Nicht nur meine Muskeln nehmen an Umfang zu, auch mein Bauch wächst.

Ist mein Astralleib wirklich verludert? Ich werde ihn in der Dusche nachher unauffällig mustern und abtasten.

Unauffällig.

Dann wieder Werbung, ein Vermögensberater – kann man Erfahrungen anlegen? – bietet seine Dienste an.

Ich sehe, wie ich den Stuhl nach hinten rücke. Wie ich aufstehe. Wie ich die Bücherwand passiere. Wie ich den Telefonhörer in die Hand nehme. Wie ich die Nummer von Ihnen, Frau Birus, wähle. Ihre Stimme vom Band.

...Sprechen Sie bitte nach dem Signalton:

»Beste Frau Birus. Ich habe meine Dienstreise beendet. Erste Ergebnisse – Sie werden hoffentlich nicht zu viel erwarten, ich habe Angst Sie zu enttäuschen – liegen vor. Ich lade Sie zu einem Grillnachmittag im Goldenen Oktober ein, um die Erfahrungen zu sondieren und das weitere Vorgehen zu besprechen. Vielleicht könnten wir zusammen eine Artikelserie für Ihre Zeitungsbeilage schreiben. Teilen Sie mir bitte kurz mit, ob Ihnen der kommende Freitagnachmittag passt, andernfalls müssten wir einen neuen Termin vereinbaren. Der Wetterbericht meldet fönige Aufheiterungen. Oder essen Sie etwa kein Geflügel? Man könnte theoretisch auch Gemüse grillen. Lassen Sie es mich wissen. Ich freue mich auf ein Treffen mit Ihnen.«

Meine Stimme klingt sehr geschäftsmäßig. Vielleicht zu geschäftsmäßig. Ich drücke den Knopf meines Anrufbeantworters.

»PIIEP… Hallo, hier ist Astrid. Leider habe ich dich nicht persönlich erreicht. Deshalb spreche ich dir die Nachricht auf Band. Du wirst es kaum für möglich halten, aber mir winkt eine Arbeitsstelle. Klingt beinahe zynisch, aber ich soll in dem Archiv einer Zeitung arbeiten. Nächsten Samstag fahre ich in den Süden, Montag habe ich bereits ein Gespräch mit dem Personalchef. Kaum vorzustellen, wenn das wirklich klappen würde! Dann wäre ich ganz in deiner Nähe. Ist das nicht toll? Dann könnten wir jede Nacht Tillich spielen! Wie findest du das? Holst du mich vom Bahnhof ab? Ich komme gegen 16.25 Uhr in München an. Freust du dich? Rufe mich sofort an, wenn du zurück bist!«

»PIIEP. Guten Tag. Hier ist Romy. Nächste Woche begleite ich meinen Liebsten auf eine Geschäftsreise nach München. Wir müssen zur Messe. Ich hätte am späten Samstagnachmittag Zeit, um mir von dir die idyllischen Stellen in München zeigen zu lassen. Oder gibt es etwa dort keine idyllischen Zonen? Wir gehen dann bei Dallmayr essen. Da ich mit dem Wagen anreise, könnten wir alternativ auch an den Starnberger See fahren oder uns Richtung Garmisch bewegen. Ich bin übrigens ganz gut zu Fuß. Du wirst über meine Unternehmungslust staunen! Ruf mich bitte kurz zurück, ob ich willkommen bin! Meine Nummer hast du doch?
Und hast du meine Seminarankündigungen brav verteilt?«

»PIIIEP. Mein Junge, wo steckst du denn schon wieder! Immer arbeiten. Du bist wie dein Vater! Mache lieber öfter eine kleine Pause und fahre in Urlaub. Und trink bitte nicht so viel. Dein Magen kann den schweren Rotwein nicht vertragen. Nimm wieder eine Zeitlang Nux Vomica von Madaus ein, damit sich deine Magennerven beruhigen. Ach ja. Ich besuche dich am nächsten Samstag. Hole mich bitte vom Flughafen in München ab. Meine Maschine landet um 14.45 Uhr. Kuss, Mutti.«

»PIIIEP. Hier Frank. Warum schaltest du dein Handy nie ein? Ich muss dir von meinen zwei anstrengenden Besuchen erzählen. Du weißt schon, die Briefe, die du mir aufs Auge gedrückt hast. Was hältst du übrigens von dem Vorschlag, gemeinsam ein Seminar zu veranstalten zum Thema ›Himmel über Hollywood‹? Ich denke an Filme wie *Flatliners, Forrest Gump* oder *Matrix*. Lesen will doch niemand mehr. Und deine Gehirnakrobatik-Seminare werden auch immer leerer. Also, hast du Lust?«

»PIIIEP. Hast du dich gut vom Himmelssturm erholt? Sparst du bereits für eine neue Wachsjacke? Sie stand dir übrigens doch gar nicht so übel. Oder sollen wir vielleicht ein wenig die Versicherung betuppen? Ich bin zu allem bereit, um dich günstig zu stimmen. Es waren schöne Tage, findest du nicht? Und von oben ist die DDR doch immer noch himmlisch, oder?

Und jetzt halte dich gut fest: Unser Montgolfiere-Club hat beschlossen, in der zweiten Oktoberwoche – in der letzten Woche der Semesterferien also – eine Tour zu machen: Starnberger See, Garmisch und Chiemgau. Und gäbe es einen besseren Lotsen als dich? Wir würden am Samstag in München eintreffen. Können wir vielleicht bei dir übernachten? Wir sind zu dritt und alle ganz unkompliziert. Das würde uns viel Geld sparen und wir beide hätten endlich Zeit, es uns schockfrei gemütlich zu machen. Ich habe da schon eine Idee. Die anderen schicken wir zum Shopping in die Stadt. München ist doch eine große, große Stadt. Oder? Rufe mich bitte zurück.«

Das Gerät schaltet sich ab.

Ich starre auf den Anrufbeantworter. Ich habe nur eine kleine Ein-Zimmer-Wohnung! Auch wenn alle zusammenrücken, kann ich unmöglich alle Gäste unterbringen. Ratlos schaue ich mich im Zimmer um.

Meine Mutter schiebe ich ins Hotel ab. Höchstens zwei Personen kann meine Ausziehcouch – kein Meisterstück der Bequemlichkeit, dafür aber schickes Design – aufnehmen, eine Luftmatratze passt bei gutem Willen in die Küche – für die Verfolgerin –, aber wo schlafen dann Astrid und Maren! Ich könnte ihnen mein Bett anbieten, ein schönes und äußerst bequemes Bett (von Accente). Und wo bliebe ich in dieser Nacht? Mein Couchtisch ist entschieden zu klein. Soll ich meine Wohnung räumen und bei Frank unterkriechen? Das würde er mir als Flucht auslegen. Schließlich: Wo schläft der Hund von Astrid? Auf keinen Fall in meiner Nähe. Ausgeschlossen. Also müsste ich eine Person zwischen Astrid und ihrem Hund und mir platzieren. Das wäre freilich sehr schade. Noch schrecklicher wäre es, wenn ich während der Nacht den Arm ausstrecken würde und der Hund…

III. Nachspiel

Do you like barbecue?

Nein. Ganz und gar nicht. Das lag ganz und gar nicht in seinem Interesse. Glut. Ja. Glut. Ein leicht simmerndes Feuer. Dazu ein kitschig-romantisches Knistern. Okay. Das gehörte einfach dazu. Auch der stinkende Qualm. Gab Atmosphäre. Notfalls konnte man den Qualm rhythmisch wegblasen. Oder sich in Windrichtung aufbauen. Aber diese ihn verblüffende Nähe der Flammen zerstörte alles. Was jetzt kam, war unausweichlich. Das wusste er.

Er war vertraut mit Schrecksekunden. Von der F- bis zur A-Jugend hatte er im Handballtor gestanden und die Angst des Tormanns vorm Siebenmeter ausgeschwitzt, dann, wenn der Ball die Hand des Siebenmeterschützen gerade verlassen hatte und die Richtung zu seinem Kopf einschlug. Mühsam hatte er damals den Duckreflex überwunden und schonte immer nur die Nase. Bereits vor dem drohenden Schmerz kostete er das Mitgefühl der Zuschauer aus und baute sich vorab an den Buhrufen gegen den Schützen wieder auf. Nur nicht schwächlich wegtauchen, lautete seine Maxime. Das gab schlechte Haltungsnoten. Wirkte plump. Feige. Zappelig. Ungraziös.

Vielleicht war es diese früh antrainierte Reflexlethargie, die ihn verharren ließ, als sich eine vielzungige Flamme seinen Arm hinaufleckte, schmerzlich gewiss, dass die umständliche Befeuerung des Holzkohlegrills mit einem zusätzlichen Schuss Brennspiritus offensichtlich die falsche Strategie gewesen war. Warum hatte er nicht die – zugegeben – wenig romantische aber entschieden ungefährlichere Methode gewählt, mithilfe eines alten Föns der Glut zusätzlich Sauerstoff zuzuführen? Opfer. Er war das Opfer eines mäßig durchdachten Plans geworden. Grillen an einem goldenen Oktobertag! Das schien ihm offensichtlich originell. Aber das Anzündungsritual dauerte zu lange. War gesprächshemmend. Er hatte bisher mit Frau Birus kaum einen zusammenhängenden Satz sprechen können, weil er immer wieder albern pausbackig in die Glut blasen musste. Ihre ihn faszinierende Falte am rechten Mundwinkel signalisierte bereits ironische Hilfsangebote. Gleich würde sie ihn fragen. Oder ihn zum Italiener einladen. Er hatte bereits wieder seine Wangen übermäßig mit Luft gefüllt, als ein leichtes Knistern ihrer Nylons ihm verriet: Sie war im Begriffe aufzustehen! Deshalb griff er zur Flasche. Vielleicht zu entschlossen und eine Spur zu kopflos, auf jeden Fall nicht einfühlsam genug, denn ärgerlich aufgeschreckt schleckte das Feuer nach seinem Arm, fraß die Härchen weg, ließ seine Haut hässliche Bläschen werfen und dann platzen. Als letztes Geräusch hörte er das Jaulen ihres schwarzen Pudels. Er hasste diesen Kläffer bis in den Kern. Der war schließlich an allem schuld. Oder?

Haut-Kultur Rechts der Isar

Arztbrief vom 7.10.99:

Am Abend des 6.10.99 wurde Herr Klaus Huizing gegen 19.35 Uhr mit einem Einsatzfahrzeug des Samariter Hilfsdienstes in das Krankenhaus Rechts der Isar eingeliefert. Nach Auskunft des Notarztes lag er ca. 10 Minuten im Koma. Inzwischen ist der Kreislauf stabil. Seine rechte Hand und große Teile seines rechten Armes weisen Brandverletzungen dritten Grades auf. Etwa 3% der Körperoberfläche ist zerstört. Die Gefahr eines hypovolämischen Schocks ist gering. Epidermis, Dermis und Subkutan-Gewebe sind in dem genannten Bereich grossflächig geschädigt. Drüsen, Nervenenden und darunter liegende Muskeln sind in starke Mitleidenschaft gezogen.

Heute Morgen haben wir dem linken Arm einen ca. groschengroßen Hautlappen entnommen und in unser Speziallabor geschickt. Dort wird nach neuesten Methoden eine Hautkultur angelegt. In ca. drei Wochen hoffen wir die dann gezüchtete Haut verpflanzen zu können. Diese neue Methode verspricht einen zügigen und auch kosmetisch ansprechenden Heilungserfolg.

Textnachweise

S. 72: Auszug aus *Das Streiflicht* Süddeutsche Zeitung vom 18. 9. 95

S. 113: *Hysterie der Woche* aus DIE WOCHE Nr. 39 vom 22. 9. 95

S. 134/135: © jetzt, das jugendmagazin der Süddeutschen Zeitung

S.103–105, 110, 125, 148/149, 154, 176/177, 194: Laurence Sterne, *Eine empfindsame Reise durch Frankreich und Italien.* Unter Zugrundelegung der Übertragung von J. J. Bode aus dem Englischen übersetzt von Robert Schmitz. München, 1979. © Artemis & Winkler Verlag, Düsseldorf/Zürich, 6. Auflage 1995